TOM CLANCY'S

THE DIVISION®

LA RECRUE

THOMAS PARROTT

TRADUIT DE L'ANGLAIS PAR ARNOLD PETIT

404 EDITIONS

Publié pour la première fois par Aconyte Books en 2022
sous le titre *Tom Clancy's The Division, Recruited*

Illustration de couverture de René Aigner

404 éditions, un département d'Édi8.
92 avenue de France,
75013 Paris

Traduction française : 404 éditions et Arnold Petit
Maquette de couverture : Romain Poiré
Maquette intérieure : Nord Compo
Correctrice : Isabelle Serve
Suivi éditorial : Ludivine Irolla

Loi n° 49-956 du 16 juillet 1949
sur les publications destinées à la jeunesse.

ISBN : 979-1-0324-0627-4

Dépôt légal : septembre 2022

Achevé d'imprimer en France en septembre 2022
par Normandie Roto Impression s.a.s, 61250 Lonrai.
N° d'impression : 2202373

À la famille Smith,
dont le soutien fut essentiel à la rédaction de ce roman.

CHAPITRE I

— Je commence à croire que c'était une mauvaise idée, soupira Maira Kanhai.

La jeune femme était assise dans sa voiture avec son frère Kazi. Le soleil du début d'après-midi se réfléchissait sur la peinture métallisée parsemée de rouille. La berline était neuve quand elle l'avait achetée, une petite folie qu'elle s'était autorisée lors de sa première affectation. À l'époque, s'engager lui avait fait l'impression d'un changement. Une passerelle vers l'avenir. Grands projets, grands espoirs.

À présent, elle ne savait pas quoi faire d'autre.

— Tu m'étonnes, l'ambiance est carrément glauque, convint Kazi.

Le parking était désert. C'était l'heure du déjeuner, il aurait dû y avoir du passage. Mais seuls deux autres véhicules stationnaient sur l'asphalte. L'une des voitures devait être là depuis des jours, à en juger par la couche de neige intacte qui la recouvrait ; l'autre était garée en épi, en travers de trois emplacements. À croire que le conducteur s'était arrêté d'un coup en freinant pied au plancher.

Le bâtiment à plusieurs étages qui leur faisait face n'était guère plus rassurant et, dans le soleil hivernal, il était difficile de savoir si l'intérieur était éclairé. De leur point de vue, seules apparaissaient des fenêtres opaques. Maira avait le sentiment d'être observée. Ses cheveux se hérissèrent sur sa nuque. Glauque ou pas, cet endroit était le centre de recrutement de son secteur. Que pouvait-elle bien faire à ce stade ? Arpenter la plage et héler le premier bateau qui passerait ?

— C'est stupide, pesta-t-elle, frustrée.

— On rentre à la maison ? proposa Kazi.

— Non, répliqua-t-elle sèchement à son frère. Je vais aller voir. Ça nous a coûté un quasi plein d'essence de venir ici.

— Je viens avec toi, rétorqua immédiatement l'adolescent.

Il porta la main à sa ceinture de sécurité, mais sa sœur lui agrippa le poignet.

— Non, tu restes ici.

— Je ne suis plus un gamin, Mai, j'ai vu les infos. (Il agita son téléphone portable.) Le monde part complètement en sucette.

Kazi avait raison. Il était de dix ans son cadet, mais il n'avait tout de même que 16 ans. Pas beaucoup plus vieux que Maira lorsqu'elle s'était enrôlée. Elle lui sourit, ce qui ne fit visiblement qu'agacer davantage son frère. Elle lui ébouriffa les cheveux, histoire d'en rajouter une couche. Kazi se dégagea en grimaçant, mais il ne put réprimer un sourire.

— Je sais que tu n'es plus un gamin, dit Maira. Si dans deux ans tu veux t'engager comme je l'ai fait, je t'emmènerai moi-même voir le recruteur. Mais cette affaire ne regarde que moi. Il n'y a aucune raison d'avoir peur.

Son frère fronça les sourcils, sceptique.

— S'il n'y a pas de danger, pourquoi je ne peux pas venir avec toi ?

— Parce qu'il n'y a pas de danger en ce qui te concerne.

Il n'était pas dupe. Maira le devinait à l'expression de son visage. Elle pinça les lèvres et souffla. De toute façon, elle était consciente que ses arguments reposaient surtout sur une habile rhétorique.

— Écoute, reprit-elle. Si les choses tournent mal, il vaudrait mieux que quelqu'un reste dans la voiture en marche. Histoire de se tenir prêts à déguerpir. Tu ne crois pas ?

Kazi soupesa la question pendant quelques instants.

— OK. (Son visage s'illumina soudainement.) Du coup, j'imagine que je dois me mettre derrière le volant ? Juste au cas où.

Maira le fixa avec sévérité. Son frère se contenta de lui sourire.

— Très bien, j'abdique, admit-elle en soupirant à nouveau. Mais si tu bouges le siège, je te tue. C'est clair ?

— Affirmatif, sergent, répondit-il en faisant la grosse voix.

— Abruti.

La jeune femme ouvrit la portière, sortit et observa le bâtiment une nouvelle fois. Rien n'avait changé. Il faisait à peine plus de 0° à l'extérieur. Les maigres rayons du soleil n'atténuaient en rien le froid. De gros nuages obscurcissaient l'horizon, annonçant de nouvelles chutes de neige dans la soirée. Kazi se glissa derrière le volant.

Maira se pencha et le regarda.

— Tu n'ouvres la portière qu'à moi, c'est compris ?

À ces mots, la malice de son frère disparut de son regard. Il acquiesça.

— Ouais, d'accord.

Elle étreignit brièvement son épaule et prit la direction du bâtiment. Les portes s'ouvrirent sur du silence. À l'intérieur, les lumières étaient éteintes, mais les fenêtres laissaient passer suffisamment de soleil pour qu'on puisse se repérer. L'air était lourd, immobile et il faisait excessivement froid. Le chauffage devait être en panne, ou bien il avait été coupé. Rien que dans le vestibule, on se serait davantage cru dans un tombeau que dans des bureaux.

Elle consulta le mémo qu'elle gardait dans sa poche : salle 450. Le poste de recrutement. Sa décision de réintégrer la Navy lui paraissait de plus en plus insensée, pourtant, une partie d'elle-même insista pour aller jusqu'au bout. Elle avait pris son temps, mais les images de chaos et d'épidémie vues aux infos l'avaient hantée jusqu'à ce qu'elle se rende compte qu'elle devait *faire quelque chose.* Si le pays se délitait, il était de son devoir de faire le nécessaire, non ? Maira avait prêté serment et cet engagement n'avait pas de date de péremption.

Elle essaya d'abord l'ascenseur, mais le bouton d'appel demeura désespérément éteint. Elle chercha alors la cage d'escalier. Elle songea qu'en l'absence de l'agent de recrutement, quelqu'un avait forcément laissé un numéro à contacter. Maira arpenta les couloirs silencieux, bordés de bureaux vides. Certains étaient verrouillés, comme si les employés étaient partis en week-end prolongé. D'autres restaient négligemment ouverts.

Poussée par une insatiable curiosité, elle inspecta l'un d'eux. Des papiers jonchaient la pièce, laissant penser que l'on avait retourné les lieux dans tous les sens et vidé chaque tiroir. À la recherche d'un objet de valeur, peut-être ? Comment savoir ? Malgré l'obscurité, on pouvait deviner des taches et des traces de doigts rouges sur certains documents. *De l'encre*, se dit-elle avec conviction. Provenant d'un stylo cassé, sans doute.

Lorsqu'elle trouva la cage d'escalier, en l'absence de fenêtres, Maira fut plongée dans le noir complet. Elle dégaina son portable et actionna la lampe-torche. Elle tendit la main vers la rampe, puis hésita. On disait que le virus se transmettait via des surfaces contaminées. Elle essuya sa main moite sur le revers de sa veste et entreprit de gravir les marches prudemment.

Au quatrième étage, une odeur désagréable l'assaillit. Une senteur écœurante, cuivrée, légèrement douceâtre. Elle éteignit la lampe de son portable, cherchant dans ses souvenirs. Où avait-elle senti cette puanteur ? Lorsqu'elle était encore en service ? Non, c'était plus ancien que ça. Elle remonta le couloir en direction de la salle 450.

Maira aurait aimé être armée. Ce qui était absurde au vu des circonstances. En quoi une arme aurait-elle pu lui être utile ? On ne pouvait pas tirer sur un virus. Tenait-elle vraiment à abattre un pauvre gratte-papiers qui se serait trouvé au mauvais endroit, au mauvais moment ? Évidemment que non.

À sa décharge, la violence saturait les nouvelles. Les émeutes en cours et les pillages dans Manhattan s'étaient étendus jusqu'à sa petite ville près de Washington D.C. C'était une époque terrifiante, et les gens terrifiés commettaient des actes terrifiants. Le monde était une vraie poudrière, au bord de l'explosion. Ce virus agissait comme une pression supplémentaire sur du verre déjà fissuré.

Elle arriva enfin devant la salle 450. Elle tendit une main tremblante vers la poignée. Son instinct l'implorait de faire marche arrière, lui hurlant que quelque chose n'allait pas, que rien de bon ne l'attendait derrière cette porte. Il la suppliait de retourner à la voiture et de renoncer à son projet.

Elle résista à cette impulsion. *Je ne suis pas une dégonflée*, se persuada-t-elle. Son courage triompha de ses peurs. Elle actionna la poignée avec son coude et la porte s'ouvrit.

La puanteur, deux fois plus âcre, lui agressa violemment les narines. Maira chancela et recula, prise d'une quinte de toux et de haut-le-cœur. Elle mit la main devant sa bouche pour échapper à cette odeur fétide. Sans grand succès. Le goût lui resta sur la langue, comme une nappe de pétrole à la surface de l'océan.

Le souvenir refoulé qui la taraudait plus tôt refit surface. C'était une scène issue de son enfance. Sa mère l'avait emmenée voir son père à l'hôpital. Elles s'y étaient déjà rendues à de nombreuses reprises tandis qu'il combattait son cancer. Mais cette visite avait été différente. C'était la dernière. Elle l'avait compris à la seconde où elle était entrée dans la chambre. Cette odeur qui flottait dans l'air. C'était la même.

Une odeur de mort.

Sauf que là, c'était pire. La scène macabre se jouait sous ses yeux. La pièce était plongée dans une semi-obscurité. Elle comptait trois bureaux, mais seul celui qui était situé dans le recoin le plus sombre était occupé. Sur le fauteuil, une silhouette était avachie en arrière, comme pour une sieste digestive.

Maira s'avança, les jambes flageolantes, progressant au milieu d'une nuée de mouches bourdonnantes. La puanteur ne faisait qu'empirer à mesure qu'elle approchait. À mi-chemin, elle s'arrêta net et se plia en deux, l'estomac révulsé. Elle se couvrit la bouche, en pure perte. Le vomi gicla entre ses doigts et les vestiges de son déjeuner éclaboussèrent la moquette. Elle contempla sa paume souillée et l'essuya vigoureusement sur son pantalon. Elle comprit qu'elle ne parviendrait pas à faire un pas de plus. De son autre main, elle brandit son portable et ralluma la torche. Le faisceau lumineux balaya la silhouette enténébrée affalée devant le bureau.

Jamais plus elle ne pourrait oublier cette image. Elle le sut dès qu'elle contempla la scène. Le désespoir humain était exposé devant elle dans ses moindres détails. Le cadavre était en pleine décomposition, encore vêtu de ce qui était autrefois un bel uniforme. Mais cette personne avait souffert le martyr avant de succomber. Des stries de sang coagulé maculaient le contour des yeux, du nez et de la bouche, traces distinctives d'une infection virale.

Des asticots grouillaient sur le cadavre, se régalant de chair morte. La nécrose des tissus qui souillaient le badge empêchait l'identification du corps. Peu importe qui était cette personne, elle n'avait pas attendu que le Poison Vert ait raison d'elle. Un Beretta M49 gisait sur le bureau, à proximité de sa main boursouflée. Un orifice bien net trouait la tempe de la victime. Du côté opposé, un cratère significativement plus gros indiquait le point de sortie de la balle.

Maira abaissa lentement son portable. Ce n'était pas aujourd'hui qu'elle se réengagerait. Peut-être dans un autre centre de recrutement…

Un hurlement retentit à l'extérieur, strident, modulé par la terreur. D'autres voix se firent entendre, suivies d'un cri étouffé.

— Kazi, murmura-t-elle.

Instantanément, peur et répulsion s'évanouirent. La jeune femme s'empara du Beretta sans réfléchir et se rua vers la porte.

Maira se redressa brusquement. Pendant un bref instant, elle ne sut ni quand ni où elle se trouvait. Le cauchemar se cramponnait à elle et refusait de la lâcher. Son cœur battait la chamade et elle plongea les mains dans le matelas avec une telle force qu'elle en eut mal. La réalité reprit lentement ses droits.

Plus d'un an. Plus d'une année s'était écoulée depuis ce jour au centre de recrutement.

— Kazi, murmura-t-elle dans l'air immobile.

Maira passa la main sur son visage. Elle était en nage et les draps lui collaient à la peau. Son cauchemar n'était pas seul en cause. L'air était chaud, suffoquant et, à l'exception de maigres rais de lumière filtrant autour des rideaux occultant, l'appartement était plongé dans l'obscurité. Encore une coupure de courant. C'était la vingtième ce mois-ci.

Elle repoussa les draps et sortit du lit. En écartant les rideaux, les rues lui apparurent, baignées dans la lueur naissante de l'aube. Aveuglée par la lumière, Maira se cacha les yeux, mais l'éblouissement fut bref. À vue de nez, il devait être 7 heures du matin. Une fois habituée à la clarté, la jeune femme ouvrit la fenêtre. Il ne faisait pas spécialement frais dehors, 21 degrés, tout au plus. Mais c'était toujours plus agréable que la chaleur suffocante qui régnait à l'intérieur.

L'absence de courant signifiait que la cafetière ne fonctionnait pas. Avec un soupir, Maira sortit le café soluble du placard. Puis elle ramassa au hasard l'un des bidons d'eau qui occupaient l'appartement et l'examina soigneusement afin de s'assurer qu'il ne contenait pas un autre genre de liquide. Satisfaite, elle remplit son thermos et versa le café en poudre. Il mettrait du temps à se dissoudre, mais c'était ça ou pas de café du tout. Ce qui était inenvisageable.

Elle sirota le breuvage du bout des lèvres, grimaça et commença à s'habiller. La première étape de ce rituel quotidien consistait à piocher des vêtements sur les piles de linge sale et de les renifler afin de définir lesquels sentaient le moins mauvais. Comme pour tout le monde maintenant, la mode était le cadet de ses soucis. La nouvelle tendance, c'était les vêtements robustes et sans traces de transpiration.

Maira ramassa sa montre-bracelet sur la table de nuit, à côté du radio-réveil coupé. Avant la fièvre du dollar, la plupart des gens en ville avait arrêté d'en porter. Depuis, les montres étaient revenues en force. On pouvait deviner le mental d'un individu rien qu'au modèle qu'il avait au poignet. Les plus optimistes, ceux qui croyaient que le monde d'avant serait à nouveau sur pied d'ici un an ou deux, portaient des montres électroniques. Après tout, les piles avaient une autonomie de plusieurs années.

La sienne était une vieille tocante, robuste et fiable. Avec un peu d'entretien, elle pourrait fonctionner *ad vitam*. Le cadran indiquait 7 h 38. Elle poussa un soupir. L'assemblée était prévue dans vingt-deux minutes. Il fallait qu'elle s'active.

Il ne manquait plus que son Beretta M9 pour compléter sa panoplie quotidienne. Sa main s'immobilisa avec hésitation sur l'étui. Ces jours-ci, porter une arme n'avait rien de choquant. La plupart des gens en avait une. Or ce pistolet était celui de son cauchemar, l'arme qu'elle avait prise à un cadavre comme un cadeau de sa part. Maira ne s'en était jamais séparé, même quand elle avait eu l'opportunité de s'en choisir une autre. À ses yeux, ce Beretta représentait le jour où elle avait fait de la fin du monde une affaire personnelle.

La jeune femme soupira et boucla l'étui à sa ceinture. Ce n'était pas le moment de s'appesantir. Elle devait garder la tête froide pour l'assemblée. Le débat promettait, au mieux, d'être désagréable.

Elle sortit dans le couloir et ferma la porte de son appartement sans la verrouiller. La majorité des habitants du complexe ne s'en donnait plus la peine. Aucune serrure ne pouvait les prémunir contre les nouveaux dangers nés de la pandémie. Il n'y avait plus aucun service d'urgence à contacter. Si on ne pouvait pas se protéger soi-même, il fallait compter sur quelqu'un pour le faire à votre place.

Elle entendit du bruit chez certains de ses voisins ; des gens qui se préparaient pour la journée. Les autres logements étaient silencieux. Leurs occupants étaient déjà partis ou encore endormis. Seuls quelques logements restaient inoccupés, mais ils étaient trop délabrés pour être habitables.

Ils avaient baptisé cette communauté Athéna. Autrefois, c'était une résidence de luxe, nichée au cœur de la ville, où résidaient des nantis. Mais le Poison Vert était impartial. Il avait laissé dans son sillage cadavres et villes désertes. Une fois la poussière retombée, un groupe de survivants s'était rassemblé ici, décidé à en tirer le meilleur parti.

Ce regroupement ne devait rien au hasard. Ils s'étaient réunis pour des raisons de sécurité, de la même manière que leurs ancêtres préhistoriques autour d'un feu protecteur. Sauf qu'il n'y avait pas de loups à craindre ici, pas au sens littéral en tout cas. La pandémie avait fait perdre la tête à certains survivants. Au lendemain de cette apocalypse virale, le plus grand des dangers, c'était votre prochain.

La coupure de courant rendant l'ascenseur inutilisable, Maira prit les escaliers. Elle entendit des bruits de pas en contrebas, lui indiquant que quelqu'un était en train de les monter. La jeune femme regarda par-dessus la rampe et sourit en reconnaissant la chevelure blonde d'Elena. Grimpant les marches avec une profonde lassitude, elle salua brièvement Maira.

— Alors, cette garde de nuit ? s'enquit cette dernière.

— Barbante, heureusement, répondit Elena. La dernière heure, j'ai dû me pincer au moins une dizaine de fois pour rester éveillée.

Un énorme bâillement lui échappa et sa mâchoire craqua très distinctement.

— Évite d'ouvrir la bouche comme ça sur le toit, tu vas finir par avaler une chauve-souris. (Elles se croisèrent et Maira lui flanqua une tape sur l'épaule.) Tu as prévu de passer à l'assemblée avant d'aller roupiller ?

— Oh bon sang, maugréa Elena. C'est aujourd'hui ? Quel est l'ordre du jour ?

— L'approvisionnement. C'est important.

Le sourire d'Elena s'affaissa.

— Très bien. Après toi, cheffe.

Les assemblées communautaires d'Athéna se tenaient dans une salle de réunion du rez-de-chaussée. C'était la plus grande pièce de l'immeuble, pourtant, l'assistance y était à l'étroit. Presque quarante familles occupaient la résidence et plusieurs personnes jouaient des coudes pour se frayer une place. Un couple était venu avec ses enfants. Contre le mur du fond, un père tenait son bébé emmailloté contre lui – James et sa fille, Christine. La mère de la petite, Tara, était morte en la mettant en monde. Ce fut une journée bien sombre pour toute la communauté.

Maira se fraya un chemin parmi la foule. En la voyant, les gens s'écartèrent sur son passage. La plupart des regards étaient accueillants, mais certains étaient chargés de colère. En tant que responsable de la sécurité, elle avait été contrainte de prendre certaines décisions impopulaires. Les gens n'aimaient pas qu'on leur dicte leur conduite, même quand le monde donnait l'impression de toucher à sa fin. Mais s'il n'y avait que ça…

Des erreurs avaient été commises et tout le monde en avait pâti. Tandis qu'elle rejoignait le fond de la salle, Maira évita le regard noir d'une femme d'âge moyen portant un bleu de travail crasseux – Kelly. Cette dernière ne la lâcha pas des yeux.

De l'autre côté de la foule, Jonah attendait sa venue. C'était un homme noir d'une soixantaine d'années, d'allure distinguée, avec une barbe et des cheveux grisonnants. La communauté n'avait pas de leader à proprement parler – toutes les décisions officielles étaient prises au cours d'assemblées telles que celle-ci. En revanche, lorsque Jonah s'exprimait, on l'écoutait.

À l'approche de Maira, il lui tendit la main et ils se la serrèrent énergiquement.

— Sergent, lâcha-t-il avec un formalisme stoïque.

— Plus depuis des années, Jonah.

C'était le même échange à chacune de leurs rencontres. Jonah pensait qu'il était bénéfique de rappeler au bon souvenir de la communauté le parcours militaire de la jeune femme. Cela rassurait les résidents, expliquait-il. Maira en doutait très sincèrement. En fin de compte, l'armée s'était montrée incapable de protéger qui que ce soit. Désormais, les citoyens devaient se débrouiller seuls, formant des milices pour assurer leur propre sécurité.

Jonah lui dédia un bref sourire et Maira le lui rendit avec trois fois plus d'enthousiasme. En dépit de leurs désaccords, elle l'appréciait beaucoup. C'était un homme bon et consciencieux. Des qualités qui se faisaient rares dans un monde toujours plus hostile.

— Tu te sens prête à leur annoncer ? chuchota-t-il.

Le sourire de Maira s'évanouit.

— Pas tellement. Personne n'aime les mauvaises nouvelles.

— Aucune situation ne s'est améliorée en faisant l'autruche, estima Jonah.

Maira consulta sa montre ; 7 h 59. Elle prit une profonde inspiration.

— Ouais. C'est l'heure de serrer les dents.

Jonah l'encouragea d'une pression sur l'épaule et recula pour se joindre à la foule.

Elle se tourna face aux spectateurs assemblés au premier rang et porta la voix pour couvrir le brouhaha.

— Bonjour à tous !

Certains lui rendirent ses salutations. Les conversations s'interrompirent et les gens étirèrent le cou pour la regarder. Bien vite, une centaine de paires d'yeux furent posées sur Maira. Elle eut un moment d'hésitation. Parler en public n'avait jamais été son fort. Pour se calmer les nerfs, elle se remémora son devoir. Il y avait de nombreux visages inquiets dans l'assistance, et à raison.

Maira prit la décision de ne pas y aller par quatre chemins.

— Comme certains d'entre vous le savent déjà, et d'autres en ont probablement entendu parler, nous rencontrons actuellement un problème d'approvisionnement.

— On va manquer de nourriture ? intervint un homme d'une voix anxieuse.

Un malaise agita la foule.

— Bon Dieu, laissez-la parler ! lança un autre membre de l'assistance.

Maira leva la main et les discussions cessèrent à nouveau.

— Il n'y a pas de danger immédiat, tempéra-elle. Nous avons entreposé suffisamment de vivres pour tenir un mois de plus. Deux, si nous instaurons des mesures de rationnement strictes.

Au premier rang, une femme brune prénommée Tiffany prit la parole.

— Pourquoi maintenant ? Et les opérations de ravitaillement alors ?

— Justement, c'est là qu'est le problème, souligna Maira. Nous avons déjà ratissé toute la zone.

— C'est impossible, protesta un homme au fond de la salle. Nous ne sommes pas si nombreux et il y a plein de magasins…

— Cela fait des mois que le monde est parti en vrille, le coupa Maira en secouant la tête. Toutes les denrées périssables se sont gâtées. Les surgelés ont fondu et ont pourri à cause des coupures de courant à répétition. Nous dépendons désormais des produits durables. Les conserves, les aliments secs… Or, nos quantités sont limitées.

— Et le potager ?

Maira poussa un soupir et croisa les bras. Les membres de la communauté s'étaient décarcassés afin de convertir une grande partie du toit en espace cultivable. Ce projet avait été mené avec cœur et les meilleures intentions. La jeune femme allait devoir détruire leurs espoirs et elle se détestait pour ça.

— Il nous aide et devrait nous permettre de gagner un peu de temps. Malheureusement, ce n'est pas suffisant.

— Si nous annexions d'autres immeubles aux alentours pour en créer plus, peut-être que…

— Non.

Elle avait lâché le mot brutalement, avec un excès d'agressivité. Maira baissa la tête, préférant dissimuler son dégoût plutôt que d'affronter le désespoir sur les visages. Elle précisa :

— Nous aurions besoin d'hectares entiers pour pouvoir nourrir tout le monde. Chacune de nos tentatives de déployer une activité agricole aux zones limitrophes n'a fait qu'attirer davantage de raids sur nous. Nous sommes cent-huit dans cet immeuble. Ça ne peut pas marcher et le temps joue contre nous.

Ce coup-ci, un silence peiné emplit l'assistance. La morosité marquait les visages. Maira vit un homme faire jouer sa mâchoire, comme s'il mâchait littéralement une information trop difficile à avaler.

— Et que suggérez-vous que nous fassions, sergent ? interrogea Jonah.

Maira lui adressa un regard à la fois agacé et reconnaissant.

— Nous pouvons envisager plusieurs options afin de nous faciliter la vie à court terme. La première serait d'élargir notre périmètre de fouilles.

Des messes basses traversèrent l'assemblée. Certaines personnes semblaient inquiètes, mais la plupart d'entre elles ne saisissaient pas ce qu'impliquait cette proposition. Maira se mordit nerveusement la lèvre, incapable de savoir si elle avait bien fait.

— Pourriez-vous nous donner un aperçu sur une carte ? demanda calmement Jonah.

Elle regarda cette fois le leader avec mécontentement, mais elle garda son sang-froid et cogita. Il avait raison. Ces gens devaient comprendre ce qui était en jeu et si elle comptait les convaincre, il fallait qu'elle soit transparente avec eux.

— Bien sûr, répondit-elle.

Sur le mur derrière elle, Maira déplia une carte détaillée de la zone. Ils l'avaient récupérée quelques mois plus tôt dans un bureau gouvernemental.

— Nous sommes ici. (Elle posa son doigt sur un point de la carte et traça un périmètre invisible tout autour.) Jusqu'à maintenant, nous étions convenus de limiter les pillages à cette zone.

Il y eut des hochements de tête dans l'assistance. La majorité d'entre eux comprenaient les informations de base de ces opérations, même s'ils n'y prêtaient généralement pas beaucoup d'intérêt. Les équipes en charge des opérations de ravitaillement n'étaient en effet composées que d'une poignée d'individus – les plus aptes et entraînés. Ceux qui avaient une chance d'en revenir.

Maira poursuivit.

— Je suggère que nous élargissions ce périmètre. Notre zone de récolte sera presque quatre fois plus vaste et, si nos estimations sont bonnes, nous éviterons la pénurie pendant un bon moment.

La foule reprit ses murmures. Personne ne semblait opposé au projet. Maira retint son souffle. Cela ne durerait pas. Il suffisait qu'un…

— Une minute !

Au premier rang, un homme avait pris la parole. Keith. Si Maira avait bonne mémoire, il était autrefois architecte. Ce qui sous-entendait qu'il voyait les choses avec plus de discernement que les autres.

— Vous voulez bien tracer ce périmètre sur la carte ? insista-t-il.

Maira s'éclaircit la voix.

— Bien sûr.

Elle s'exécuta, dissimulant au mieux sa réticence.

Le silence s'abattit sur l'assistance. Tracé à l'encre, le nouveau périmètre était maintenant visible de tous. Même les moins dégourdis en tirèrent une conclusion identique.

— Vous voulez donc qu'on aille se ravitailler dans Washington D.C., énonça Keith.

— Dans toutes les directions en fait, s'empressa de préciser la jeune femme. Mais oui effectivement, le périmètre traverserait la ville.

Les gens ouvraient à présent de grands yeux écarquillés. Leur peur était palpable.

— Washington est une zone de guerre, infestée de bandits et de fous furieux, souligna Tiffany. Nous entendons leurs affrontements toutes les nuits.

— Ça s'est calmé ces derniers temps, contesta Maira sans trop y croire.

— Et alors ? Ils sont tous morts, c'est ce que vous voulez dire ? Nous n'avons pas cette chance, railla Tiffany.

La voix de Kelly claironna à travers la salle.

— À quand remonte la dernière fois où vous avez envoyé des gens en ville, déjà ? Ah oui, ça me revient ! Votre petite escapade à l'armurerie, n'est-ce pas ? On se souvient tous de comment ça s'est terminé.

Maira tressaillit. Elle baissa les yeux vers le sol, sur ses bottes poussiéreuses et ses mains tremblantes. Aucune réplique ne lui venait et même si elle avait su quoi dire, elle n'aurait pas eu le cœur de rétorquer. Le mari et le fils de Kelly étaient morts en essayant de rejoindre cette armurerie en ville. Et il y avait eu d'autres pertes.

Kazi.

Maira ferma les yeux avec force.

Les paroles de Kelly furent brièvement suivies d'un silence total. Puis ce fut le tollé général et une demi-douzaine de disputes éclatèrent dans l'assistance.

— Une bande de meurtriers…

— Ils essaient de répandre cette foutue maladie…

— On aura de la chance si on ne se fait pas envahir et réduire en esclavage ! Je refuse de…

— Assez !

La voix de Jonah mit un terme à la clameur. Le leader n'avait pas crié, mais il était parvenu à étouffer la discorde qui grondait d'un simple mot. Il fit de nouveau face à Maira. La jeune femme lut le chagrin dans son regard. Jonah était conscient de ce que cette funeste expédition lui avait coûté. Cependant, lorsqu'il reprit la parole, le leader s'exprima d'une voix forte, rassurante et dénuée de toute tristesse.

— Sergent, c'est une perspective peu encourageante. Mais la disette ne l'est pas plus. Vous parliez d'une option. À défaut d'étendre notre périmètre de fouille jusqu'au cœur de la zone métropolitaine, quelles sont nos autres alternatives ?

Maira sortit les épaules et releva la tête pour balayer la foule du regard. Prenant exemple sur Jonah, elle porta la voix.

— Ce périmètre ne concerne pas uniquement la ville-même. Nous commencerons également à explorer des zones plus excentrées. (Elle marqua une pause.) Mais pour parler de façon réaliste, si nous ne trouvons pas de nouvelles sources d'approvisionnement, nous ne pourrons plus rester ici. Nous serons contraints de quitter Athéna. À ce stade, nous devrons sous peu chercher un autre endroit où vivre.

— Il y a des bandits partout et l'hiver approche ! surenchérit James au fond de la pièce, portant toujours sa fillette dans ses bras. Il y a des gens malades ici, des personnes âgées ! (Il fit rebondir sa fille contre son épaule.) Des enfants ! Combien d'entre nous pourrons survivre à la recherche d'un nouvel abri ?

Maira hésita.

— Je ne suis pas voyante. Je ne peux qu'émettre des hypothèses…

— Faites, je vous en prie, insista Jonah.

Maira acquiesça et reprit.

— Si nous nous déplaçons vite pour éviter les bandits, nous sèmerons les plus vulnérables d'entre nous. À l'inverse, si nous calquons notre pas sur celui des plus vulnérables, nous serons des cibles faciles. D'une façon ou d'une autre, j'estimerais sans surprise nos pertes à environ un dixième.

James ferma les yeux.

— Merci.

— Quelqu'un a-t-il une meilleure idée ? questionna Jonah. Une proposition afin de préserver cette communauté ?

— Quelqu'un finira bien par venir nous secourir, non ? souleva Tiffany d'une voix plaintive. Le gouvernement, ou… n'importe qui ?

Seul le silence lui répondit. Au fil des mois, même les plus optimistes du groupe avaient fini par renoncer à l'idée que la cavalerie viendrait à la rescousse. Ces derniers mois, les rumeurs abondaient selon lesquelles des soldats luttaient pour maintenir l'ordre en ville – et on en rapportait autant racontant que l'opération de pacification s'était muée en une cruelle oppression. Il ne restait personne pour les protéger de leurs gardiens.

— Dans ce cas, nous allons nous soumettre à un vote, annonça Jonah. Que celles et ceux qui sont pour élargir notre périmètre de ravitaillement le fassent savoir.

Il leva la main.

Ce fut une écrasante majorité. Les mains s'élevèrent partout dans la pièce, au-dessus d'une marée de visages toujours marqués par la peur et l'inquiétude. Une fois la décision prise, la foule commença à se disperser, retournant vaquer aux tâches qui permettaient le fonctionnement de la communauté. Jonah se fraya un chemin jusqu'à Maira. Cette dernière s'adossa au mur et se frictionna le visage.

— Félicitations, lança-t-il. Tu les as convaincus.

— Si c'est une victoire, pourquoi ai-je le sentiment d'essuyer une défaite ?

— Parce que tu endosses la responsabilité de choses sur lesquelles tu n'as aucun contrôle, ironisa-t-il.

Maira pouffa, mais ne nia pas.

— Toi et moi connaissons la vérité, Jonah. Cette solution n'est qu'un pis-aller. Nous ne vivrons pas éternellement de rapines. Si les choses ne changent pas – et je parle d'un vrai changement – alors beaucoup de gens vont mourir. (Elle eut un sourire amer.) Beaucoup plus.

— Nous ne pouvons faire que notre possible, Maira, reprit le leader en lui adressant un sourire chargé de tristesse. Viens, je vais t'aider à préparer les nouveaux itinéraires de ravitaillement.

Maira s'arrêta et étudia à nouveau le petit point représentant Athéna sur la carte, entourés de cercles concentriques. Elle serra la mâchoire en examinant le plus large, celui qui traversait le centre de la ville. Sur d'anciennes cartes maritimes de l'âge de la voile, les cartographes écrivaient « Ici sont les dragons » pour indiquer des territoires potentiellement dangereux. Elle résista à l'envie de gribouiller l'une de ces créatures sur le plan et replia la carte à la place.

— Après toi, dit-elle à Jonah avant de le suivre hors de la salle.

CHAPITRE 2

— Dis Maira, ça te dirait de sortir dîner ?

Andrew mordait dans une barre de chocolat récupérée la semaine passée au cours d'une fructueuse expédition.

Cela faisait sept jours que la communauté d'Athéna avait pris la décision d'élargir leur périmètre et les résultats étaient satisfaisants. Les vivres affluaient. Avec un peu de chance, leur groupe pourrait à présent survivre à l'hiver.

C'était la fin du mois de septembre et la soirée était douce dans le Maryland. Les températures étaient suffisamment agréables pour que Maira puisse se passer d'enfiler sa veste pendant ses tours de garde. Cependant, le fond de l'air était frais. La saison froide ne tarderait plus. Elle déposa son fusil Remington 700 contre l'empilement de sacs de sable encerclant le toit où ils étaient positionnés et se redressa. Son dos craqua en plusieurs endroits, mécontent d'être resté aussi longtemps dans la même position. Elle soupira et fit rouler ses épaules, provoquant d'autres craquements.

— Si c'est ta manière à toi de me proposer un rencard Andy, je vais être honnête : ça ne m'intéresse pas.

Andrew pouffa par le nez.

— Petite maligne. En fait, c'était surtout le concept de sortie qui m'intriguait.

Il engloutit le reste de sa barre de chocolat et froissa l'emballage avant de le fourrer dans sa poche.

Puis, du bout de sa carabine M4, il désigna la rue en contrebas. La nuit tombait rapidement et du haut des trois étages, il devenait de plus en plus difficile de discerner les détails dans l'obscurité grandissante. Maira plissa les yeux et ne vit que les ruines d'un restaurant. L'enseigne s'était effondrée depuis plusieurs mois. La jeune femme était presque certaine d'y avoir mangé une fois, avant la fin du monde. Un restaurant mexicain, peut-être ? Ce souvenir lui semblait provenir d'une autre vie.

Elle chassa cette pensée d'un haussement d'épaules.

— Comment ça, le concept ? demanda-t-elle.

— C'est juste que c'était tellement normal avant. Tu sais ? Tu entrais quelque part, tu t'installais et tu commandais un curry…

— Des tacos, le corrigea-t-elle.

— Ouais, des tacos. Tout ce que tu voulais, en fait. Et en une demi-heure, boum ! On te le servait, tout prêt, préparé rien que pour toi.

Maira posa son pied botté sur les sacs de sable.

— Il y a une chute à ton histoire ? lâcha-t-elle.

Andrew marqua une pause et pinça pensivement les lèvres.

— Non.

Sa réponse prit Maira au dépourvu. Elle rit.

— Au moins, c'est honnête.

Son équipier sourit à son tour.

— J'essaie de passer le temps.

Elle jeta un œil en arrière vers leur communauté.

— Je vois ce que tu veux dire. Tant de choses nous paraissaient normales avant. Des petites choses du quotidien. Et voilà qu'elles ont disparu, probablement pour toujours.

— Pas pour toujours, objecta-t-il d'une voix douce. Je ne me crois pas capable de m'y résoudre.

Maira l'observa. Il était difficile de discerner précisément son visage dans le noir, mais une intense tristesse émanait de son camarade. Andrew sillonnait le pays pour un voyage d'affaires quand le Poison Vert avait fait son apparition. Depuis, il était coincé ici, de l'autre côté de l'océan, séparé des gens qu'il aimait.

— Tu rentreras chez toi un jour, assura Maira, avec une conviction forcée, comme si elle y croyait dur comme fer.

Andrew esquissa un sourire.

— Je l'espère.

Elle tendit le bras et lui pressa amicalement l'épaule.

— Nous ne sommes même pas certains de…

Elle fut interrompue par le crissement de sa radio. Maira la retira de sa ceinture avec inquiétude tandis que l'engin crachait de la friture. Andrew croisa son regard, les sourcils froncés par l'anxiété. Aucune communication n'était prévue sur leur planning.

— Veuillez répéter, fit Mira. On ne vous entend pas clairement, terminé.

Il y eut un nouveau crachotement indistinct, cette fois-ci entrecoupé par des mots.

— *Pilleurs… fui… hostiles… ger…*

Une succession de craquements rapides capta l'attention de Maira. Cette fois, ce n'était pas le bruit de ses vertèbres se remettant en place. Cela évoquait plutôt des pétards, de lointains souvenirs de la Fête nationale. Cependant, le temps qu'elle avait passé dans la Navy – sans parler des événements de l'année précédente – lui avait appris à faire la distinction. C'étaient bien des coups de feu.

Maira revint vers les sacs de sables en un clin d'œil, talonnée d'extrêmement près par Andrew.

— D'où ça vient ? demanda-t-elle sèchement.

Andrew pointa l'index derrière l'oreille de Maira, en direction du sud. Elle voyait à présent les flashs à l'horizon, de simples étincelles illuminant le ciel nocturne. Ces lumières éclairaient une horde de silhouettes menaçantes qui se propageaient depuis la ville. Devant eux, un petit groupe d'individus prenait la fuite, ripostant à coups de rafales irrégulières. En représailles, d'autres détonations répondirent à un rythme soutenu, signalant qu'une bataille acharnée avait lieu.

Maira régla sa radio.

— Poste de garde sud ! Cibles en approche !

— Bien reçu. (Maira reconnut la voix terrifiée d'Elena). On les voit ! Multiples hostiles à la poursuite de l'équipe de ravitaillement numéro 3 ! Ils sont lourdement armés !

Maira posa un genou sur un sac de sable et lorgna à travers le viseur de son arme. Elle repéra un membre de leur groupe qui prenait la fuite, épouvanté. Une balle le faucha dans le dos et il s'effondra au sol comme un pantin désarticulé dont on aurait subitement tranché les fils. Maira déglutit avec force et ramena son arme en arrière. Les hostiles…

Elle comprit aussitôt pourquoi le poste sud n'avait même pas essayé d'estimer leur nombre. Les hostiles se déversaient en torrent. Ils fonçaient tête baissée dans les rues et la plupart d'entre eux ne prenaient pas la peine d'être furtifs. Ils formaient une force anarchique, brandissant un assortiment d'armes hétéroclites, ainsi qu'une poignée de fusils de chasse et d'assaut. Ils étaient habillés de guenilles et d'armures de fortune fabriquées à partir de plaques de métal. Le seul symbole de cohérence qui les reliait étaient leurs masques.

Maira sentit la panique gagner son cœur, mais elle repoussa rageusement ce sentiment. *Concentre-toi sur le moment présent*, s'encouragea-t-elle. Chaque seconde comptait.

— Andrew, donne-moi les commandes ! lança-t-elle.

Son collègue gardait les yeux dans le vague, horreur et stupéfaction étaient lisibles sur son visage. Il parut redescendre sur terre en entendant la voix de Maira. Il cligna des paupières, acquiesça fébrilement, et fonça droit vers une caisse à outils. Il l'ouvrit, révélant un assortiment de téléphones portables. Tous portaient une étiquette de couleur marquée d'un numéro.

Maira revint à son viseur, scrutant le champ de bataille jusqu'à capter un éclat de lumière sur un autre immeuble. Son groupe avait collé des miroirs aux alentours, cinq en tout. Cela leur servait à mesurer les distances. Les envahisseurs dépassèrent le premier sans même le remarquer. L'équipe de ravitaillement numéro 3 les devançait. Maira priait pour qu'ils soient hors de la zone de danger.

— Cent-cinquante mètres bleu ! lança la jeune femme à Andrew.

— Cent-cinquante mètres bleu ! répéta son collègue.

Il sortit un téléphone de la caisse et l'alluma.

Le point de repère explosa dans un nuage de flammes et de fumée. Au-delà du rayon de déflagration, une force invisible balaya une vague d'assaillants qui tombèrent comme des épis de blé sous les coups de faux d'un moissonneur. Des engins explosifs improvisés, plus communément nommés EEI. Autrefois, le fléau des forces armées américaines en territoire ennemi. Maira s'en était inspirée et avait disposé ces bombes artisanales sur les grands axes, prêtes à être déclenchées au moment opportun.

Les explosions troublèrent la stratégie des hostiles. Devant cette attaque impromptue, beaucoup d'entre eux se dispersèrent et Maira entendit les cris des blessés et des mourants. Mais le répit fut de courte durée. L'avant-garde avait à peine freiné. Comme si les morts ne signifiaient rien pour ces gens. Grâce à la lumière dégagée par l'explosion, Maira remarqua un nouveau détail : les masques de l'ennemi étaient tous de différentes nuances de jaune.

— Les Parias, chuchota-t-elle avec horreur.

Les pires craintes de leur communauté prenaient vie. Les Parias était l'un des groupes les plus redoutables à avoir émergé du chaos provoqué par le Poison Vert. D'après la rumeur, leur groupuscule était composé des premiers individus placés en quarantaine au début de la crise. Ils avaient été laissés pour morts et cherchaient à présent à se venger, répandant la maladie sur leur passage. C'étaient des fanatiques, des meurtriers de masse uniquement motivés par la rage folle qu'ils éprouvaient contre ce monde qui les avait si injustement traités.

Maira activa sa radio et la porta à son visage.

— Prenez bien note : le groupe hostile a été identifié comme étant des Parias. Nombre d'individus inconnu. Probablement l'équivalent d'un bataillon. Terminé.

— Les Parias ? balbutia Andrew en la dévisageant. Tu es sérieuse, là ? Ces sacs à puces ?

Elle ne répondit pas et continua d'énoncer ses indications.

— Soixante mètres bleu. Tiens-toi prêt.

— Maira, il faut évacuer ! On doit…

La peur dans les yeux d'Andrew la ramena à ce jour fatidique à l'armurerie. Elle serra les poings si fort que ses ongles s'enfoncèrent dans ses paumes.

— Si nous abandonnons notre position, toute la communauté va y rester, déclara-t-elle. Quelqu'un d'autre prendra l'évacuation en charge. Notre boulot, c'est de gagner du temps. (Elle s'était exprimée sèchement, mais avec sang-froid.) Soixante mètres bleu. Maintenant.

— D'accord. (Andrew sortit un autre téléphone de la caisse à outils.) Paré sur soixante mètres bleu.

Maira tourna son attention sur l'assaut des Parias. Elle repéra les deux miroirs suivants. L'ennemi atteindrait la zone dans quelques secondes.

— Soixante mètres bleu ! s'écria-t-elle.

Nouvelle détonation, nouvelles pertes dans les rangs des Parias. Au pire des cas, leur nombre serait réduit.

L'équipe de ravitaillement avait à présent atteint le poste sud – un ancien café reconverti en poste de garde et renforcé au mieux de leurs capacités. Les ravitailleurs se ruèrent à l'intérieur, couverts par des sentinelles en faction. Les coups de feu pleuvaient du haut des fortifications, réduisant la progression des Parias.

Forcé de se mettre à couvert, l'ennemi finit par ralentir et échangea des coups de feu avec les sentinelles, pour le moment parfaitement protégées derrière les installations bétonnées érigées par la communauté. Maira assista à la scène, craignant que ce répit ne soit que temporaire. L'ennemi conservait largement l'avantage du nombre. Même avec l'équipe de ravitaillement à l'intérieur, il devait y avoir dix personnes maximum pour défendre leur position.

Maira leva sa radio.

— Postes nord, est, ouest, vous me recevez ?

Les réponses affluèrent. Au son de leurs voix, la jeune femme devina combien ses camarades étaient terrifiés. Pour l'heure, ils parvenaient à garder leur sang-froid. Espérant que cela continuerait ainsi, Maira s'arma de courage pour leur donner un ordre.

— Il faut que vous alliez prêter mains fortes au poste sud !

— Ici le poste nord ! Les autres issues se retrouveront sans protection, non ?

À nouveau, Maira jeta un regard par-dessus le muret. Les Parias grouillaient partout autour du poste sud. L'arsenal de ses camarades était tout bonnement insuffisant pour tenir leurs assaillants en respect. Qu'ils le veuillent ou non, certains Parias entreraient bientôt dans Athéna.

— Nous devons parer au plus pressé, poste nord, répliqua Maira. On se bouge, tout de suite !

— Maira ! appela Andrew avec affolement.

Elle baissa sa radio et suivit le regard de son équipier vers l'affrontement qui faisait rage. Les Parias encerclaient désormais le poste sud sur trois côtés et mitraillaient le bâtiment. Fortifié ou pas, elle n'osait imaginer l'enfer qui régnait à l'intérieur. Les ripostes de leurs alliés avaient considérablement diminué. Ils étaient soit cachés, soit blessés.

— Tenez bon, poste sud ! Les renforts sont en…

Une silhouette massive se détacha du groupe d'envahisseurs et s'élança droit sur le poste de garde. L'individu encaissa en chancelant une demi-douzaine de coups de feu, mais rien ne put ralentir sa course effrénée. Une balle lui traversa la mâchoire avec un geyser de sang. Sans l'arrêter. Qu'il fût mort ou vif, l'élan prit par le franc-tireur le propulsa à l'intérieur.

Le bâtiment fut pulvérisé. Le poste partit en fumée et des flammes rouges et orange illuminèrent le quartier de leurs couleurs éphémères. Des hurlements d'allégresse résonnèrent parmi les Parias qui poussaient des cris de guerre en brandissant triomphalement leurs armes vers le ciel. En cet instant, éclairés par l'incendie, ils ressemblaient à des démons tout droit sortis de l'enfer.

Maira contempla le spectacle. Sa mâchoire bougeait sans prononcer les mots. Finalement, elle reprit sa radio et s'exprima d'une voix râpeuse.

— Poste sud détruit. Le chemin menant à Athéna est grand ouvert. À toutes celles et ceux qui sont armés, nous avons besoin de vous. *Maintenant.*

Les Parias se regroupèrent pour une ultime offensive. Maira remarqua l'un d'entre eux, juché sur un morceau de béton effondré. Il encouragea les autres en criant dans un mégaphone. D'une main ferme, elle reposa sa radio, mit l'œil contre son viseur et pressa la détente. Le Paria tressauta sous l'impact et tomba à la renverse, se recroquevillant en position fœtale. Elle se sentit étrangement fière de son coup.

Andrew se tenait à ses côtés, visant lui aussi l'adversaire. Mais il tirait avec trop d'empressement. Des larmes ruisselaient sur ses joues. Maira perçut sa respiration paniquée. Il allait rater ses cibles. Peu importait. Il faisait de son mieux. Et au bout du compte, ni lui ni elle ne changerait quoi que ce soit à l'issue du combat.

Maira scanna la foule en quête de sa prochaine cible. Elle jeta finalement son dévolu sur un individu portant la même tenue étrangement bouffante que le kamikaze qui avait fait exploser le poste. Elle le toucha en pleine poitrine. Les explosifs que les Parias trimballaient sur eux étaient à leur image : instables. L'assaillant vola en éclats, causant une brèche dans les rangs compacts de l'ennemi. Ils étaient si proches maintenant que la déflagration fit trembler le toit sur lequel elle était positionnée.

Dans les rues avoisinantes, des tirs résonnaient par intermittence tandis que les milices en provenance des autres postes de garde rejoignaient le combat au galop, abattant les Parias un par un. Ces nouveaux coups de feu attirèrent l'attention du gros des forces ennemies. En représailles, celles-ci firent pleuvoir un torrent de balles cinglantes sur tous ceux qui avaient encore le courage de se battre. Acculés, les plus chanceux trouvèrent promptement un abri et y restèrent ; quant aux autres, à découvert, ils furent fauchés sur place.

Un colosse, armé d'une gigantesque masse, chargea l'un des combattants immobilisés. Maira effectua un tir rapide et bien qu'elle touchât sa cible, l'individu ne broncha pas. Leurs grossières armures en fonte faisaient d'eux de véritables tanks humains. Pour le tir suivant, Maira visa le casque mais la balle rebondit dessus avec une étincelle. L'ennemi fut à peine désarçonné. Elle assista, impuissante, au spectacle du gigantesque marteau qui s'abattait sur son allié, envoyant du sang et de l'os se répandre dans la rue.

Ses tentatives désespérées et infructueuses avaient attiré l'attention sur le toit. Des balles crachèrent tout autour d'eux. Certaines percutèrent les sacs de sable avec un bruit sourd. L'une d'elle frappa le rebord et envoya des éclats de béton sur la jeune femme, qui se mit à couvert en poussant un juron, le visage ensanglanté et tailladé par endroits de coupures cuisantes.

Dans l'espoir de riposter, elle se redressa et lorgna à travers son viseur. Quelle ne fut pas sa surprise en découvrant un archer, ajustant soigneusement son tir dans leur direction. Elle cligna des yeux pour s'assurer qu'elle n'hallucinait pas. Une mèche noire pendant à la pointe de la flèche, dégageant une fumée toxique. Maira plongea en arrière, attirant Andrew avec elle au moment où l'archer décochait son trait.

La flèche décrivit un arc de cercle au-dessus du rebord et vint se planter près d'eux dans le plâtre du toit. Elle explosa aussitôt. La puissance de la déflagration aurait dû les déchiqueter tous les deux. Mais ils furent simplement précipités au sol. Maira se plaqua contre les sacs de sable avec un craquement sonore. Une vive douleur lui transperça le torse et elle se recroquevilla, un bras ramené contre la poitrine.

Sa radio était tombée à proximité, miraculeusement intacte. Une voix grésilla, tentant d'entrer en communication avec elle. La cacophonie ambiante rendait les mots de son interlocutrice inaudibles.

Maira fixa l'appareil, médusée. Athéna était une petite communauté. Elle connaissait chacun de ses habitants.

Or, cette voix était celle d'une inconnue. Les doigts gourds, elle ramassa la radio et tenta une première fois de répondre, mais fut prise d'une quinte de toux.

— Veuillez répéter, demanda-elle d'une voix rauque.

— C'est la milice locale ? Ravie qu'il y ait des survivants parmi vous ! Que tout le monde baisse la tête, immédiatement !

— Quoi ? s'exclama Maira d'une voix sifflante.

— Baissez tout de suite la tête !

Elle sursauta, mais s'exécuta et se couvrit le visage avec le bras. Un bourdonnement de faible intensité vibra dans ses oreilles, suivi du hululement d'un engin qui les dépassait à toute vitesse – à hauteur du toit, jugea la jeune femme. Avant de pouvoir satisfaire sa curiosité, elle entendit un bruit sourd suivi d'un sifflement strident qu'elle reconnut aussitôt.

Elle se couvrit les oreilles et, soudain, le monde devint blanc. Maira eut beau fermer les yeux, une lumière éblouissante l'aveugla, plus éclatante encore que celle du jour. Ce fut fini aussi vite que cela avait commencé, mais le bruit et la lumière la laissèrent groggy. Elle se remit sur pied comme elle put, agrippa son flanc en grimaçant de douleur, et ramassa son fusil.

Elle posa le pied sur le rebord du toit et découvrit un chaos absolu. Les Parias chancelaient dans tous les sens, se tenant le visage en hurlant. Du sang s'écoulait de leurs tympans crevés. Dans la panique, certains tiraient à l'aveugle, faisant involontairement feu sur leurs alliés. La grenade aveuglante les avait pris complètement au dépourvu.

Derrière elle, Maira entendit à nouveau la radio crachoter.

— C'est bon, agents, bombardez-les !

Dans un cœur de détonations tout à fait caractéristiques, des grenades volèrent de toutes parts, provoquant un déluge d'explosions parmi les Parias affaiblis. Chaque déflagration mit un peu plus le groupe d'intrus en pièces, les réduisant en chair à pâté. Déjà déroutés par la panique, les Parias tentèrent de se disperser.

Mais ils tombèrent de Charybde en Scylla et furent fusillés par des salves d'une grande précision. De gauche à droite, les silhouettes en haillons tombèrent comme des mouches, abattues par des tireurs d'élite. Déconcertée, la tête lourde, Maira fixa la scène. Elle n'arrivait même pas à définir l'origine des tirs. Leurs mystérieux sauveurs devaient avoir choisi leurs positions avec une rapidité et une habileté stupéfiantes.

Pour autant, tout danger n'était pas écarté. Une vingtaine de Parias avaient survécu à cette première hécatombe. S'ils parvenaient à se regrouper, ils constitueraient encore une menace mortelle. Bien décidée à apporter sa contribution, Maira s'empara de son propre fusil et visa en contrebas. Elle rata son premier coup, puis fit mouche la deuxième fois sur un sniper qui s'enfuyait vers le nord en boitant.

Maira se recula et reprit sa radio.

— Tuez-les ! s'écria-t-elle d'une voix rauque. Abattez les Parias !

Ce qui restait des forces d'Athéna se rallièrent à son commandement. Leur réactivité laissait à désirer, mais chacun des tireurs finit par ouvrir le feu. Les quelques Parias survivants n'avaient plus aucun moyen de fuir. Partout les attendait le feu nourri des armes de leurs opposants. Leurs yeux brûlés et leurs tympans crevés les désorientaient totalement. Ils furent abattus jusqu'au dernier. La quiétude revint enfin dans les rues, uniquement troublée par le crépitement des flammes et le râle des blessés.

En l'espace de quelques instants, une bataille perdue d'avance pour la survie d'Athéna s'était muée en partie de tir au pigeon d'argile.

La voix de l'inconnue résonna à nouveau dans la radio.

— Bien visé. Nous aimerions sortir maintenant. Vous pourriez éviter de nous tirer dessus ?

Maira porta la radio à ses lèvres. Pendant un instant, ses pensées tournèrent en rond, et son cerveau refusait de lui obéir.

— Cessez le feu ! parvint-elle finalement à dire. Nos alliés vont sortir à découvert !

Elle entendit un grognement sourd juste à côté d'elle. Andrew. Maira se tourna pour le voir se redresser péniblement. Il avait manifestement le bras droit cassé. Elle se pencha pour l'aider à s'asseoir sur un sac de sable et l'épousseta délicatement.

Tout en maintenant son bras contre son torse, Andrew tendit faiblement son index vers le champ de bataille.

— Regarde, souffla-t-il.

Maira se retourna. Un premier aperçu de leurs sauveurs survint sous la forme de halos orange. Trois personnes s'avançaient au milieu de la fumée et du carnage d'un pas décontracté, comme si cette scène faisait partie de leur quotidien. Les deux premiers étaient filiformes et de petites tailles ; quant au type à l'arrière-garde, il aurait eu toute sa place dans un concours de culturistes. Ils étaient tous vêtus d'un étrange alliage d'équipements militaires de pointe et de robustes vêtements civils. Les lueurs orangées provenaient d'écrans holographiques accrochés autour de leurs poignets et de divers accessoires, brillant telles des étincelles dans les ténèbres.

— Trois personnes, constata Andrew avec étonnement. Tous ces dégâts et ils n'étaient que trois ?

Maira embrassa l'hécatombe du regard. C'était en effet difficile à croire.

— Le gros du boulot en tout cas, c'est certain.

Le meneur de cette redoutable équipe retira son casque, révélant le visage d'une femme à la peau noire et au crâne rasé. Elle coinça son casque sous son bras et leva la main droite en guise de salutation.

— Bonsoir ! J'espère que vous ne voyez pas d'inconvénient à nous voir débarquer à l'improviste, mais vous aviez l'air d'être dans une position plutôt délicate.

Maira laissa s'échapper un rire plus proche du sanglot. Elle leva la main à son tour.

— Exceptionnellement, je crois qu'on vous pardonnera ! s'exclama-t-elle.

La femme sourit, révélant une rangée de dents éclatantes.

— C'est bien urbain de votre part ! Pensez-vous que…

Elle fut interrompue par de l'agitation derrière eux. Un Paria rampait dans leur direction. Son masque déchiré révélait un visage défiguré par les pleurs et fendu d'un sourire de maniaque. Maira poussa un cri d'avertissement. Elle leva son arme, mais son doigt resta figé sur la détente. Le rescapé était l'un des kamikazes, entièrement recouvert d'explosifs. Seul un tir parfait pourrait éviter à leurs sauveurs et aux autres survivants d'être tués sur le coup.

Le Paria cria tout un galimatias sur le fait d'apporter la lumière au cœur des ténèbres.

L'un de leurs sauveurs, le costaud, passa à l'action. D'une rapidité jurant avec sa stature, il déboula devant les deux autres et s'empara du Paria avec une vivacité exemplaire. Or au lieu de le mettre à terre, l'imposant étranger le souleva et partit en courant.

La femme s'écria :

— Eric !

Pour Maira, le monde défila au ralenti. La femme devait avoir compris. Elle agrippa son autre camarade à bras-le-corps et l'entraîna à l'écart. Le dénommé Eric n'eut même pas un regard en arrière. Il poursuivait sa course, mettant le plus de distance possible entre ses collègues et lui, tandis que le Paria se débattait furieusement. Une quinzaine de mètres plus loin, ce dernier parut reprendre ses esprits. Maira le vit serrer le poing.

Eric et lui furent dévorés par les flammes.

Les deux autres soldats furent projetés au loin. Ils ne devaient d'avoir la vie sauve qu'à la distance qu'Eric avait mise entre eux, au prix de la sienne. Son corps avait été soufflé au point d'impact et on pouvait à peine distinguer ce qu'il en restait au cœur des flammes déchaînées.

— Seigneur, murmura Andrew.

Avec lassitude, Maira souleva sa radio.

— Faites-les entrer, murmura-t-elle.

Puis, balayant du regard les décombres fumants résultants de l'affrontement, elle ajouta :

— Mettez sur pied des équipes de secours. Nous devons porter assistance aux blessés et rassembler les morts.

Chacune de ses respirations lui donnait l'impression d'avaler des éclats de verre. Cela n'avait pas d'importance. Elle se redressa en prenant appui sur son arme.

Ils avaient du pain sur la planche.

CHAPITRE 3

La voix de Kelly fendit l'assemblée comme un claquement de fouet.

— Vous étiez censée nous protéger ! Au lieu de ça, vous avez déchaîné l'enfer et vous n'avez pas été capable de nous en prémunir !

La salle commune offrait une scène digne d'un cauchemar. Les blessés comprimaient leurs hémorragies en gémissant et en poussant des hurlements. L'appartement faisant office d'infirmerie n'était pas assez grand pour tous les accueillir. Ceux qui s'en étaient tiré indemnes rassuraient les invalides et les soignaient au mieux de leurs capacités. Quant aux plus mal en point, les infirmiers improvisés ne purent qu'apaiser leurs souffrances.

Maira se tourna péniblement vers Kelly. Elle évita son regard.

— Je suis désolée.

— Désolée ? Vous êtes désolée ? (Kelly fit face aux autres membres de la communauté, dont les expressions variaient de l'empathie à la colère.) Elle est désolée ! Voilà qui change tout, n'est-ce pas ? Être désolée n'est pas suffisant, s'écria-t-elle en lui poignardant la poitrine avec l'index.

Maira retint un cri de douleur. Elle avait manifestement une côte cassée. Chancelante, elle recula d'un pas.

— Je n'ai jamais voulu que tout ça arrive, se défendit-elle. Nous n'avions pas...

— Vous n'aviez pas quoi ? la coupa Kelly. De bon sens ? D'aptitudes ? De dignité humaine ?

Andrew intervint. Le bras en écharpe, il s'immisça sans ménagement entre les deux femmes

— Ferme ta gueule, cracha-t-il à Kelly en la foudroyant du regard. Tu n'y étais pas. Tu n'as rien vu. Il y avait au moins deux cents de ces salopards, là, dehors. Ils étaient deux fois plus nombreux que nous tous réunis. Si Maira ne nous avait pas préparés au mieux, alors...

— Préparés ? À quoi ? Aux conséquences de ses actes ? (Kelly essaya de contourner Andrew, mais il fit front, faisant barrage entre Maira et elle.) C'est elle qui a eu la brillante idée d'envoyer nos équipes vers le sud. Elle a foutu le pied dans une fourmilière !

— C'est faux, Kelly ! lança une voix d'un ton aussi ferme que mesuré.

Jonah approcha par le côté, un bandage autour du crâne. L'une des explosions avait fait tomber une partie du plafond sur sa tête.

— Nous avons tous voté, poursuivit-il. C'était une décision commune. Maira n'est pas à blâmer. (Elle voulut protester mais il la coupa en levant la main et s'exprima plus sèchement.) Si j'ai bonne mémoire, Kelly, tu as aussi soutenu cette décision.

Celle-ci le foudroya du regard. Les muscles de sa mâchoire se contractaient à vue d'œil. Maira n'avait pas le moindre doute que Kelly lui arracherait la gorge à pleines dents si on lui en donnait l'occasion.

— Ça vous arrange bien, hein ? cracha-t-elle finalement. Après l'armurerie, c'est encore un fiasco. Encore d'autres victimes. Des gens meurent pour s'être fiés à elle et, bizarrement, ce n'est jamais sa faute.

Maira s'avança et leva la tête pour regarder Kelly en face.

— Je suis désolée, répéta-t-elle. Je prendrais leur place si je le pouvais. Je n'ai jamais souhaité que les choses se passent ainsi, mais notre seule autre alternative était la famine. Parfois, nous n'avons que... (Sa voix se brisa et elle ravala sa douleur.) Il arrive qu'il n'y ait pas de bonne décision à prendre.

En dépit de ses efforts pour refouler ce souvenir, la nuit du raid sur l'armurerie lui revint brutalement en mémoire. Les cris, le feu, une main agrippant fermement les siennes, quelqu'un essayant de parler, mais ne parvenant qu'à cracher du sang. Ce quelqu'un, c'était...

La jeune femme ferma les paupières pour contenir les larmes qui lui brûlaient les yeux. La réminiscence de cette nuit fatale se mêlait aux souvenirs du récent affrontement. La vie n'était plus qu'un défilé de cauchemars sans fin. Tant de morts, et pour quoi, en fin de compte ?

Kelly s'apprêtait à revenir à la charge. Autant pisser dans un violon. La haine que cette femme ressentait l'empêcherait toujours de réviser son jugement. Et Maira n'était pas certaine de vouloir qu'elle le fasse. C'était de bonne guerre. Après tout ce qu'il s'était passé, elle méritait peut-être qu'on lui fasse porter le blâme.

Une voix s'éleva.

— Avec le recul, nous sommes tous des génies.

Tout le monde se figea, Kelly incluse. Cette voix… Maira la reconnut tardivement. C'était celle de la cheffe de la Division qui les avait sauvés la nuit passée. En se retournant, elle eut confirmation que c'était bien elle. Elle se tenait devant eux, bras croisés, la sangle de son fusil d'assaut passée sur son épaule, un pistolet accroché à la ceinture. Et toujours cet appareil holographique sur son poignet, projetant une vive lueur orange.

— Ne devriez-vous pas vous reposer ? souleva Jonah d'un ton surpris.

Les deux agents avaient été si proches de l'explosion qu'ils auraient dû être morts. Cependant, ils étaient bien là, sur leurs jambes, et selon toute vraisemblance, frais et dispos. Un vrai miracle. L'autre agent se tenait derrière sa supérieure, adossé contre le mur, assistant à la scène sans dire un mot. Lui aussi avait retiré son masque. Son attitude et son apparence rappelèrent à Maira son frère aîné, tué par le Poison Vert, et ce souvenir fit naître chez elle un sentiment d'attachement mêlé de tristesse.

La femme sourit de toutes ses dents, avec le même sourire sympathique qu'elle lui avait dédié la veille au soir.

— Je suis résistante, mais merci de vous inquiéter, répondit-elle à Jonah.

Kelly s'éclaircit nerveusement la voix. Ces gens étaient des étrangers et les membres de la Division jouissaient d'une réputation fort peu reluisante. Personne ne savait trop quoi penser d'eux.

— C'est quoi votre problème ? lança Kelly à la cheffe d'équipe. On ne peut plus critiquer son leadership, maintenant ?

— Au contraire. Le leadership peut merder, parfois. (Elle s'exprimait sur le ton de la conversation, comme si les deux femmes parlaient météo). Mais si personne ne monte au créneau pour prendre des mesures, uniquement par peur de ce qui pourrait arriver, alors les choses ne peuvent qu'empirer.

— Elle a…

Kelly ne put dire un mot de plus. La femme continua, ignorant totalement sa tentative de prise de parole.

— Je suis impressionnée, à dire vrai. (Elle fixa son sourire sur Kelly.) Oh pardon, vous disiez ?

Désarçonnée, la revancharde cligna rapidement des paupières.

— Impressionnée ? Par quoi ?

— Par votre degré de préparation face à cette attaque. Mon équipe a été alertée dès l'explosion du premier EEI lancé par les Parias. Sans vos pièges et vos postes fortifiés pour les ralentir, vous auriez été submergés avant que nous puissions intervenir. La bataille aurait été perdue avant même d'avoir commencé.

Kelly pointa à nouveau un index accusateur sur Maira, fort heureusement à bonne distance cette fois-ci.

— Onze personnes sont mortes cette nuit, et d'autres mourront dans la journée ! s'écria-t-elle. Tout ça est arrivé sous sa garde !

La femme acquiesça lentement.

— Et c'est tragique. Vraiment. Mes sincères condoléances. Mais votre communauté compte… (elle balaya l'assistance du regard, puis hocha la tête comme si elle venait de recevoir une information au creux de l'oreille.) Moins d'une centaine de personnes. J'ai vu les Parias anéantir des groupes deux fois plus nombreux et subir des pertes bien moins lourdes.

La femme marqua une pause, juste assez longtemps pour permettre à Kelly d'ouvrir la bouche, puis elle continua.

— Et statistiquement… (La cheffe de section sourit à nouveau, avec tristesse cette fois.) J'ai essuyé cette nuit de plus grosses pertes que vous.

Complètement décontenancée, Kelly jetait à présent des regards autour d'elle. Personne ne se pressa pour la soutenir. Nul n'osait critiquer ouvertement leurs sauveurs, à plus forte raison que l'un d'entre eux y avait laissé la vie.

L'étrangère profita de cette occasion et tourna ostensiblement le dos à Kelly afin de faire face à la foule.

— Y a-t-il un responsable ici ? questionna-t-elle. J'aimerais m'entretenir en privé avec lui, elle ou eux.

— Nous n'avons pas de chef à proprement parler, intervint Andrew avant de désigner Jonah d'un geste peu assuré. Toutefois, il lui arrive d'être notre porte-parole.

— Une organisation consultative ? Fort bien. (La femme focalisa sur Jonah un regard aussi tranchant qu'un faisceau laser.) Vous ferez l'affaire. Peut-on s'isoler quelque part pour discuter ?

— Certainement. Verriez-vous un inconvénient à ce que notre responsable de la sécurité se joigne à nous ? demanda Jonah en désignant Maira.

Cette dernière fronça les sourcils.

— Je ne… je ne suis…

— Pas le moindre, répliqua la femme en souriant. Sa perspective pourrait nous être très utile.

Puis avec un geste en direction de la porte, elle ajouta :

— Après vous.

— En premier lieu, évacuons les questions faciles.

Dans ce qui était autrefois la permanence du concierge, leur interlocutrice s'enfonça dans le fauteuil et posa ses pieds bottés sur le bureau en soupirant d'aise.

— Je suis l'agent Brenda Wells (Elle inclina la tête vers la porte où son collègue avait pris position.) Et mon camarade ici présent est l'agent Leo Fourte. Nous représentons une organisation fédérale, la SHD ou Strategic Homeland Division.

— Oui, fit Maira en grimaçant. Nous savons qui vous êtes.

— À dessein, acquiesça Brenda. Si tout s'était passé comme prévu, vous n'auriez jamais entendu parler de nous. La Division est normalement classée au plus haut niveau de confidentialité. Nous ne devions entrer en activité qu'en cas d'extrême nécessité. (Elle haussa les épaules et se relaxa dans son fauteuil qui grinça sous son poids.) Puis il y a eu des morts…

Jonah resta songeur un instant.

— Quel but poursuivez-vous ? interrogea-t-il.

— La pérennité. Celle du gouvernement, du système, de la civilisation elle-même. (Brenda pinça les lèvres.) On nous a coupé l'herbe sous le pied, comme vous l'imaginez certainement.

— Vous êtes venus pour nous protéger ? (Jonah marqua une pause.) Non pas que nous ne vous soyons pas reconnaissants de votre aide. Simplement, nous…

— Un problème à la fois, d'accord ? C'est comme ça qu'on procède de nos jours, non ? (Brenda échangea un regard cryptique avec le dénommé Leo.) Malheureusement, je répondrai à cette question par la négative. Notre participation à l'escarmouche d'hier soir n'était que le fruit du hasard. Vous aviez l'air dans de beaux draps et nous avions des scrupules à vous laisser vous débrouiller seuls.

Puis, avec un sourire, elle ajouta :

— Non pas que nous abandonnerions qui que ce soit dans une telle position.

— Et donc, quelle est votre mission ? insista Maira.

Brenda fit pianoter ses doigts sur le bureau.

— Je crains que cela ne soit confidentiel. Moins vous en saurez… bref, vous voyez le topo. Je suis sûre que vous comprenez.

Maira poussa un soupir et se massa les tempes. Le gouvernement et ses sempiternelles conneries ne changeraient jamais.

— Cela ne signifie pas que nous refusons de vous aider, précisa Brenda avec sympathie. Dites-moi : quelle est la situation ici ?

— Sur quel plan ? se risqua à demander Jonah.

Maira répondit à sa place.

— Faibles stocks de vivres, voisinage hostile et, depuis la nuit dernière, nos défenses sont totalement désorganisées. Si nous essuyons une nouvelle attaque…

Elle conclut en soupirant.

Brenda se gratta la tête, en pleine réflexion.

— Nous devrions pouvoir vous porter assistance sur les deux derniers points. Dans l'ensemble, et en dépit des apparences, la situation se stabilise sur Washington. Il est d'ailleurs probable que ce soit ce qui a provoqué l'assaut de cette nuit. Les Parias, ainsi que d'autres factions ennemies, se sont pris une raclée. Ils battent en retraite hors de la ville, vers les zones périphériques.

— Je ne vois pas en quoi cela nous aide, souligna sèchement Maira.

Brenda s'excusa d'un geste de la main.

— J'entends bien. Ce n'était que pour vous situer le contexte. En revanche, ce que je peux faire, c'est vous mettre en relation avec la Garde nationale. Oh pardon, on l'appelle la Join Task Force, maintenant. La JTF. C'est elle qui tient le front en ville. Elle pourra peut-être vous détacher une escouade ou deux afin de renforcer votre position.

Jonah prit une profonde inspiration.

— Cela nous aiderait énormément.

— Je ne peux rien promettre, mais nous ferons au mieux, assura Brenda en souriant. Je suis en bons termes avec Manny, leur commandant. C'est un type bien. Je pense pouvoir le convaincre de la nécessité d'avoir un avant-poste dans cette zone.

— En combien de temps pensez-vous qu'ils puissent être là ? relança Maira.

— Je dirais quelques jours. Le trajet n'est pas long et ils ont encore des équipements en état de marche. Ce qui m'amène à votre autre inquiétude concernant l'imminence d'une nouvelle attaque. Selon moi, c'est peu probable. Les Parias n'ont à cette heure plus aucune forme d'unité. Leurs meneurs ont été balayés et, pour autant qu'on sache, les sous-groupes restants opèrent indépendamment.

— Alors les agresseurs de la nuit dernière…

Maira laissa sa phrase en suspens et Brenda répondit.

— Personne ne sait qu'ils sont morts et personne ne viendra s'assurer qu'ils le sont.

— C'est une bonne chose, reconnut Jonah. Même si ça ne garantit rien.

— Les garanties se font rares de nos jours. Quant à vos soucis d'approvisionnement… (Elle échangea à nouveau un regard avec son subalterne.) J'aimerais avoir une réponse toute faite à ce sujet, or c'est un problème global.

Maira fronça les sourcils devant ce choix de mots. Se fiant à son intuition, elle demanda :

— C'est ça votre mission, pas vrai ? Vous cherchez un moyen de résoudre la pénurie de nourriture ?

Brenda haussa un sourcil.

— Je n'ai pas vraiment le droit d'en parler.

— Que pourriez-vous faire ? interrogea la jeune femme en ignorant ce que la cheffe de Division venait de dire. Vous n'êtes que deux et vous n'êtes même pas véhiculés. Je vous vois mal mener une opération de ravitaillement à grande échelle.

Jonah intervint.

— Je pense qu'ils nous ont dit tout ce qu'ils pouvaient, sergent.

— Sergent ? répéta Brenda avec étonnement. Humm. Vous êtes de la Navy, c'est ça ? Je me disais bien que vous aviez l'air d'une militaire, mais je n'arrivais pas à définir dans quelle branche. Pour ma part, je viens des Marines. C'est très utile de nos jours. Il me suffit de quelques mauvaises idées et d'un crayon à mâchouiller pour être opérationnelle.

Maira ricana.

— J'ai fait partie de la Navy, c'est vrai. Mais je n'étais plus dans l'armée quand la fièvre du dollar est arrivée et que tout s'est effondré.

— Vous vous êtes donc débrouillée au mieux avec ce que vous aviez ici. Intéressant.

Brenda avait dans les yeux une lueur que Maira ne savait comment interpréter. Après un silence pesant, la femme s'exclama :

— Oh et puis on s'en fout ! Vous voulez savoir ce que nous faisons ?

— Hé ! intervient subitement Leo en se crispant près de la porte.

C'était la première fois qu'il ouvrait la bouche. La cheffe balaya son intervention avec désinvolture.

— C'est juste un détail, comme à peu près tout de nos jours.

— Notre but prioritaire n'est pas un détail, répliqua Leo d'un ton acerbe.

— Je sais ce que je fais.

— J'ai déjà entendu ça auparavant, déclara son co-équipier avec une certaine acidité. Tu te souviens de comment ça s'est terminé ?

— Ça suffit, Leo. Bon, vous voulez être mis au parfum ou pas ?

Brenda n'avait pas quitté Maira des yeux.

— Nous n'attendons que ça, lâcha-t-elle, se détestant aussitôt de son impatience.

— Nous allons vers l'ouest. Nous quittons la côte pour nous rendre dans les terres, histoire de voir comment les choses se présentent là-bas. Votre instinct a vu juste : nous tentons de résoudre la pénurie. Et la vérité, c'est que le seul et unique moyen d'y parvenir est de relancer la chaîne de réapprovisionnement. Pour l'heure, cette zone est complètement exsangue et ça ne va pas aller en s'améliorant. Sans oublier que les envois internationaux et les largages de provisions ont été lourdement affectés. Mais il y a forcément un réseau agro-alimentaire en activité dans le pays. Ce que nous cherchons à savoir, c'est pourquoi n'arrive-t-il pas jusqu'à nous ?

Maira se pencha en avant. L'idée que des convois de nourriture inondent les villes était une perspective pour le moins agréable.

— Si cela marchait, Athéna pourrait être sauvée. Mais comment pouvez-vous être certains que les exploitations agricoles fonctionnent encore ? Ou que des agriculteurs parviennent à tirer quoi que ce soit de leurs terres ? demanda-t-elle.

— Grâce à l'imagerie satellite. Par signalements et contacts radio. En tout cas, nous en savons suffisamment pour être certains qu'il y a de l'activité. Et cela signifie que nous pouvons en faire de même dans cette région. Le bon côté des choses, c'est que tout n'a pas à être parfaitement opérationnel, vu qu'il n'y a plus beaucoup de bouches à nourrir ces jours-ci.

— Vous parlez d'un bon côté. Vous devriez garder ce genre de remarque pour vous, l'avertit Maira. Cela dit, je comprends votre point de vue. C'est une mission importante. La Division n'a envoyé que deux agents ?

— Nous étions trois, corrigea Leo.

L'amertume dans sa voix était palpable. Maira grimaça. Encore une mort qui allait peser sur sa conscience. Encore un échec dont elle allait devoir s'amender.

Brenda reprit la parole.

— Les agents de la Division opèrent par petits groupes indépendants que nous appelons des Cellules. Nous appréhendons ces questions avec une grande discrétion et suffisamment de poids pour nous épargner la paperasse. Nous avons les moyens d'accomplir le boulot. (Elle eut un sourire en coin.) Et si nous n'en revenons pas vivants, eh bien… ça ne fera jamais qu'une poignée d'individus sacrifiés.

— Le bon côté des choses, n'est-ce pas ? fit Maira.

— Exactement. Nous partirons demain rejoindre l'Interstate 70, afin de découvrir si quelque chose bloque le trafic.

— C'est à cinquante kilomètres d'ici, souligna Jonah. Y a-t-il quoi que ce soit que nous puissions faire pour vous aider ?

— Si vous savez quelque chose des menaces potentielles qui nous attendent en chemin, toute information sera la bienvenue. Pour le reste, nous nous débrouillerons. Voilà un autre avantage à n'envoyer qu'une poignée d'agents. Nous n'avons besoin que de peu de soutien.

— Aucun obstacle particulier sur les deux premiers kilomètres, signala Jonah. Des bandes de pillards opèrent néanmoins dans la région – les Hyènes, mais aussi d'autres groupes qui tentent de survivre. Mieux vaut rester sur vos gardes. Au-delà de ça, nous avons suffisamment peiné à garder notre communauté à l'abri. Nous évitons de nous attirer des ennuis.

Jonah avait prononcé ces derniers mots avec une certaine fermeté. Maira se sentit gênée. Ces informations étaient bien peu de choses en comparaison de ce que les agents de la Division avaient fait pour Athéna. Ils s'étaient battus pour leur communauté, l'un des leurs avait péri et on les renvoyait sur la route en leur souhaitant bonne chance et bon courage ? Cela provoqua un élan chez elle, une pulsion qui enflait, nourrissant le désir qui la tenaillait désespérément : agir.

— Laissez-moi vous accompagner, s'exclama-t-elle.

Ils la fixèrent tous les trois. Elle se sentit sondée par le regard glacial de Leo. Jonah écarquillait tellement les yeux qu'ils lui dévoraient le visage. Quant à Brenda, un sourire malicieux jouait sur ses lèvres.

— Vous voulez venir avec nous ? s'étonna cette dernière, sa voix et son attitude trahissant la curiosité qui l'animait.

— Oui. (La pulsion se solidifia en une décision résolue.) Permettez-moi d'effectuer ce voyage avec vous. C'est le moins que je puisse faire.

— Vous ne nous devez rien. Ce n'était pas un prêté pour un rendu. Nous avons choisi cette vie. Nous connaissions les risques. Tout comme Eric.

— Ce n'est pas pour ça.

Pas tout à fait, corrigea-t-elle pour elle-même avant de poursuivre.

— C'est pour sauver Athéna.

— Mais nous avons besoin de vous ici, sergent, protesta Jonah, remis de son choc initial.

Maira lui dédia un sourire timide.

— Proposeriez-vous cette motion au vote de la communauté ? (Elle ricana devant son air embarrassé.) Si Brenda peut obtenir les renforts qu'elle a mentionnés, ma présence ici ne sera plus utile.

— Souvenez-vous que je ne peux rien promettre, intervint l'intéressée.

— Vous pouvez organiser cela par radio, n'est-ce pas ? Ainsi, nous serons fixés avant de partir. Si vous parvenez à obtenir des renforts pour Athéna, je serais libre de venir avec vous. Le cas échéant, je pourrais toujours rester. (Maira se tourna à nouveau vers Jonah.) Pensez-y. Si nous pouvions remettre le réseau de marchandises sur pied, vous ne vous contenteriez plus d'attendre que les choses se délitent jusqu'à l'inévitable. Vous seriez en mesure de vous faire une vie ici. Il y a un espoir, Jonah.

— Mais vous êtes l'une des nôtres, répliqua-t-il d'un ton plaintif.

— Vraiment ? souleva-t-elle avec tristesse. Vous avez entendu Kelly tout à l'heure. Elle n'est pas la seule à penser cela, c'est simplement la plus virulente. Que cela soit juste ou non, chaque fois que nous encaissons un coup, d'avantage de gens veulent ma peau. Ce sera peut-être mieux pour tout le monde.

Jonah ouvrit la bouche, mais aucune réplique ne lui vint. Finalement, il poussa un soupir et baissa la tête en signe de défaite.

Leo s'adressa sèchement à sa co-équipière.

— Tu n'y penses pas sérieusement ?

— Notre Cellule est diminuée de moitié, Leo, lui rappela Brenda. Inutile de te signaler que si nous mourons tous les deux, la mission sera *de facto* un échec. Nous sommes seuls. Kelso a été claire là-dessus. Elle a besoin de tous les agents de la zone.

Maira fronça les sourcils. Diminuée de moitié ? Ils n'avaient perdu qu'une seule personne la nuit dernière. Qu'était-il advenu du quatrième agent ? Il lui sembla peu avisé de poser la question.

— Nous voyageons vite et vivons à la dure, déclara Leo à sa co-équipière. Pas le temps de se coltiner un boulet.

— Je comprends tout à fait, releva Maira. Quand vous sentirez que je deviens un fardeau, laissez-moi tomber. Il n'y aura pas mort d'homme. Je retrouverai mon chemin toute seule et vous ne vous en tirerez pas plus mal que maintenant.

— Elle n'est pas équipée, insista Leo, dévisageant la jeune femme tout en s'adressant à Brenda. Et nous ne pouvons pas nous permettre de retourner à la planque de Bethesda.

Brenda haussa les épaules.

— Elle sait se servir d'une arme. Pour le reste, nous nous débrouillerons. Certes, ce ne sera pas l'idéal, mais nous devons jouer avec les cartes que nous avons en main. Notre boulot, c'est de nous assurer de la réussite de la mission, par tous les moyens nécessaires. De l'aide serait la bienvenue.

Leo était furieux. Un silence gênant s'ensuivit, puis il détourna le regard.

— Fais comme tu le sens, abandonna-t-il.

— *Extremis malis extrema remedia*, récita Brenda. Bienvenue dans notre Cellule, Maira. Disons que vous êtes à l'essai, pour l'instant.

— Ça me va.

Son pouls s'accéléra. Sa vie était à nouveau sur le point de changer. Étrangement, elle avait hâte.

— Préparez votre barda, ordonna Brenda. N'emportez que le strict nécessaire, laissez le superflu. Considérez cela comme votre premier test. (Elle tourna son attention vers Jonah.) En attendant, je vais contacter mes collègues de la Maison-Blanche par radio. Je vous informerai de ce qu'il en ressortira.

Jonah acquiesça. Il arborait désormais un air chagrin, mais parvint à sourire malgré tout.

— J'apprécie grandement, agent Wells.

Tandis que tous se levaient pour quitter la pièce, Jonah intercepta Maira en lui prenant délicatement le bras et se pencha discrètement à son oreille.

— Tu es sûre de toi ? Nous ne connaissons pas ces gens.

— Je ne suis plus sûre de rien depuis l'armurerie.

Maira avait prononcé ces mots avec plus de peine qu'elle ne le voulait. Prenant une inspiration chevrotante, elle ajouta :

— Je crois que c'est ce que je dois faire. Il faut que j'essaie d'aider.

— Tu nous manqueras, Maira.

Celle-ci ne put s'empêcher de sourire.

— Tu m'appelles par mon prénom, maintenant ? Merci Jonah, mais soyons honnêtes. Je ne manquerai pas à tout le monde.

Jonah ricana avec tristesse.

— Non, pas à tout le monde. Mais à suffisamment d'entre nous. (Il sonda son regard, y décela une chose connue de lui seul et hocha la tête.) Bon courage, sergent. Quoi qu'il se passe là-dehors, vous serez toujours la bienvenue à Athéna.

Maira eut un moment d'hésitation, puis elle attira le doyen dans ses bras. Une vive douleur dans ses côtes lui fit aussitôt regretter son geste. D'abord surpris, Jonah lui tapota délicatement le dos.

— Merci Jonah. Cela signifie plus pour moi que tu ne peux l'imaginer.

CHAPITRE 4

Maira s'éveilla en sursaut. Au plafond, le ventilateur tournoyait. Le courant devait être à nouveau momentanément opérationnel. Elle roula sur le lit, le corps courbaturé, une douleur cuisante dans la poitrine. L'air empestait la fumée. Elle la sentit dans toute la pièce, sur le lit, et même sur elle. Les souvenirs ne tardèrent pas à refaire surface. Ils s'accumulaient derrière ses paupières, se tenant prêts à l'assaillir dès qu'elle ouvrirait les yeux.

Pourtant, l'affrontement qui leur avait coûté le poste de garde sud ne lui semblait plus qu'un épouvantable cauchemar. Une bataille en règle, de mystérieux agents d'une cellule secrète du gouvernement, une mission désespérée vers les territoires de l'ouest à laquelle elle avait lourdement insisté pour prendre part… cela ne pouvait pas être vraiment arrivé. Lorsqu'elle se lèverait, une nouvelle journée ordinaire l'attendrait, faite de surveillances rasoirs, de soupe en conserve et de discussions avec Elena dans la cage d'escalier.

Sauf qu'Elena n'était plus là.

Balayant cette pensée, Maira sortit péniblement du lit et s'habilla. Ses côtes étaient encore extrêmement sensibles. À chaque mouvement ou flexion, une pointe de douleur la traversait. Du bout des doigts, elle palpa sa cage thoracique et découvrit un endroit particulièrement sensible. Probablement une côte cassée. Avec un peu de chance, il ne s'agissait que d'un simple hématome.

Elle tria les derniers objets que contenait son sac, comme prisonnière de sa rêverie. Devait-elle emporter sa console de jeu ? Cela lui brisait le cœur de la laisser ici, mais garder la batterie chargée avait constitué un véritable défi, alors sur la route ? Pas la peine d'envisager de jouer. Autant en faire profiter l'un des enfants de la communauté.

Elle se saisissait de son Beretta et attachait l'étui à sa ceinture quand quelqu'un frappa. La mine perplexe, elle traîna des pieds jusqu'à la porte et ouvrit. Brenda se tenait sur le palier, entièrement équipée et armée d'un sac à dos supplémentaire. Leo se tenait à quelques pas de là, montant la garde dans le couloir, par habitude.

— Salut, rayon de soleil ! Prête à sauver le monde ? lança Brenda.

Maira n'avait donc pas rêvé en fin de compte. Elle prit une profonde inspiration, ramassa son sac à dos et l'attacha sur ses épaules, réglant les sangles pour tenir une longue randonnée.

— Je… une minute, s'excusa-t-elle avant de se ruer une dernière fois dans sa cuisine.

Elle versa du café lyophilisé dans sa gourde, la remua énergiquement et fourra dans son sac les derniers sachets qu'il lui restait.

Lorsqu'elle se présenta à nouveau devant Brenda, cette dernière leva un sourcil. Maira prit une gorgée de café et réprima une grimace de dégoût.

— On peut y aller, déclara-t-elle.

• • •

Quelques heures passées sur la route la convainquirent qu'elle avait commis la plus belle erreur de toute sa vie.

La douleur dans sa poitrine devenait un vrai problème. Au début, son sac à dos était facile à porter, mais il avait fini par lui peser. À chaque pas, les sangles tiraient péniblement sur ses épaules. Elle avait l'impression qu'on lui grattait les côtes avec du silex pour y mettre le feu. En dépit d'agréables températures, son visage ruisselait de sueur et la douleur s'aggravait à chaque fois qu'elle inspirait à fond.

Si ses compagnons avaient remarqué sa souffrance, ils n'en laissèrent rien paraître, continuant de cheminer à un rythme impitoyable. Leo ne plaisantait pas lorsqu'il avait parlé de voyager vite. La cadence soutenue des deux agents était celle de marcheurs aguerris. Bien décidée à ne pas abandonner, Maira serra les dents, se refusant à réclamer une pause. Si ces deux-là y arrivaient, elle le pouvait aussi.

Elle tâcha de se distraire en calculant leur itinéraire. Si Brenda avait dit la vérité quant à leur destination, ils se dirigeait actuellement en direction du nord-est. Environ cinquante kilomètres les séparaient de l'Interstate 70. À partir de là, ils n'auraient plus qu'à suivre la route pour atteindre leur mystérieuse étape. Pour l'heure, ils parcouraient encore des zones fortement urbanisées. D'ici vingt-quatre kilomètres, ils devraient arriver dans les ruines de la ville de Clarksburg, Maryland.

À une telle distance d'Athéna, si loin des personnes avec qui elle avait tenté de maintenir un semblant de société, la jeune femme comprit que la civilisation n'était plus qu'une façade. Tout ce qui lui avait autrefois semblé immuable était en train de s'effondrer. Partout, des voitures rouillaient sur place, là où elles avaient été abandonnées ; les immeubles étaient recouverts d'une végétation grouillante.

D'un geste, Brenda intima au groupe de s'arrêter. Maira ne se fit pas prier. Dans le silence de mort régnant sur la ville, ses ahanements lui semblèrent assourdissants.

— Que se passe-t-il ? parvint-elle à demander entre deux râles.

Leo lui décocha une œillade agacée et lui fit signe de se taire. Elle s'efforça d'atténuer sa respiration sifflante. N'y parvenant pas, elle but à petites gorgées dans sa gourde. La déshydratation ne risquait pas d'arranger les choses.

Peu de temps après, la raison de leur halte apparut. Des cervidés passèrent rapidement sous leur nez, avec parmi eux deux faons collés à leur mère. Devant leur trio, certains s'immobilisèrent et les considérèrent en battant nerveusement des oreilles.

Brenda s'adressa calmement à eux.

— Ne vous en faites pas. On ne vous veut aucun mal.

En guise de réponse, l'un des cerfs souffla par le nez. Puis les animaux pressèrent le pas et continuèrent leur route, traversant l'intersection avant de disparaître. Quelques instants plus tard, l'écho de leurs sabots s'était estompé.

— On dirait que la fièvre du dollar n'a pas gâché la vie de tout le monde, constata Maira.

Brenda ricana.

— C'est pas faux. À toute chose malheur est bon, n'est-ce pas ?

— Le bon côté des choses ?

— C'est ça, confirma Brenda.

Ils reprirent leur chemin. La cadence s'était ralentie, ou les cerfs avaient donné le temps à Maira de reprendre son souffle. Elle en profita pour faire la conversation, dans l'espoir que parler atténuerait la douleur au cas où elle reviendrait en force.

— En y repensant, je n'ai jamais croisé d'animaux malades.

— Ils sont immunisés au virus, fit Leo.

— C'est bizarre, non ?

— Pas nécessairement, répondit Brenda. Je ne suis pas une experte, mais j'ai échangé avec des infectiologues. Certains virus sont assez difficiles vis-à-vis de leurs hôtes. Celui-ci est très attaché à l'être humain.

— Comme un tailleur sur mesure ? insista Maira, cherchant à en savoir le plus possible.

Brenda se retourna vers elle.

— On pourrait dire ça.

— Beaucoup de rumeurs ont circulé quand le monde s'effondrait. On racontait que le Poison Vert avait été libéré intentionnellement. Qu'une expérience gouvernementale aurait mal tourné, ou que c'était l'œuvre d'un terroriste voulant donner une leçon au monde.

La main posée sur la crosse de son pistolet-mitrailleur, Leo scruta l'horizon.

— Tu ne devrais pas croire tout ce qu'on dit à la télé, grommela-t-il.

Maira eut un rire sarcastique.

— Par chance, les fake news se font rares de nos jours.

— Et on ne va pas s'en plaindre, souligna Brenda.

— Je dis simplement que si le virus n'avait pas été spécifiquement conçu pour l'homme, il se serait transmis aux animaux, avança Maira. À la base, la plupart des virus sont d'origine animale.

Brenda ralentit la cadence pour calquer son rythme sur celui de Maira et lança :

— Très bien, j'ai compris. Vous voulez savoir quels secrets nous vous cachons.

— J'admets que cela m'a traversé l'esprit. (Elle réajusta les sangles de son sac à dos dans l'espoir d'atténuer la douleur.) La dissimulation est un mode de vie.

— Eh bien, pour être franche, je ne peux rien vous dire. Pas encore. Je ne vous connais pas et inversement. Nous allons devoir apprendre à nous faire confiance. Ces choses-là prennent du temps.

— J'aimerais simplement éviter toute surprise désagréable en cours de route.

Brenda hocha la tête.

— Je peux vous promettre une chose : s'il est nécessaire que vous ayez une info, je vous mettrai au courant. Je ne vous laisserai pas dans l'ignorance à cause d'un règlement ridicule. Ce n'est pas comme ça que fonctionne la Division.

— C'est acceptable.

Maira laissa leur conversation en suspens. Comme la douleur se réveillait, parler lui était de plus en plus difficile. Chaque respiration était un supplice. Une partie d'elle désirait ardemment réclamer une pause. Ils allaient bien finir par prendre un peu de repos. Ces deux-là étaient peut-être super entraînés, mais ils ne pouvaient pas continuer ainsi indéfiniment. Les agents de la Division n'étaient pas des supersoldats issus d'un film de science-fiction.

Brenda lui jeta un regard. Maira crut la voir froncer les sourcils, mais si cela avait bien été le cas, son expression ne dura guère plus que le temps d'un battement de cil.

— OK, on s'arrête ! lança-t-elle. Profitons-en pour déjeuner.

Soulagée, Maira s'autorisa à souffler. Le trio se cacha à l'ombre d'un immeuble afin de se protéger du soleil de midi. Le bâtiment était une ancienne droguerie. Trois fenêtres avaient été explosées de l'extérieur et le magasin avait manifestement été pillé. Maira le contempla sans jugement. Quand la civilisation sombrait dans le chaos, quel autre choix restait-il ?

— Au moins, ça ne pue plus, commenta Leo.

— Dieu merci, concéda Maira.

Il fut un temps, au cours des premiers mois de la crise, où les gens succombaient chez eux, au volant de leur voiture ou sur leur lieu de travail. Le Poison Vert frappait sans distinction, sans se soucier que ses victimes aient eu le temps de mettre de l'ordre dans leurs affaires avant leur trépas. Au début, les services publics et les entreprises de nettoyage étaient encore en activité, les cadavres étaient déblayés. Puis les nettoyeurs étaient tombés malades et eux aussi s'étaient mis à mourir.

À ce stade, les corps avaient commencé à s'entasser un peu partout. Puis ils étaient entrés en décomposition, comme le voulait l'ordre naturel des choses. D'abord par dizaines, par centaines, puis par milliers. Une fois la puanteur devenue insoutenable, le temps que les vivants comprennent que quelque chose ne tournait pas rond, il était trop tard pour remédier au problème. Déblayer les corps en masse constituait un véritable risque infectiologique et une fois la situation devenue incontrôlable, il ne restait plus aucun hôpital où se réfugier.

En pleine pandémie, les masques étaient utiles à plus d'un titre, en particulier si on les imbibait de désodorisant.

Maira chassa ces souvenirs de son esprit. Sous ses pieds, l'herbe poussait à travers les brèches du trottoir. Leo et Brenda s'assirent par terre et sortirent de leurs sacs des rations militaires dont ils retirèrent l'opercule. Pendant ce temps, Maira s'assit avec une extrême lenteur. Même ainsi, elle ne put réprimer un sifflement de souffrance.

Alors qu'il s'apprêtait à cuire sa ration avec le sachet autochauffant, Leo la regarda avec désapprobation.

— Je connais ce son-là, annonça-t-il. La marche ne provoque pas une douleur pareille.

— Je vais bien, insista Maira en balayant sa remarque.

— C'est ta fierté qui parle. Tu crois que j'en ai quelque chose à carrer ? (Il se leva en secouant la tête.) Brenda, cette couillonne est blessée. Ausculte-la.

L'agent s'éloigna. Maira ne trouva aucune réplique appropriée. De son côté, Brenda examinait minutieusement le contenu de sa ration, triant ses aliments comme si elle espérait y découvrir un paquet de Skittles.

— Il ne m'aime pas beaucoup, hein ? souligna la jeune femme.

Brenda dissimula aussitôt son rire derrière une quinte toux.

— Vous avez remarqué ? (Elle secoua la tête.) Surtout, ne le prenez pas pour vous. Ce n'est pas ce que vous croyez.

Maira arqua un sourcil circonspect.

— Pour être honnête, je le prends un peu pour moi.

— Comme vous voulez. Alors vous êtes blessée ? demanda Brenda en changeant de sujet, posant sur elle un regard détaché mêlé de résolution.

— Je vais bien, insista Maira en soupirant.

— Dans ce cas, vous ne verrez aucun inconvénient à ce que je vous examine. Allez, debout.

Maira hésita, mais elle n'avait aucun moyen d'y échapper. Avec une grimace, elle se mit debout en haletant de douleur. Au moins, songea-t-elle, elle pouvait laisser son sac par terre.

— Vous permettez que je vous palpe ? s'enquit la cheffe.

La blessée confirma d'un hochement de tête. D'un geste expérimenté, l'agent lui tâta les côtes et Maira serra les dents lorsqu'elle rencontra une zone particulièrement sensible.

— Oui, acquiesça Brenda. C'est bien là. Combien de temps encore pensiez-vous faire semblant de ne pas avoir mal ?

Maira leva les yeux au ciel.

— Ce n'est qu'une côte fêlée, insista-t-elle. Rien de bien sérieux.

Brenda ne mâcha pas ses mots :

— Mon cul, oui ! Il suffit d'un mauvais coup et votre côte se brisera, risquant de vous transpercer le poumon. Que ferions-nous si cela arrivait ?

La jeune femme haussa les épaules.

— Quelle importance ? À part attendre que ça guérisse, il n'y a rien à faire.

— Nous nous connaissons donc depuis si longtemps que vous pensez tout savoir de ce que nous pouvons faire ? fit Brenda d'une voix sarcastique. Vous avez peur des piqûres ?

— Euh, non ? hésita Maira.

Brenda n'avait pas attendu sa réponse. Elle fouilla dans l'une de ses trousses d'équipements d'où elle sortit une seringue contenant une minuscule dose d'un liquide inconnu.

— Qu'est-ce que…

Maira ne termina pas sa phrase. D'un geste forgé par l'habitude, Brenda lui planta l'aiguille dans le bras. Le contenu de la seringue s'injecta automatiquement avec un léger sifflement. Maira poussa un glapissement surpris et arracha la seringue de son bras. L'aiguille se retira sans le moindre effort. Ayant fait son office, elle se rétracta dans la seringue. Maira bafouilla.

— C'était quoi ça ?

— Une piqûre, répondit sèchement Brenda.

Maira considéra la femme avec des yeux écarquillés. La substance se solidifia en une protubérance froide dans son bras, puis elle se répandit à travers tout son corps, se réchauffant progressivement.

— Très bien, d'accord, je vais vous dire ce que c'est, soupira Brenda. C'est le dernier cri des mélanges spécial combat, le plus fabuleux du royaume ! Un cocktail d'anabolisants, d'antibiotiques, d'antidouleurs et autres joyeusetés. Ça vous maintiendra en forme, mais vous n'allez pas l'apprécier sur le long terme.

— Vous comptez m'en redonner ? parvint à demander Maira malgré l'étrange sensation qu'elle avait dans le bras.

Elle toucha le point d'impact de l'aiguille. L'impression de chaleur était devenue brûlante, lui remontant dans l'épaule et descendant jusque dans ses doigts.

— En gros, ça fera office de béquille jusqu'à ce que vous guérissiez, expliqua Brenda. Nous allons devoir vous en injecter quotidiennement, ce qui signifie qu'un paquet de prises de sang vous attendent par la suite. Mais pour l'instant, vous serez opérationnelle.

Estomaquée, Maira cligna des paupières. La chaleur envahissait maintenant sa poitrine, et sa souffrance commençait à s'estomper. Elle avait toujours mal, mais ce n'était plus qu'une douleur sourde. Elle n'avait plus l'impression qu'un éclat de verre lui labourait les côtes.

— L'effet est rapide, constata-t-elle.

Brenda afficha un rictus.

— Ne nous y habituez pas trop. Croyez-moi. Quand on a eu recours à ce truc une fois, les effets secondaires vous dissuadent à jamais de vous en resservir.

— Merci de m'avoir demandé mon avis, alors, répliqua Maira d'un ton acerbe.

— Si vous faites partie de l'équipe, c'est le genre de choses auxquelles vous devrez vous habituer. Cette dépendance aux médicaments vous est gracieusement offerte par la Division, ajouta Brenda sur le ton de la plaisanterie.

Maira mit quelques secondes à interpréter les mots de la cheffe de cellule. Partant de là, son esprit tira d'autres conclusions.

— C'est grâce à ça que vous étiez aussi vite sur pied après le combat contre les Parias ? Après l'attaque du kamikaze ?

Brenda acquiesça.

— Dommage, nous n'en avons qu'une quantité limitée, déplora-t-elle. Mais nous ne pouvions permettre qu'une explosion nous coûte plus d'une semaine de convalescence.

Là-dessus, elle retourna à son déjeuner.

Maintenant que le cocktail agissait, Maira n'éprouvait presque plus aucune difficulté à s'asseoir. Elle piocha une conserve de porc aux haricots dans son sac. *Pas tout à fait un repas de champion*, se dit-elle. D'ordinaire, la bouffe à soldat ne faisait pas de jaloux, jusqu'à ce que l'on se souvienne que le monde avait bien pire à offrir en matière culinaire.

Brenda rompit le fil de ses pensées.

— Au fait, Maira…

— Oui ? fit cette dernière, levant subitement la tête.

Le regard de Brenda s'était durci. Jamais encore elle n'avait vu la cheffe afficher une expression aussi glaciale.

— J'entends bien que vous êtes nouvelle. Aussi, je ne le dirai qu'une seule fois. Ce n'est pas à vous de décider ce qui est important ou non. Pas sur des sujets pareils.

— Écoutez, je…

— Non, coupa-t-elle. C'est vous qui m'écoutez. Imaginez que nous nous retrouvions dans la merde ; je vous crois au top de votre forme, sauf que vous ne l'êtes pas. C'est le genre de choses qui peut vous faire tuer. Pire encore : cela peut aussi nous être fatal à Leo et moi, alors que nous comptons sur vous.

Elle marqua une pause, comme dans l'attente d'une réplique de sa part. Maira acquiesça aussitôt.

— Vous me parliez d'honnêteté, poursuivit Brenda. Et je vous ai dit que la confiance se méritait. C'est comme ça qu'on commence à la gagner. Soyez franche avec moi et je vous rendrai la pareille. Et ne dissimulez jamais une information pouvant mettre la mission en péril. Sous aucun prétexte. (Brenda planta son regard dans le sien.) Bien compris ?

Cette fois, Maira ne s'en tirerait pas en hochant simplement de la tête. Un sentiment de culpabilité pesait lourdement sur sa poitrine. Elle allait être contrainte de revoir entièrement son mode de pensée. Les habitants d'Athéna étaient des gens plus ou moins bien intentionnés, mais c'était eux qui s'en étaient remis à elle et non l'inverse.

— Bien compris, confirma-t-elle.

— Tant mieux.

Leo apparut au coin de l'immeuble, de retour d'une patrouille improvisée. Maira comprit tardivement qu'il s'était éclipsé pour lui accorder un peu d'intimité pendant que Brenda l'examinait. Un acte plutôt galant, en particulier de la part d'un homme qui ne voulait même pas de sa présence parmi eux. Elle s'efforça de lui sourire. Leo lui dédia un haussement de sourcil et se tourna vers Brenda.

— Comment va-t-elle ? s'enquit-il.

— Mieux.

Leo s'installa pour déjeuner et souleva son plat en poussant un soupir exaspéré.

— Putain d'omelettes aux légumes. J'ai des hologrammes et des médocs qui font des merveilles, mais bizarrement, c'est toujours moi qui me tape le plat le plus dégueulasse.

Maira lui présenta sa boîte de haricots tièdes et proposa :

— On échange ?

Leo lui adressa un regard vide d'expression et répondit :

— Quand on s'arrêtera pour la nuit, dors dans le sens du vent.

Brenda étouffa un rire en dégustant son pain de viande.

Ils reprirent la route peu après. Pour Maira, le simple fait de ne plus ressentir la douleur était une expérience euphorisante, surtout après l'enfer qu'elle avait vécu dans la matinée. Le voyage était presque agréable à présent. Il ne faisait pas plus de 20 degrés et une brise légère parcourait les rues, ébouriffant quelques mèches de sa chevelure sombre. Avec un sourire, elle fit face au vent et inspira à fond.

— Dites-moi, interrogea Brenda. Quel parcours avez-vous suivi au sein de la Navy ?

Soutenir une conversation étant désormais bien plus facile, Maira répondit aussitôt.

— Cybersécurité. C'était également le cursus que je visais après ma sortie de l'armée.

— Jolies débouchés à la clef, commenta Leo.

Maira l'observa. Son commentaire était si vide d'émotion qu'elle n'arrivait pas à définir s'il faisait de l'humour. L'agent évitait son regard. Il scannait le périmètre, les yeux constamment fixés sur l'horizon. Elle haussa les épaules, renonçant à essayer de décrypter ce type.

— Oui, c'est ce que je me disais à l'époque. Prenez garde à l'avenir du tout numérique ! déclara-t-elle en balayant le paysage urbain désolé d'un geste solennel.

— Cela explique au moins votre méfiance vis-à-vis des secrets du gouvernement, conclut Brenda.

— Une fois qu'on comprend qu'il surveille absolument tout, difficile de continuer à penser la même chose. Quand la vérité a éclaté, tout le monde a continué à vivre comme si de rien n'était. Ça ne me convenait pas trop.

— Et il s'est finalement avéré que ce qui grippait la machine n'était pas du tout ce qu'on s'imaginait, fit Brenda. C'est toujours comme ça que ça se passe.

— C'est bien vrai. Et vous deux ? Vos parcours aussi sont classés top secret ?

Leo renifla avec dédain.

— Non, répondit Brenda. Je pense que nous pouvons vous en dire un peu plus sur nous. Après tout, il y a un dicton au sein de la Division : ce n'est pas l'agent qui est spécial. En d'autres termes, ce n'est pas notre identité qui importe, mais nos méthodes.

— Ah ! Sauf que je n'ai pas demandé d'infos sur la Division, mais sur vous. Jolie diversion, cependant.

Brenda marqua une pause, puis elle se mit à glousser comme une gamine, ce qui jurait drastiquement avec sa personnalité.

— Il faut croire que les vieilles habitudes ont la vie dure, confirma-t-elle. Mais vous avez raison. Allez, commençons par moi. Vous savez déjà que j'étais dans les Marines.

— *Hooyah* pour la mâchouilleuse de crayons ! lança Maira d'un ton moqueur. Et vous n'étiez pas sergent instructeur, par le plus grand des hasards ?

La cheffe sourit.

— Tout doux, Sherlock. En effet, j'ai modelé les esprits de jeunes recrues à Parris Island. Comment avez-vous deviné ?

Maira prit une grosse voix gutturale.

— *Tuer ! Tuer ! Tuer ! Que leur sang nous serve d'engrais !* (Elle reprit sa voix normale.) Et qu'avez-vous fait ensuite ?

— Eh bien, j'ai envisagé de rester là-bas, de prendre mes aises. Mais je ne m'y sentais pas à ma place. Je manquais de motivation, ou de conviction. En fin de compte, j'ai quitté l'armée, comme vous. Je pensais que je pourrais faire bouger les choses du côté civil. J'ai décroché un diplôme de psychologie et j'ai travaillé dans le social.

Maira fut intriguée.

— Waouh ! Vous êtes une bonne samaritaine, alors ?

— Vous pouvez parler madame « je-suis-sûre-que-je-peux-être-utile » ! rétorqua Brenda. Mais ce n'est pas faux. Pendant des années, j'ai travaillé avec des laissés-pour-compte. Les vétérans de guerre ne sont pas les seuls que le monde casse avant de les balancer, vous savez ?

Maira acquiesça, oubliant tout son humour.

— C'est un travail important. Et comment en êtes-vous arrivé là ?

— Eh bien, la Division a un faible pour les bons samaritains. Nous sommes des bienfaiteurs militarisés, des chevaliers de lumière. (Elle s'exprimait d'une voix rauque.) Ils m'ont contactée. Mon parcours avait tout particulièrement retenu leur attention. En fait, je crois qu'aucun d'entre nous n'espérait être activé un jour, mais j'ai tout de même formé de nombreux agents dans l'intervalle.

Après cette révélation, la conversation prit une tournure différente. Maira n'arrivait pas à mettre le doigt dessus, mais quelque chose avait changé. Peut-être que le sujet était sensible ? Elle avait très envie de continuer à creuser pour en apprendre davantage, mais elle refoula ce désir. À la place, elle lança un œil vers Leo.

— Et le taiseux ? Quelle est son histoire ? tenta-t-elle.

Leo se tourna et vit les deux femmes en train de l'observer. Il fronça les sourcils et regarda à nouveau devant lui.

Le silence s'étira tellement que Maira eut la conviction qu'il ne lui répondrait pas.

Il prit finalement la parole.

— Enfance difficile. Délinquance juvénile. Père furax. École militaire. West Point. Et l'armée.

On aurait dit qu'il récitait une liste de courses.

— Eh maintenant, tu n'es plus dans l'armée, c'est ça ? demanda Maira.

Nouveau silence.

— Non, répondit-il finalement. J'ai démissionné. Il a fallu que je rentre. Ma famille avait des ennuis.

Il avait prononcé ces mots avec une douceur inattendue, ceux-ci dissimulaient une authentique souffrance.

Maira songea alors à une boutade, que Leo était en fait l'homme de fer blanc du *Magicien d'Oz* et qu'il avait fini par obtenir un cœur. Mais elle se garda de faire la blague à voix haute. Certaines fêlures n'étaient pas sujets à plaisanterie. Après tout, elle était bien placée pour savoir ce que signifiait la perte d'un proche.

Kazi…

Elle poussa un soupir pour prendre la parole à son tour.

— Eh bien…

— Chut, la coupa Leo en levant la main.

Les deux femmes se figèrent. Maira leva son arme en jetant des regards frénétiques aux alentours. À première vue, il n'y avait rien. Pas d'animaux en mouvement. Rien que des rues jonchées de carcasses de voitures où la nature avait repris ses droits, notamment sur les immeubles. Rien qu'ils n'avaient déjà croisé au cours des dernières heures.

C'est alors qu'elle l'entendit.

Un sifflement ténu, gagnant en intensité. Leo devait avoir une ouïe extraordinairement fine pour l'avoir perçu à cette distance. Il poussa un rugissement.

— En approche !

À peine avait-il prononcé ces mots que Brenda était déjà en mouvement, rejoignant l'autre côté de la route à toute allure. Mais Maira n'avait jamais été un soldat de terrain. Frappée de stupéfaction, elle clignait encore des yeux quand Leo l'agrippa par le bras. Il l'entraîna dans la direction opposée, jusque dans une allée sombre.

Un premier obus tomba. Il explosa contre le flan d'un immeuble tout proche dont le mur fut soufflé dans une avalanche de poussière. Pulvérisés, des éclats de verre volèrent en formant un arc de cercle. Leo, qui était mieux équipé, tira Maira derrière lui, faisant obstacle avec son corps. De nouvelles explosions secouèrent la rue. Les bombes déchiquetèrent les voitures et creusèrent des cratères dans l'asphalte.

Maira poussa un cri. Dans une tentative désespérée pour protéger ses oreilles et son visage, elle enroula ses bras autour de sa tête. De l'autre côté de la rue, Brenda hurlait des mots inintelligibles, noyés par le vacarme des bombes et le bourdonnement qu'elles provoquaient dans ses oreilles.

Elle entendit Leo crier, mais il semblait très loin.

— Putain !

L'agent se débattait rageusement avec un boîtier sanglé autour de sa cuisse. Il releva la tête en même temps qu'il en tirait quelque chose, un objet composé de caoutchouc noir et de plastique transparent. Un masque à gaz.

— Les masques ! cria-t-il en l'enfilant. Du gaz ! C'est du gaz !

Son visage disparut derrière la protection étanche. Maira se pencha pour inspecter la rue. Certains des obus ayant éclatés étaient de simples têtes explosives ; les autres étaient différents. En explosant, ils avaient libéré des nuages de fumée toxique qui se déployait en vagues vertes et onctueuses. Ses narines furent agressées par une odeur âcre de javel qui, étrangement, lui rappelait celle de la piscine municipale pendant les vacances d'été.

Envahie par la terreur, Maira se tourna vers Leo en criant.

— Je n'ai pas de masque ! (Elle désigna son visage.) Pas de masque !

— Oh merde, dit-il, sa voix étouffée par le sien. Retiens ta respiration !

Maira se couvrit la bouche. Léo et elle regardèrent partout autour d'eux, cherchant désespérément une solution. Ils étaient cernés par les obus. De toutes parts, le gaz mortel se refermait sur eux. La fumée flottait sur le sol, épaisse et dense, se diffusant telle une vague.

— Faut grimper ! cria Leo.

Ses yeux la brûlèrent. De part et d'autre, la ruelle et les rues étaient noyées sous le gaz verdâtre. Le monde disparut aussitôt derrière un voile de larmes et Maira recula en titubant, agitant les bras dans tous les sens. Leo la guida vivement en direction de la rue. *Il va me tuer !* songea-t-elle, submergée par la panique.

Mais au contraire, Leo se tint à ses côtés et la souleva. Il la poussa de toutes ses forces en hauteur. Complètement aveuglée, Maira se débattit.

— Agrippe-toi et hisse-toi ! Grimpe, allez !

Leo. Il ne l'avait pas abandonnée au gaz. La jeune femme sentit l'espoir renaître, comme une flamme attisée par le désespoir. Elle tâtonna au-dessus d'elle et ses doigts rencontrèrent un tissu épais. Elle l'agrippa et se hissa. Sa poitrine la refit souffrir, cette fois à cause de la privation d'oxygène. Elle ne pouvait plus retenir sa respiration plus longtemps. Elle prit une brève inspiration et ce fut comme inhaler du feu. Elle ne trouva aucun oxygène, rien qu'une vague de souffrance qui lui brûla la gorge.

Enhardie par la terreur, elle se hissa de toutes ses forces. Un obstacle invisible lui griffa la poitrine. Ses jambes battirent frénétiquement dans le vide. Leo s'empara de ses bottes et la poussa en hauteur. Agrippant le rebord, Maira transféra le poids de son corps sur l'étoffe. Puis elle entendit Leo crier.

— Tiens bon !

Son visage la brûlait. Horrifiée, elle le griffait avec des gestes désespérés, creusant des sillons sanglants dans sa peau. Elle bavait de manière incontrôlable et la morve lui coulait du nez. Elle crachait sa salive par filets entiers, mais cette dernière se renouvelait sans cesse. Chaque respiration était une torture et ses larmes semblaient ne jamais vouloir s'arrêter.

Soudain, Leo fut de nouveau à ses côtés. Il l'avait suivie tant bien que mal. Il lui comprima les épaules et immobilisa son corps agité de soubresauts de panique.

— Du calme Maira ! Je te tiens ! Je te tiens ! Tu vas t'en sortir !

Une eau tiède lui éclaboussa abondamment le visage, nettoyant le sang et le mucus qui le recouvraient. Maira cligna frénétiquement des yeux et pendant une merveilleuse seconde, le monde s'éclaircit et elle discerna brièvement la gourde de Leo juste devant son visage. Puis elle fut frappée d'une autre giclée d'eau qui la fit bafouiller.

— Tout va bien, Maira ! Nous sommes au-dessus du gaz. Il est dense, il reste au sol. Tu peux respirer, maintenant. Allez, respire.

Elle essayait, mais chaque inspiration était une souffrance ; chaque expiration charriait un goût de sang. Pas d'oxygène. Rien que la douleur.

Voilà, se dit-elle avec une effrayante lucidité. *C'est comme ça que je vais mourir.*

Elle n'en pouvait plus. Toute cette peur et cette douleur étaient insupportables. L'obscurité prit de l'ampleur et elle l'accueillit avec joie.

Maira s'éveilla au son d'une dispute.

— Je te l'avais bien dit !

Leo. Elle l'entendait distinctement. Il avait donc retiré son masque à gaz.

— Elle n'est pas équipée pour ça ! reprit-il. Pas entraînée !

— C'est elle qui a voulu venir.

Brenda s'exprimait sans aucune fougue. Elle semblait simplement épuisée et attristée.

Leo, lui, était furieux.

— Bien sûr qu'elle a voulu venir ! C'est quelqu'un de bien, qui veut remettre le monde en ordre. Eh bien, tu sais quoi ? Ça ne suffit pas ! Tout ce qu'elle va y gagner, c'est se faire tuer !

Maira souffrait. C'était indéniable. Ses yeux lui faisaient mal. Ses lèvres lui faisaient mal. Sa gorge lui faisait mal ; elle avait mal partout. Sa langue gonflée lui donnait l'impression d'être une éponge imbibée d'huile de moteur.

Par contre, elle pouvait respirer. Ça brûlait, mais elle y arrivait de nouveau. Une bouffée d'air frais emplit ses poumons.

Puis elle cligna plusieurs fois des paupières. Ses yeux étaient comme poncés à vif, mais la jeune femme put distinguer le ciel étoilé qui la surplombait.

— Chacun d'entre nous a fait l'objet de pré-sélections, d'examens et d'entraînements intenses, énuméra Leo en poursuivant sa diatribe. On ne devient pas agent de la Division par hasard. Ce n'est pas comme ça que ça marche. Ça ne *devrait pas* se passer comme ça.

— Nous avons besoin d'aide, Leo, souligna Brenda sans se départir de son calme. Il nous faut des renforts.

Il marqua une pause.

— OK, reprit-il. Alors, envoyons un appel radio. Ils nous répondront. Ils enverront quelqu'un.

— Je ne parle pas de nous. Ou de notre Cellule. Je parle de la Division. As-tu vu les chiffres ?

— Quels chiffres ? grogna-t-il, son exaspération palpable.

— Les chiffres de nos pertes. Entre les attaques ennemies et les désertions, la première vague a été presque entièrement décimée. C'est une foutue hécatombe. Quant à nous, la seconde vague ? Oui, nous avons gagné. Nous avons progressé à pas de géant. Mais beaucoup sont morts en cours de route.

Maira se rendit compte qu'elle était drapée dans une couverture, emmaillotée pour être plus précise – c'était à peine si elle pouvait bouger les bras, en particulier dans son état de faiblesse. Elle se souvenait vaguement s'être lacéré le visage. Cette entrave devait avoir pour but de l'empêcher d'aggraver les choses.

Brenda soupira. Il y eut un craquement.

— Nous sommes chaque jour moins nombreux, reprit-elle. Si nous ne faisons rien, si nous ne recrutons pas de sang neuf, alors la Division est finie. Nous disparaîtrons. Mission échouée. Fin de la partie. Il nous faut des renforts. Et la seule manière d'en obtenir, c'est en trouvant des gens et en les formant.

Leo faisait les cent pas. Maira entendait le crissement de ses bottes sur l'asphalte.

— Les pré-sélections…

— Il ne reste personne pour effectuer ces examens et même si c'était le cas, le temps nous manque, coupa Brenda. Ce sera l'épreuve du feu, maintenant. Ça ne me plaît pas plus qu'à toi. Je ne tiens pas à ce qu'elle soit blessée. Mais dans le monde qui est le nôtre, nous devrons faire avec et c'est sur ce type de test que nous recruterons dorénavant.

— Si elle n'a pas l'étoffe de la Division ? Si elle est comme…

— Tais-toi, l'interrompit sèchement la cheffe de cellule.

Leo soupesa ses mots.

— Et si elle se rebelle ? corrigea-t-il.

— Ce ne serait pas la première. Va-t-on prétendre que les examens de sélections étaient infaillibles ? Certaines des pires menaces auxquelles nous faisons face aujourd'hui ont fait partie de la Division.

Voilà qui était extrêmement intéressant. Malheureusement, Maira ne pouvait en écouter davantage, car elle se sentait sur le point de mourir de soif. Elle se racla la gorge pour signifier aux deux agents qu'elle avait repris conscience.

Brenda et Leo se figèrent. Une seconde plus tard, ils étaient accroupis à ses côtés.

— Regardez qui a rejoint le monde des vivants, fit Brenda. Et moi qui pensais que les gars de la Navy n'étaient pas des coriaces…

La sollicitude de sa voix contredisait cette pique.

— Comment tu te sens ? s'enquit Leo.

— Minable, répondit-elle d'une voix rauque.

Seigneur, on aurait dit la voix d'un mort-vivant.

— Tu m'étonnes, fit Leo avec un rire sarcastique. Par chance, tu n'as été exposée au gaz que brièvement. Les effets ne dureront pas longtemps.

— Ce n'est pas bien grave, mentit-elle éhontément. De l'eau ?

Brenda lui offrit sa gourde et fit boire Maira à petites gorgées.

— Doucement, ou vous allez encore vous vomir dessus, prévint-elle.

— Comment ça « encore » ?

— Eh oui. Disons que votre état ne s'est pas arrangé après que vous vous êtes évanouie.

Maira regarda autour d'elle. Ils étaient à présent de retour dans l'allée obscure. Les agents y avaient monté un petit bivouac.

— Comment ? s'enquit-elle.

— Leo vous a sauvée. Il a agi promptement et vous a hissée sur l'auvent de la boutique. Le gaz chloreux est plus lourd que l'air. Leo vous a gardée en hauteur jusqu'à ce qu'il se dissipe, puis il vous a redescendue.

Maira parvint à sortir un bras de la couverture qui la serrait comme une camisole et vint tapoter amicalement la botte de Leo.

— Merci.

— Il faut se serrer les coudes là-dehors, se contenta-t-il de répondre.

D'un geste fébrile, Maira balaya le paysage désolé et demanda :

— Qui ?

Brenda fronça les sourcils. Leo détourna le regard ; un tic nerveux agita sa mâchoire.

— On l'ignore, répondit la cheffe de cellule. Ces obus ont été modifiés.

— Ils ont pu être tirés à plus d'un kilomètre d'ici, précisa Leo. Ça pourrait être les True Sons ?

— Ici ? Peu probable, souleva Brenda, son expression devenant sinistre. D'une façon ou d'une autre, cette foutue attaque ne devait rien au hasard. Quelqu'un a essayé de nous pourrir la vie.

Les agents partagèrent un regard chargé de mystères que Maira ne sut comment interpréter.

— La Division porte toujours des masques à gaz, observa Leo. Ils ne savaient sans doute pas qui ils visaient.

— Peut-être pas, admit Brenda en détachant ses mots. Ou ils ne cherchaient qu'à nous ralentir.

— Pour quelle raison ? insista Maira.

Brenda poussa un soupir et secoua la tête, dissipant ainsi le mystérieux échange entre les deux agents.

— Ça, c'est la question à un million de dollars, déclara-t-elle.

Leo baissa les yeux sur Maira.

— Prête à rentrer chez toi ?

Oui, songea-t-elle.

— Putain, pas question, siffla-t-elle.

Leo secoua la tête.

— Je m'en doutais !

— Bon, il faut qu'on se tienne prêts au cas où ils récidiveraient, annonça Brenda. Il y a une cache de la Division à environ cinq kilomètres en remontant la route. Après leur activation, les agents locaux l'ont probablement dépouillée quand le Poison Vert a envahi le pays. Mais avec un peu de chance…

Maira conclut en se tapotant le visage :

— Masque ?

— Exactement, fit Brenda en hochant la tête. Et peut-être trouverons-nous aussi d'autres choses si Dieu et la crue du fleuve le permettent.

— Nous le franchirons demain, annonça Leo.

— Oui. (Brenda assena une tape amicale à Maira.) Reposez-vous en attendant. Nous monterons la garde.

— Je ne dis pas non pour cette fois, marmonna Maira avant de fermer les yeux.

CHAPITRE 5

Maira remarqua que marcher n'était plus aussi agréable que la veille. Malgré une nuit de repos, elle se sentait encore les nerfs à vif. Le moindre effort était une souffrance. La lumière du soleil lui faisait monter les larmes aux yeux. Une fois sur trois, elle était prise d'une quinte de toux en respirant.

Ses compagnons faisaient preuve de sollicitude à son égard. Au cours de la matinée, ils acceptèrent de s'arrêter régulièrement afin qu'elle recouvre des forces. Le trio continua ainsi jusqu'à entendre le grondement du tonnerre au loin. Des nuages s'amoncelaient à l'horizon et le vent se levait, charriant une odeur d'humidité. Une tempête approchait.

— Vous vous sentiriez capable d'accélérer, Maira ? demanda Brenda. J'aimerais arriver à la planque avant que la tempête n'éclate.

— Oui, acquiesça-t-elle.

— J'espère y trouver des trousses de soins supplémentaires. Nous verrons bien.

Ils passèrent à la vitesse supérieure. Même à ce rythme, le trio ne put échapper au mauvais temps. Une heure plus tard, le ciel s'était couvert et il commençait à pleuvoir. Au moins, cette fois ils possédaient tous l'équipement nécessaire pour affronter cette situation. Maira fit une pause, sortit son manteau de pluie de son sac et l'enfila avant de continuer.

Dans un même temps, ils s'étaient éloignés de la zone urbanisée. Les immeubles se faisaient plus rares, cédant la place à la végétation. Maira progressait sous les branches des arbres pour se protéger de la pluie. Il tonnait à présent sans discontinuer et, parfois, elle voyait au loin un éclair zébrer la couverture nuageuse et illuminer le ciel.

— Engagez-vous qu'ils disaient ! lança Brenda avec humour. La Division sauvera le monde !

Maira secoua la tête et, d'une voix chargée de sarcasme, elle ajouta :

— Des journées de marche, du gaz asphyxiant, des torrents de flotte sur la tête ! Vous, on peut dire que vous avez le chic pour nous faire passer de bons moments !

— Pour rentrer chez toi, c'est dans l'autre sens, il te suffit de faire demi-tour, commenta Leo d'une voix glaciale.

— Je crois que j'ai fini par te cerner, Leo. Tu aboies plus que tu ne mords. Tu es comme Brenda : un bon samaritain.

Il tourna vers elle un visage sinistre et dénué d'expression.

— Continue donc à penser ça.

Brenda intervint.

— C'est flippant quand il fait ça, hein ?

— J'avoue.

Une station-service se profila devant eux. Maira en discernait nettement l'enseigne, visible depuis l'autoroute. La moitié de l'inscription s'était écroulée. Un événement fâcheux s'était sûrement produit ici. Une tempête, un affrontement peut-être…

— C'est ici, annonça Brenda. La planque doit être à l'intérieur.

— Dans une station-service ? réagit Maira d'un ton flegmatique.

— Bien sûr. On ne s'attarde jamais dans une station-service. Vous passez en coup de vent, sans trop faire attention. Vous faites le plein, vous achetez un en-cas et vous reprenez votre route. C'est la couverture idéale, non ?

— C'est plutôt à découvert pour une planque, commenta Maira.

— Les meilleurs camouflages sont à découvert. Vous préféreriez quoi ? Un bunker lugubre, entouré de panneaux avec marqué « Interdiction d'entrer, on tire à vue » ?

Maira haussa les épaules.

— Au moins, ce serait marrant.

— Je penserai à inclure ça dans mon prochain rapport, nota Brenda, un sourire aux lèvres. « Attention, priorité absolue : faire en sorte que les installations de la Division soient marrantes. »

— Je peux le faire pour vous si vous voulez. Vous n'auriez pas une boîte à idées ?

— Si, justement. Dans un avant-poste. Un bunker lugubre.

— En Antarctique, précisa Léo.

Maira cligna des paupières avec incrédulité.

— Vous voyez, jusque-là, j'étais persuadée que vous plaisantiez. Mais maintenant qu'il a dit ça, je n'en suis plus très sûre.

Brenda sourit benoîtement.

— Estimez-vous chanceuse. Nous n'irons pas en Antarctique.

À présent, ils s'étaient suffisamment approchés de la station-service pour la voir nettement. Cet endroit semblait avoir vécu une guerre. La plupart des pompes avaient explosé, pulvérisant la canopée. L'entrée du bâtiment s'était effondrée.

La cheffe contempla les lieux en se grattant le crâne.

— Euh…

— On dirait que nous sommes face à une situation inédite, releva Maira.

— Il s'est passé quelque chose en tout cas, c'est une certitude.

Ce spectacle de désolation lui avait ôté tout humour.

— Cela risque d'être difficile d'entrer.

— En effet, admit Brenda. Par chance, l'équipement n'est pas dans la boutique. Il est…

Laissant sa phrase en suspens, elle leur fit contourner l'édifice. Protégée par la devanture du magasin, cette zone avait été partiellement épargnée par la déflagration. À travers les brèches du béton, la végétation avait poussé jusqu'à hauteur de cuisse. Le trio se fraya un chemin jusqu'à une benne à ordures.

Maira rouspéta.

— Pitié, dites-moi que nous n'allons pas faire les poubelles !

— Pas cette fois, répondit Brenda. Vous deux, aidez-moi.

Ils plaquèrent tous une épaule contre le côté de la benne et poussèrent. Le conteneur coulissa sur des rails invisibles avec une surprenante facilité, révélant une trappe au sol équipée d'un digicode.

— Voyez ? fit Maira. Ça sent l'entourloupe.

La pluie redoubla. Des gouttes épaisses éclaboussaient leur manteau de pluie. Brenda s'accroupit pour protéger le digicode de la pluie et essuya l'eau qui stagnait sur les touches. Elle pianota rapidement un mot de passe. Le digicode bipa et s'illumina d'une lumière verte. Maira était sidérée.

— Je refuse de croire que les planques de la Division ont toutes le même mot de passe, s'exclama-t-elle. Vous avez mémorisé une liste par cœur ou quoi ?

Brenda leva sur elle un sourire malicieux.

— Patience, petit scarabée. Attrape d'abord le caillou dans ma main. Ensuite, je te révélerai la vérité.

— Il pleut, s'impatienta Leo. Plus d'action, moins de blabla.

Brenda acquiesça et tira sur le levier. La trappe s'ouvrit en cliquant, révélant une échelle plongeant dans les ténèbres. Leo descendit le premier, suivi de Maira. Brenda s'engagea en dernier et referma la trappe derrière eux.

Leo tapota sa montre et une lumière orange s'en dégagea, s'intensifiant progressivement jusqu'à éclairer toute la pièce. C'était un petit espace d'environ dix mètres carrés, l'endroit était relativement vide. Maira remarqua la présence d'un terminal informatique, éteint, et des étagères métalliques courant le long des murs. La plupart ne contenaient absolument rien.

Brenda examina le poste informatique, mais en dépit de ses tentatives, l'ordinateur refusa de s'allumer.

— Merde, pesta-t-elle. J'aurais aimé pouvoir contacter le QG. Si tant est que leurs communications fonctionnent toujours.

Renonçant à cet espoir, les deux agents se mirent aussitôt à faire l'inventaire du matériel. Tandis qu'ils examinaient les boîtes et autres emballages, Maira avança vers le terminal. À l'évidence, il faudrait plus qu'un simple bouton ON pour le faire démarrer. Les ordinateurs étaient sa spécialité. Elle tenait là une occasion de briller.

Brenda poussa une exclamation.

— C'est notre jour de chance !

Maira se retourna juste à temps pour intercepter un paquet.

— Mon propre masque à gaz ? Vraiment Brenda, vous n'auriez pas dû !

— Et noir, en plus, ajouta la cheffe de cellule. Couleur indémodable.

— C'est très haute couture.

Maira accrocha son masque sur la gauche de son sac à dos, imitant les agents, puis elle fixa son attention sur l'ordinateur. Cela faisait un an qu'elle n'avait pas touché de machine digne de ce nom. Le simple fait d'être assise devant un écran et un clavier était pour elle une sensation grisante.

Elle examina l'appareil sous tous les angles. Le bouton d'allumage de la tour était partiellement délogé. Cela ne pouvait pas être aussi simple que ça, si ?

Maira pressa le bouton et l'ordinateur prit vie en vrombissant. Elle interpella les autres.

— Hé, venez voir ! Alors, c'est qui la patronne ?

— Vous avez réussi à le faire marcher ? s'étonna Brenda.

— On dirait bien. Vous n'avez pas essayé de rebooter avant ? (Elle pianota quelques manipulations.) Allez bébé, réveille-toi.

L'ordinateur reprit vie. Comparée à la lueur orange et tamisée de la montre, la lumière de l'écran était aveuglante. Ses yeux étant encore très sensibles, elle recula et se protégea d'une main sur le front.

— Foutu gaz ! cracha-t-elle. C'est pas une partie de plaisir, je vous le dis.

— Au moins, vous savez à quoi vous en tenir maintenant. (Brenda vint se positionner à ses côtés.) Il doit fonctionner sur l'alimentation de secours. Malheureusement, le réseau est mort. Le récepteur a dû être endommagé dans l'explosion de la station-service.

Les yeux de Maira la brûlaient encore, mais ils s'habituaient peu à peu à la lumière.

— Pas de wifi, alors ? (Elle scruta l'écran à travers ses doigts.) À quoi sert cet ordinateur ?

— Eh bien, quand tout fonctionne, ils nous servent de postes de coordination. Cela permet aux agents d'obtenir des renseignements sur le terrain, d'entrer en contact avec d'autres postes. Ce genre de trucs…

Brenda ne finit pas sa phrase. Son attitude changea du tout au tout. En un clin d'œil, sa bonne humeur naturelle s'était muée en un état de tension, d'énervement même. Quelque peu déconcertée, Maira s'écarta.

— Tout va bien ? s'enquit-elle.

Brenda éteignit l'ordinateur et observa brièvement le silence.

— Oui, désolée, sourit-elle finalement. J'imagine que je me rends juste compte de tout ce que nous avons perdu. (Elle se détourna du poste.) Allez, aidez-nous à empaqueter les réserves. Nous avons même trouvé des rations en rab pour vous, petite veinarde. De la marque SHD. Rien que le meilleur !

— Un masque à gaz, des rations et un nouveau sac à chaussures ? C'est Noël en septembre, fit Maira sur le ton de la plaisanterie.

Elle s'efforçait de dissimuler sa gêne. Brenda devait s'imaginer que ses yeux étaient encore trop fragiles pour qu'elle ait pu remarquer quoi que ce soit, et elle jugeait inutile de contrarier la cheffe d'équipe. Sauf que la jeune femme avait suffisamment recouvrer la vue pour comprendre ce qui avait bouleversé Brenda. Rien de bien dramatique en réalité. Simplement le pseudonyme du dernier utilisateur à s'être servi de l'ordinateur : ROSHEA.

La question étant : qui était-ce et pourquoi ce nom avait-il troublé Brenda de la sorte ?

Le temps de faire l'inventaire du matériel, le gros de la tempête était passé. Ils quittèrent le bunker et partirent en direction de l'horizon grisâtre. Le ciel était encore chargé de nuages. Avec de la chance, l'équipement trouvé à la planque leur permettrait d'aborder la suite du voyage avec plus de sérénité. En tout cas, le poids supplémentaire que Maira sentait dans son sac allégeait ses inquiétudes.

Ils atteignirent l'Interstate 70 peu de temps après. La route s'étirait au loin vers l'ouest, tel un ruban noir au cœur des terres. À sa grande surprise, Maira releva sur l'asphalte des traces de circulation relativement récentes. Les épaves de voitures avaient été repoussées sur le bas-côté. Quelqu'un s'était donné la peine de dégager les voies. Ce n'était pas non plus un grand ménage, mais il y avait suffisamment d'espace sur la route pour que des véhicules puissent circuler à leur guise.

Leo contempla le spectacle avec un vif intérêt.

— Ce n'était pas une petite opération. C'est l'œuvre de quelqu'un qui a des moyens. Quelqu'un d'organisé.

— Ajoutes-y un faible pour déblayer les routes et me voilà très intriguée à l'idée de rencontrer le responsable, fit Brenda. J'ai dans l'idée qu'il pourrait nous être très utile pour trouver des ressources et assurer la circulation de marchandises.

— Ou alors nous poser un problème majeur, répliqua Leo en marmonnant.

— C'est pas faux. Tâchons de rester positifs, d'accord ?

Le voyage sur l'Interstate fut presque abrutissant. Seules les petites bourgades qu'ils traversaient venaient rompre l'interminable monotonie de la route bordée d'arbres de part et d'autre. Maira passa plusieurs minutes à essayer d'embringuer Leo dans une passionnante partie de Pigeon, vole. Le jeu n'éveilla en lui aucun intérêt.

Au bout d'un moment, une ville s'offrit à eux.

Brenda scruta le paysage avec une expression de gravité.

— Nous allons faire un détour, conclut-elle. Nous quitterons la route et nous la rejoindrons de l'autre côté.

— Vous êtes sûre ? questionna Maira en fronçant les sourcils. Et si ce qui bloque le trafic se trouvait en ville ?

— Dans ce cas, l'accès devrait être relativement dégagé de l'autre côté. Nous pourrons alors rebrousser chemin.

Brenda reprit la route, mettant fin à la discussion. Maira poussa un soupir et la suivit d'un pas traînant, espérant pouvoir la faire changer d'avis. À son grand étonnement, Leo ralentit sa cadence et se calqua sur son rythme. Une fois à ses côtés, il s'exprima calmement.

— Inquiète de tomber dans une embuscade.

Ce n'était pas une question, mais une explication.

— Brenda, tu veux dire ?

— L'attaque au gaz l'a effrayée, confirma-t-il en hochant la tête. Si quelqu'un essaie de nous barrer la route, ça n'annonce rien de bon pour notre mission.

— Comment pouvez-vous êtes sûrs que cette attaque était ciblée ? Peut-être avons-nous simplement déclenché un piège, comme ceux que j'ai installés à Athéna ?

En pleine réflexion, Leo fronça les sourcils.

— C'étaient des tirs de mortiers, précisa-t-il. Pas des explosifs programmés. En plus, ils s'alignaient sur nous. Tu étais hors-jeu, tu n'as pas pu voir, mais ils étaient de plus en plus précis au fur et à mesure. Quelqu'un nous tirait dessus.

— Peut-être était-ce un malentendu ? suggéra Maira. Je ne dis pas que tirer avant de poser des questions est une bonne chose, mais ce monde rendrait n'importe qui parano.

— Possible. Quoi qu'il en soit, il reste plus sage d'éviter la ville.

C'était plutôt sensé. Toutefois, Maira aurait bien aimé rappeler que Brenda avait d'autres craintes. Ce nom sur l'ordinateur l'avait chamboulée. La jeune femme voulut interroger Leo à ce sujet. Si cela concernait la Division, il était sûrement au courant de quelque chose. Cependant, elle avait l'impression que ce serait outrepasser ses droits. Si elle désirait savoir ce qui rongeait Brenda ainsi, il suffisait de lui poser directement la question.

Elle fixa le dos de la cheffe d'équipe. Non. Pas question d'aborder le sujet. Pas pour l'instant.

Elle adressa à Leo un sourire forcé.

— Bon, mieux vaut prévenir que guérir, pas vrai ?

— Seule compte la mission, acquiesça l'agent.

Leur randonnée dura plusieurs heures. Un troupeau de vaches flânait librement dans les prés, loin de la ferme qui devait autrefois être leur foyer. Une clôture basse se dressait à proximité. Elle s'était partiellement effondrée et personne n'était venu la réparer. Maira prit appui sur l'un des piquets et observa les bovins.

— Eh bien, nos soucis d'approvisionnement sont résolus, lança-t-elle. Il suffit d'amener ce bon vieux bétail jusqu'à Washington et nous mangerons tous comme des rois.

— C'est le plan B, déclara Brenda d'une voix indiquant que le temps n'était pas à la plaisanterie.

Le trio poursuivit son chemin. À terme, ils achevèrent leur détour et rejoignirent l'Interstate. Il n'y avait aucun signe que le chemin traversant la bourgade inconnue ait été altéré d'une quelconque manière. La nuit commençant à tomber, ils bivouaquèrent sur le côté de la route. En bordure du camp, Maira garda le regard fixé sur la ville qu'ils avaient contournée.

Brenda s'invita à ses côtés et, pendant un moment, les deux femmes regardèrent dans cette direction sans prononcer un mot.

— Quelle heure est-il ? demanda finalement Maira.

Brenda consulta sa montre high-tech.

— 15 h 07, répondit-elle.

Maira fronça les sourcils et remonta soigneusement sa propre montre.

— J'ai une minute de retard.

— Qu'est-ce qui vous préoccupe, Maira ?

— Je me demandais simplement s'il y avait des survivants là-bas. Certains ont bien dû échapper au virus. S'en sont-ils sortis indemnes ? Sont-ils restés en ville ? Sont-ils passés à autre chose ? Les retombées de l'épidémie dans une petite ville sont-elles différentes que dans la capitale ? Ce genre de choses, conclut-elle en haussant les épaules.

— J'espère qu'un jour nous aurons les réponses à ces questions, dit Brenda avec sérieux. Une fois le plus important remis en place, il faudra commencer à rafistoler le monde. Une ville après l'autre.

— Vous voyez les choses en grand, remarqua Maira.

— *Pour accomplir de grandes choses, nous devons non seulement agir, mais aussi rêver ; non seulement planifier, mais aussi croire*.

Maira cligna des paupières.

— C'est charmant.

— Ce n'est pas de moi, ricana Brenda. Mais d'Anatole France. J'aime sa poésie et j'adore ce sentiment.

La cheffe de cellule tourna les talons et prit la direction du feu que Leo avait démarré.

— Venez, lança-t-elle à Maira. Il faut nous reposer. Nous avons encore une longue marche qui nous attend demain.

Celle-ci la regarda s'éloigner, puis elle jeta un dernier coup d'œil vers la ville. Il n'y avait pas même la lueur d'une bougie à une fenêtre. Si les habitants étaient restés, ils avaient choisi de vivre reclus dans l'obscurité, de rester discrets. C'était une façon de faire. Tout ce qui s'était produit depuis l'effondrement du monde lui avait ruiné le moral. Elle en était venue à croire qu'une fois les lumières éteintes, elles ne se rallumaient jamais.

Pourtant, la jeune femme doutait à présent. Si quelqu'un pouvait rallumer la lumière du monde, comme la flamme d'une bougie, c'était bien Brenda.

Ce ne fut qu'à l'approche de la jonction entre les Interstate 70 et 68 qu'un élément nouveau fit enfin son apparition. Leo fut le premier à l'apercevoir. D'un geste, il réclama une halte et pointa quelque chose à distance.

Maira plissa les yeux afin de discerner ce qu'il leur montrait. Au début, elle ne vit qu'une tache noire. Elle cligna plusieurs fois des paupières et l'ombre prit la forme d'un amoncellement de carcasses de voitures en travers de la route, empilées afin de former un barrage de fortune.

— Eh bien dites donc, c'est ce qui s'appelle un embouteillage, commenta Brenda.

— Je ne comprends pas, fit Maira. D'abord quelqu'un s'est donné la peine de dégager la route et maintenant ça ?

— Il ne s'agit pas nécessairement de la même personne, souligna Leo.

Brenda hocha la tête.

— Allons voir ça de plus près.

Ils continuèrent. Maira garda la main posée sur son arme, dans l'espoir de se tenir prête. Prête à quoi ? À toute éventualité, bien évidemment. C'était bien ce qu'on disait sans arrêt dans les films d'action, non ? Toujours être prêt à faire face à toute éventualité. C'était aussi simple que cela.

Maira pouffa et secoua la tête. Quelles bêtises !

— Des gens, signala Leo.

Elle les voyait aussi à présent. Environ une dizaine d'individus montaient la garde sur le barrage. Ils portaient des tenues de camouflage et étaient armés de fusils. Soudain, il y eut parmi eux une forte agitation. Ils se séparèrent et se mirent à couvert derrière des épaves. Ils devaient forcément les avoir vus approcher.

Maira sentit une coulée de sueur froide le long de son dos. Ces gens pouvaient leur tirer dessus d'un instant à l'autre. Ils ne savaient même pas qui ils étaient. Il devait bien y avoir un moyen d'éviter que les choses dégénèrent.

Brenda lâcha son arme et leva les mains en l'air, criant à tue-tête.

— Ho hé, vous ! Sur le mur ! On vous salue !

Il y eut une pause. L'une des silhouettes se redressa et répondit.

— Ho hé, vous ! Sur la route ! On vous salue aussi !

— Nous ne sommes pas venus nous battre. Pourrait-on discuter ?

Il y eut de vifs échanges dans l'autre camp.

— Gardez vos mains bien en évidence et loin de vos armes, leur ordonna-t-on. Nous ferons de même !

Maira s'autorisa à respirer.

— Chapeau pour la diplomatie ! commenta-t-elle. « Ne nous tuez pas, nous voulons juste discuter. »

Brenda lui décocha un sourire.

— Parfois, il n'en faut pas plus. (Sa voix redevint sérieuse.) Nous ne pouvons pas nous battre chaque fois que nous croisons quelqu'un sur la route. Et même si nous le pouvions, ce n'est pas notre boulot. Nous représentons le gouvernement, ou ce qu'il en reste. Souvenez-vous-en.

Le trio réduisit l'écart qui les séparait des individus armés. Maira constata avec étonnement que leurs tenues ne provenaient pas d'un simple surplus militaire. C'étaient des uniformes standardisés, frappés d'un écusson qu'elle reconnut aussitôt : la Garde nationale. Revoir ces vieux uniformes d'avant la JTF lui fit une drôle d'impression. L'ancienne échelle de force devait toujours être de mise dans la région. Ou bien ils s'étaient donné un mal de chien pour la reproduire. L'un des gardes descendit à leur rencontre.

Leur porte-parole était un jeune homme arborant l'écusson doré d'un sous-lieutenant. Son insigne précisait son nom de famille. Richardson.

— Ravie de vous voir, les gars, lança Brenda d'une voix traînante. Comment vous portez-vous par cette belle journée ?

Le sous-lieutenant cligna des paupières et s'éclaircit la voix.

— Euh… nous allons bien. Et vous autres ? Qu'est-ce qui vous amène ici ?

— Eh bien il s'avère que nous vous cherchions, répondit Brenda en souriant.

— Vous nous cherchiez ?

Le sous-lieutenant parut très surpris. Certains soldats en faction baissèrent les mains vers leurs armes. Maira s'efforça de ne pas les imiter. Si les choses devaient dégénérer, ce ne serait sûrement pas à cause d'elle.

La cheffe de cellule reprit.

— J'espérais que vous pourriez répondre à certaines de nos questions.

— Et qui les pose ? interrogea le sous-lieutenant.

— La Division.

Brenda appuya sa réponse en tapotant l'écusson sur sa manche.

— Et je suis supposé croire que vous êtes de vrais agents ? N'importe qui peut se balader en prétextant être un envoyé du gouvernement.

Brenda grimaça.

— C'est certain, on ne peut pas se fier à quelqu'un à cause d'un simple écusson. (Elle leva son poignet et le reflet orange de sa montre éclaira brièvement son visage.) En revanche, on ne trouve pas ces trucs-là dans une pochette surprise, vous savez.

Le soldat s'avança et examina l'appareil. Maira voyait à son expression qu'il feignait de savoir ce qu'il avait sous les yeux. Il n'avait très probablement jamais vu de montre de la Division avant aujourd'hui. D'une certaine manière, Brenda rappelait à Maira le shérif typique d'un vieux western, exhibant fièrement son étoile.

À nouveau, le soldat s'éclaircit la voix.

— Tout me semble en ordre. Quelles sont vos questions ? Je peux certainement vous aider.

— Merci, répondit Brenda en souriant. Basiquement, j'aimerais savoir pourquoi vous avez érigé ce mur.

Richardson observa l'entassement de voitures rouillées par-dessus son épaule.

— Oh, ça ! Eh bien, nous l'avons érigé afin de contenir les affrontements.

— Les affrontements ? répéta Brenda sans rien dissimuler de son étonnement.

Le soldat hocha la tête à regret.

— Il y a plusieurs communautés sur la route, expliqua-t-il. Ceux qui y vivent sont des gens bien, mais ils ont essuyé des raids terrifiants. Notre commandant a dit que nous n'étions pas assez nombreux pour protéger toute la zone. Pas le choix. Comme vous le voyez, il a fallu juguler.

Brenda jeta un regard à la ronde.

— Je suppute que le commandant n'est pas là ?

Richardson secoua la tête.

— Je peux l'appeler par radio, si vous voulez…

— Pas besoin, répliqua la cheffe en affichant un sourire avenant.

Elle avait répondu trop précipitamment. Maira l'observa du coin de l'œil. Brenda était calme, détendue, mais la jeune femme commençait à mieux la cerner. Son attitude n'était rien d'autre qu'une façade. Elle gardait son sang-froid afin d'éviter tout éclat de violence.

Ces jours-ci un commandant, l'officier le plus haut gradé en présence dans la région sur des centaines de kilomètres, était l'équivalent d'un seigneur de guerre. Peut-être que celui-ci était bien intentionné, ou peut-être pas. Maira et les autres seraient vite fixés en le cuisinant. Toutefois, Brenda ne semblait pas chercher la réponse à cette question. Cela valait sans doute mieux : ils n'étaient que trois.

— Qui est derrière les raids et les affrontements ? s'enquit-elle.

Cette fois, ce fut au tour du sous-lieutenant de se montrer étonné.

— Les Rôdeurs, bien évidemment.

— Je reconnais n'en avoir jamais entendu parler.

— Sérieusement ? (Richardson arqua un sourcil.) D'où est-ce que vous venez ?

— De plus loin à l'est. En fait, nous arrivons tout droit de Washington.

Le soldat poussa un sifflement admiratif.

— C'est pas la porte à côté ! Bref, les Rôdeurs – enfin, c'est comme ça que nous les appelons – font officiellement partie du Convoi des Rôdeurs. Ce sont des routiers. En tout cas, c'est ce qu'ils étaient avant la fièvre du dollar.

— Des routiers, répéta calmement Brenda. Et que sont-ils maintenant ?

— Des trafiquants. Des prétendants au trône. Sûr, ils fournissent des provisions, mais une fois que vous dépendez d'eux, ils vous tiennent par la gorge. C'est le genre de types qui ne vous lâchent jamais.

L'un des autres gardes prit la parole.

— Et leur dire non n'est pas une option.

Richardson acquiesça.

— C'est vrai. Si on essaie de leur résister, ils lancent des razzias. Quoi que vous fassiez, ils vous menacent et ils prennent tout ce qu'ils veulent.

— Charmant, commenta Brenda. Je connais bien ce type d'individus. Et donc, vous avez été contraints de scinder la région en deux pour les arrêter ?

Le sous-lieutenant acquiesça à regret.

— Nous ne sommes plus qu'une compagnie pour surveiller la zone. En cas d'affrontement, nous serions balayés.

— Ça se comprend.

Brenda affichait une expression que Maira avait fini par déchiffrer. Son cerveau s'activait à plein régime pour digérer ces nouvelles informations. Le sous-lieutenant semblait un type sincère mais ses hommes avaient l'air sévère et ils étaient lourdement armés. Personne ne survivait aussi longtemps à l'épidémie de Poison Vert en faisant dans la dentelle.

— Eh bien merci à vous, sous-lieutenant, lança Brenda. Vous nous avez été d'une grande aide. Une dernière question : sauriez-vous si le flux de marchandises est maintenu en direction de la côte est ?

Il réfléchit à la question.

— J'ai échangé avec quelques routiers. Ce ne sont pas tous de mauvais bougres, vous voyez ? Il paraît qu'il y a un endroit un peu plus au sud d'où circulent encore beaucoup de marchandises. Ils l'appellent Cumberland Gap.

Brenda hocha lentement la tête.

— Cumberland Gap ? Merci encore. (La cheffe de cellule dédia un sourire engageant à toute l'escouade.) Vous faites du bon boulot ici. Continuez comme ça, d'accord ?

Leo et Maira la suivirent et le trio regagna la route en silence. Une fois à bonne distance, Brenda s'arrêta et regarda les deux autres.

— Une armée de camionneurs hors de contrôle qui conquiert le territoire en tirant profit de sa mainmise sur les transports routiers ? On n'invente pas ce genre de choses.

— On dirait les mêmes salopards qui ont semé la pagaille près de Washington, souligna Maira. En assistant à la fin du monde, certaines personnes sont devenues la pire version d'eux-mêmes.

— Les sacs à merde, grommela Leo.

— Ne pourrait-on pas demander à la Garde nationale de rouvrir l'accès à la route ? suggéra Maira. Avec l'aide de la Division, peut-être pourrions-nous à nouveau acheminer les provisions ? Cela résoudrait le problème, ici et maintenant.

Brenda eut l'air songeur.

— C'est une possibilité. Mais à moins qu'ils nous aient menti, nous ne pouvons pas nous fier aux routiers du coin.

— Et s'ils ont bien menti ?

Brenda inclina la tête en soupirant et indiqua le sud-ouest.

— ISAC indique que Cumberland Gap se trouve à environ 750 kilomètres dans cette direction, annonça-t-elle.

— 750 kilomètres ? s'exclama Maira. Et c'est qui ISAC ?

— Grosso modo. Et pour votre gouverne, ISAC peut faire bien plus qu'estimer les distances. Mais ça ne regarde que la Division. Si l'acheminement des marchandises se poursuit effectivement à Cumberland Gap, c'est là que nous trouverons nos réponses.

— Nous irons n'importe où si cela aboutit au succès de la mission, ajouta Leo. Dans le cas contraire, nous devons nous souvenir de cet endroit. Si jamais nous devons y revenir, il faudra peut-être organiser un siège pour rouvrir la route.

Maira poussa un profond soupir.

— Il va falloir s'arrêter dans un magasin de chaussures. Mes bottes ne survivront pas au voyage.

CHAPITRE 6

Le trio était sur la route en direction du sud-ouest depuis trois jours quand la toux de Leo se déclara.

Le voyage les menait à travers les montagnes de Virginie-Occidentale. Maira ne savait pas exactement comment Brenda pouvait connaître leur itinéraire. « ISAC sait ce qu'il fait », ne cessait-elle de répéter. Selon Maira, ISAC devait être soit une personne, soit un système informatisé d'où la cheffe de cellule tirait des informations. Les deux agents obtenaient-ils ces indications via leurs oreillettes ou leurs montres dernier cri ? Difficile à dire.

Ils traversaient des paysages somptueux. En été, il y aurait eu du vert à perte de vue. Avec l'arrivée de l'automne, les feuilles commençaient à flétrir, peignant de diverses nuances de rouge, d'orange et de jaune le panorama. La jeune femme tâchait au maximum de rester sous le couvert des arbres pour profiter de la fraîcheur. En revanche, l'itinéraire avait beau être charmant, il n'en constituait pas plus une promenade de santé. Le trio prenait graduellement de l'altitude à mesure que leur périple se poursuivait. Maira avait constamment les jambes fourbues. Chaque matin, ces os étaient endoloris et elle devait systématiquement s'étirer avant de reprendre la route.

— Nous pourrions balancer nos armes, suggéra-t-elle avec lassitude. Nous n'en aurons sûrement plus l'utilité.

Toute aussi lasse, Brenda lui adressa tout de même un sourire débonnaire.

— C'est le genre d'erreur qu'on ne commet qu'une fois.

— Je vous assure, si nous tombons sur des hostiles, il nous suffira de dire : « Une minute. Nous avons laissé nos armes dans les Appalaches. Attendez-nous ici le temps qu'on retourne les chercher ! »

— Et bien sûr, ils nous laisseront partir. Après tout, le contraire ne serait pas raisonnable.

— Voilà, c'est exactement ça, fit Maira en acquiesçant énergiquement. Selon moi, la plupart des gens sont…

Leo toussa.

Contrariée, elle agita la main.

— Ouais, ça va, j'ai compris. Moins de blabla, plus d'action.

L'agent mutique fermait la marche. Aucun ordre de progression n'avait été établi entre eux, personne ne s'en était donc inquiété. En règle générale, chacun faisait comme il l'entendait tant que personne n'était à la traîne.

— Qu'est-ce que tu dis ? répliqua Leo.

Il semblait tellement à l'ouest, si déconnecté du moment présent que Maira se tourna vers lui et fronça les sourcils. Il était en nage. De larges auréoles sombres marquaient ses aisselles et sa peau luisait sous le soleil de l'après-midi. Elle s'arrêta, frappée d'inquiétude, dardant le regard sur le nez, les yeux et la bouche de son compagnon de route. Aucune trace de sang. Pas encore, à tout le moins. Le Poison Vert avait toujours été un virus sournois. Maira s'efforça de respirer calmement et interpella la cheffe de cellule.

— Brenda !

Cette dernière se retourna et se figea aussitôt. Comprenant que les deux femmes s'étaient arrêtées, Leo se secoua brièvement.

— C'est l'heure de déjeuner ? demanda-t-il, balbutiant d'une inquiétante manière.

— Pas encore, répondit Brenda.

Elle fit un pas dans sa direction puis se figea à nouveau. Maira comprit pourquoi. Toutes deux avaient déjà vu l'expression de Leo chez d'autres personnes auparavant – celle d'un mort en devenir. Ceux qui s'approchaient devenaient comme eux. La maladie faisait aussi bien de vous un cadavre ambulant qu'une bombe à retardement. Aucune des personnes ayant survécu à la pandémie ne prenait ce fait à la légère.

— Ça va Leo ? s'enquit Brenda. Tu n'as pas l'air dans ton assiette.

L'agent lança des regards hébétés aux alentours. D'une main tremblante, il épongea son front, répandant de la sueur sur son visage.

— J'avoue, je ne me sens pas au top.

— Vous deux et votre saleté de fierté ! s'emporta Brenda. Pourquoi tu ne nous as rien dit ?

Au ton cassant de sa supérieure, Leo essaya de relever la tête. À l'évidence, il avait du mal à se concentrer.

— Je supporte mal le changement d'altitude, c'est tout. C'était un peu duraille ce matin. Mais ça ira mieux demain, j'en suis sûr.

— Nous ne sommes pas assez haut pour avoir le mal des montagnes, souligna Brenda.

La cheffe de cellule consulta sa montre, la bidouilla un instant et lut quelque chose sur l'écran. Maira vit son visage se décomposer.

— Tu as de la fièvre, annonça-t-elle. Tu es malade. Tu aurais dû nous le dire !

— Quelle est sa température ? s'enquit Maira.

— 39, répondit-elle avec sang-froid.

Un ange passa au-dessus d'eux.

— Je vais bien, insista Leo. Nous pouvons reprendre la…

Une quinte de toux le coupa en pleine phrase. Il toussa dans son avant-bras, les épaules agitées de spasmes.

Maira s'approcha subrepticement de Brenda en chuchotant.

— Quelles sont les chances que ce soit… vous savez ?

Le Poison Vert. La fièvre du dollar. La Peste du Fric. La maladie avait bien des surnoms. Maira n'en employait aucun. À ce stade, les dénominatifs n'étaient d'aucune utilité. À présent, seul le virus occupait les esprits. Celui qui avait décimé la population mondiale et provoqué la chute de la civilisation. *La Variola Chimera.*

— Pas proches de zéro, en tout cas, répondit Brenda d'une voix sinistre.

— Les agents de la Division n'ont pas reçu une dose d'un vaccin miracle ? interrogea Maira.

— Non. Si nous avions un vaccin, nous l'aurions partagé avec la population. Nous sommes mieux protégés que d'autres grâce au cocktail de combat qui renforce notre immunité, mais nous ne sommes pas immunisés. Si nous attrapions le virus, il nous serait aussi fatal qu'à n'importe qui.

— Hé, vous deux !

Les deux femmes cessèrent leur discussion pour se tourner vers leur camarade. Maira rougit de honte. Elles l'avaient mis à l'écart avec un tel empressement ! Il n'en fallait pas plus pour s'inquiéter de nos jours. De la toux. De la fièvre. Des frissons. Même si le virus ne sévissait pas avec autant de virulence que quelques mois auparavant, il restait redoutable, en particulier dans les régions où les facteurs de contamination étaient inconnus.

— Je sais ce que vous pensez, lâcha Leo. Et ça n'a aucune importance.

Son maintien restait étrangement digne. Les épaules sorties, la mâchoire volontaire…

Brenda prit la parole.

— Nous ne pensons rien du…

— Des clous, la coupa l'agent. Vous pensez ce qui effleurerait n'importe qui dans pareille situation. Ce serait mon cas. Vous pensez que j'ai chopé le Poison Vert et vous êtes en train de vous creuser la tête pour savoir quoi faire si c'est bien le cas.

— Nous ne comptons pas t'abandonner à ton sort, assura Maira avec fermeté.

Leo se fendit d'un sourire épuisé.

— Je sais. La loyauté, ça crétinise.

— Vil flatteur.

L'humour de Brenda était forcé. Son inquiétude était palpable.

— Voilà pourquoi je vous dis que ça n'a aucune importance, reprit Leo. Nous n'avons pas le choix. Nous devons continuer notre route.

— Nous pourrions monter un camp, suggéra Maira. Histoire que tu te reposes.

— Si c'est bien le Poison Vert, me reposer ne changera rien à l'affaire, soutint Leo en secouant la tête. Tu le sais pertinemment.

— Et si ce n'est pas ça ? Des tas de choses peuvent expliquer tes symptômes. Du repos pourrait t'aider à t'en remettre.

— Dans ce cas, nous devons continuer jusqu'à trouver un abri décent. C'est le désert complet dans le coin. Rester dans les bois n'arrangera pas mon cas.

Maira observa les alentours. Leo marquait un point. En dehors du sentier sur lequel ils cheminaient depuis des jours, avec des arbres à perte de vue, il n'y avait strictement rien ici. Pas exactement l'endroit rêvé pour un convalescent.

— De toute façon, nous serons fixés bien assez tôt, reprit Leo d'une voix sinistre. Si c'est le virus, je vais me mettre à pisser le sang dans un jour ou deux, et je mourrais peu de temps après. Si ce n'est pas ça, vous devrez être sur vos gardes en cas de seconde infection.

La jeune femme supplia Brenda du regard. La cheffe de cellule allait forcément contredire le fatalisme de son subalterne. Mais au lieu de cela, elle déclara :

— Il a raison.

Maira ouvrit de grands yeux stupéfaits.

— Quoi ?

— Ça ne me plaît pas plus qu'à vous, argua Brenda en arborant une expression morose. Mais quel que soit son problème, nous ne disposons pas des ressources qui permettraient de lui venir en aide. Nous devons marcher jusqu'à trouver un endroit où il y aura le nécessaire.

— Tout ira bien, Maira, lança Leo d'une voix rassurante.

La jeune femme prit une profonde inspiration.

— D'accord, abandonna-t-elle. Mais il faudra le surveiller.

— Bien sûr, acquiesça Brenda. Nous sommes dans le même bateau. Son état ne change rien à cela. Leo ? Tu prends la tête du cortège. Je te transférerai les coordonnées et nous progresserons à ton rythme. Si tu as besoin d'une pause, dis-le. Et je suis sérieuse, c'est clair ?

L'agent hocha la tête et reprit la marche, prenant bien soin de garder deux mètres de distance avec ses acolytes en passant devant elles, soutenant calmement leurs regards au passage.

Il veut que nous sachions qu'il comprend notre attitude, qu'il n'est pas en colère, songea Maira.

Une fois Leo en tête de cortège, Brenda hocha la tête.

— Très bien, conclut-elle calmement. En route.

Au moment où le soleil se couchait sur l'horizon, il devint clair que Leo avait épuisé toutes ses réserves d'énergie. Son allure avait grandement ralenti et il titubait. Ils avaient fait plusieurs haltes pour qu'il se repose, mais ce n'était plus suffisant. L'inclinaison constante du terrain était usante pour n'importe qui ; mais pour lui, la marche était devenue tout bonnement exténuante. Le paysage autrefois magnifique revêtait à présent une allure sinistre. En dépit de toute sa magnificence, la forêt n'avait cure que Leo s'effondre sur ses sentiers. Seules Brenda et Maira s'inquiétaient de son sort, et elles ne pouvaient rien faire pour lui.

— Très bien, on s'arrête, intervint Brenda. Leo ? *Leo !*

Il ne semblait pas l'avoir entendue. L'agent continuait de mettre un pied devant l'autre. Maira avait été à sa place.

Elle savait ce que c'était que d'être à ce point épuisé qu'on répétait mécaniquement les mêmes gestes sans s'arrêter.

Brenda força la voix.

— Leo !

Il ralentit et regarda autour de lui.

— Que… quoi ?

Maira eut mal au cœur de le voir dans cet état. Quoi qu'il ait pu attraper, la maladie le vidait très rapidement de son énergie. Incapable de s'en empêcher, elle scruta à nouveau son visage – les yeux, le nez, la bouche – en quête des signes d'hémorragies habituels.

— On s'arrête pour la nuit, ordonna leur cheffe.

Leo marqua une pause, les jambes flageolantes, peinant à s'exprimer.

— Le soleil est encore levé, remarqua-t-il enfin.

— Peu importe. Déroule ton sac de couchage et mange un morceau. Nous nous occupons du reste.

— Y a-t-il un cours d'eau dans le coin ? questionna Maira

— À environ cinq cents mètres à l'ouest, répondit Brenda avec un coup de menton en direction du soleil couchant.

Elle sortit ensuite de son attirail un sceau dépliable, ainsi qu'un filtre à eau. Maira déposa son fusil et prit le tout.

— Je reviens tout de suite.

— Je m'occupe de faire du feu, dit Brenda.

Maira fila droit dans la forêt sans le moindre commentaire. Les feuilles mortes crépitaient sous ses pas. Elle n'était pas partie depuis une minute qu'elle regrettait déjà de ne pas avoir emporté sa veste. La température baissait en même temps que le soleil se couchait. Les nuits commençaient nettement à se rafraîchir, le thermomètre tombait en dessous de 5 degrés. Rien d'insurmontable pour une personne en bonne santé et correctement équipée. Mais au vu de l'état de Leo…

La jeune femme balaya cette pensée avec irritation. S'inquiéter ne changerait strictement rien. Mieux valait se concentrer sur ce qu'elle pouvait faire pour lui. Comme s'assurer qu'il reste bien hydraté. Elle soupesa fermement le seau et hocha la tête pour se donner du courage.

Elle entendit la rumeur du ruisseau avant même de le voir. Après une aussi longue journée de marche, entendre le gazouillis de l'eau lui fut agréable. Elle aurait aimé pouvoir s'asseoir un moment et y tremper les pieds. Mais son sens du devoir lui dictait de n'en rien faire. Dans la lumière déclinante du jour, Maira longea la berge jusqu'au cours d'eau et entreprit de remplir son seau à travers le filtre.

Un genre de feulement retentit en aval.

Maira leva la tête et se retrouva nez à nez avec un ours. Son pouls s'accéléra autant que le temps ralentit. Il n'était pas spécialement gros. À vue de nez, il devait être à peine plus grand qu'elle s'il se juchait sur ses pattes arrière. L'animal était robuste, son poil satiné ; une belle bête.

— La cantine est bonne, on dirait, plaisanta Maira par réflexe, d'un tout petit filet de voix.

En guise de réponse, l'ours renâcla.

L'animal était immergé dans l'eau jusqu'aux chevilles. Il devait être en train de pêcher, ou de se désaltérer. À peine dix mètres les séparaient. Elle se morigéna de ne pas avoir fait plus attention. À son crédit, dans l'épaisseur des bois et l'obscurité grandissante, la bête pouvait très facilement passer inaperçue.

L'ours souffla sèchement entre ses lèvres. Le bruit la fit légèrement sursauter. Elle voulait désespérément s'enfuir en courant, mais ne disait-on pas que c'était la pire des choses à faire dans ce genre de situation ? Son esprit était saturé de conversations à la véracité douteuse et de lectures à demi oubliées sur le sujet. Presque toutes en contradiction les unes avec les autres.

Maira porta la main à son fusil et se rappela qu'elle l'avait laissé au campement. Elle portait toujours son Beretta à la ceinture, mais l'arme semblait dérisoire face à un ours. De plus, tout effrayée qu'elle était, elle n'avait pas envie de tuer l'animal. Il ne lui avait fait aucun tort. C'est elle qui s'était introduite sur son territoire et non l'inverse.

Il en avait toujours été ainsi avec l'humanité, songea-t-elle. L'homme avait détruit des habitacles naturels et provoqué la disparition de centaines d'espèces. Certes, l'être humain n'avait pas inventé l'extinction de masse, mais il en avait provoqué plus d'une. Si le Poison Vert devait marquer la fin de leur parcours, si leurs propres cartes s'étaient retournées contre eux, cela signifierait une catastrophe pour l'humanité. Mais la vie ? La vie, elle, poursuivrait son chemin.

Et si la fin ne survenait pas, ce serait peut-être l'occasion pour le genre humain de repartir de zéro. De devenir meilleur.

Le seau était désormais plein. Maira avait accompli sa tâche. Il ne lui restait plus qu'à le soulever et à s'en aller. Elle se déplaça calmement. Sans geste brusque. L'ours l'observait de ses yeux sombres. De l'eau goûtait de sa fourrure trempée. D'une main, elle fourra le filtre dans sa poche arrière, et de l'autre, elle souleva l'anse du seau.

Quelque part, elle trouvait cet accès de sensiblerie parfaitement ridicule. Comme si cet ours entendait quoi que ce soit au cycle de la vie ; comme s'il allait lui être reconnaissant de ne pas avoir dégainé son arme. Après tout, pourquoi pas ?

— Gentil nounours, gentil…

Le ventre de l'animal était particulièrement rebondi. S'agissait-il d'une femelle enceinte ?

— Qui c'est la belle oursonne ? Tu vas avoir des petits dans quelques mois ?

L'ours martela le sol à plusieurs reprises avec ses pattes avant et apostropha Maira d'un souffle puissant.

— Tu as parfaitement raison, ce ne sont pas mes affaires. C'est tout à fait juste.

Seau à la main, elle partit à reculons en direction du camp. L'ours la regarda en inclinant la tête et avança d'un pas dans le ruisseau. Le cœur de Maira se coinça dans sa gorge. Toutefois, l'animal n'alla pas plus loin et sa silhouette disparut bientôt dans la forêt.

Maira s'autorisa à nouveau à respirer. Elle tremblait tellement que l'eau clapotait dans le seau. Elle s'appuya momentanément contre un arbre pour ne pas tomber et prit plusieurs profondes inspirations. Heureusement pour elle, le camp n'était qu'à deux minutes de marche.

Comme promis, un feu l'attendait à son retour. Brenda était assise près des flammes, un magazine posé sur ses genoux. Quand Maira sortit du couvert des bois, elle leva aussitôt la tête vers elle et porta instinctivement la main vers son arme.

— Que s'est-il passé ? s'inquiéta la cheffe de cellule. On dirait que vous avez vu un fantôme.

Maira secoua la tête et sourit.

— Non, juste un ours, précisa-t-elle.

La main de Brenda s'éloigna de son arme.

— Oh, rien que ça ? (Elle ricana et marqua une pause.) Minute, vous êtes sérieuse ?

— La peur m'a fait perdre quelques années de vie, mais sinon ça va, assura-t-elle en acquiesçant. Elle ne cherchait pas la bagarre. Je crois qu'elle voulait simplement que j'aille poliment voir ailleurs si j'y étais.

— Elle ?

— Il m'a semblé qu'elle attendait des petits, fit Maira en haussant les épaules.

— Je doute que vous ayez les qualifications requises pour en juger. Ça ne regarde que son médecin et elle.

Maira sourit et transvasa l'eau du seau dans une casserole qu'elle posa sur le feu. Elle jeta un œil vers Leo qui était étendu à l'écart du campement. Il s'était recroquevillé dans son duvet, respirant comme un asthmatique.

— Il est déjà endormi, remarqua-t-elle.

Brenda acquiesça.

— Nous le réveillerons quand l'eau sera saine et froide. Qu'il boive tout son soûl et mange un morceau. En attendant, mieux vaut qu'il se repose.

Maira hocha la tête et prit place en face de Brenda devant le feu. Pouvoir reposer ses pieds endoloris était un soulagement bienvenu.

— Alors ? Que lisez-vous ?

Brenda eut un sursaut.

— Oh ça ! Ce n'est rien du tout.

Elle baissa la tête, ouvrit son sac et fourra son magazine à l'intérieur. Maira remarqua qu'elle prenait tout de même bien soin d'éviter de le plier ou de l'endommager.

— Allez Brenda, pas de cachotterie avec moi. Il n'y a pas grand-chose pour s'occuper dans le coin.

— Et que faites-vous des ours ?

— D'accord, il y a quelques sensations fortes. Plus sérieusement, qu'est-ce que vous lisiez ?

— Eh bien… (Brenda s'éclaircit la voix et son regard s'abîma dans le lointain.) Les mangas, vous connaissez ?

— Je travaille dans l'informatique et vous me demandez si je sais ce qu'est un manga ? (Elle se pencha en avant.) Brenda, seriez-vous une Otaku ?

La cheffe laissa s'échapper un rire étrangement nerveux.

— Je suis une fan de manga, nuance ! Mais oui, je l'admets, dit-elle en tapotant son sac d'un geste affectueux. Quand ma Cellule a été activée, j'ai pris soin d'embarquer mes volumes préférés dans mon sac.

— C'est génial ! Je suis soulagée d'apprendre que vous avez un passe-temps comme tout être humain normal.

— Parlez donc de *normalité* aux gens que je fréquente. Enfin, je suppose que la plupart d'entre eux doivent être morts, à présent.

Son ton plaisantin ne pouvait dissimuler la triste vérité. La pandémie n'avait épargné personne. Tout le monde avait perdu un proche.

— C'est pas faux, remarqua Maira en tâchant de garder de la légèreté dans la conversation. Et puis vous êtes comme un shérif à l'ancienne maintenant. La loi ici, c'est vous ! Si quelqu'un critique vos méthodes, vous n'avez qu'à lui tirer dessus.

— Croyez-le ou non, mais la Division voit d'un assez mauvais œil qu'on descende quelqu'un pour des motifs personnels.

— C'est plutôt rassurant, j'imagine.

— En plus, cela entraînerait tellement de paperasse qu'on en aurait le tournis, ajouta Brenda avec un clin d'œil.

Maira sourit.

— Et j'ai dans l'idée qu'il faudrait aller jusqu'en Antarctique pour la remplir, c'est ça ?

— Bingo. (Brenda fit un geste vers elle.) Et vous, Maira ? Que faites-vous pour vous détendre ?

Celle-ci fit semblant de réfléchir à la question.

— S'amuser ? C'est quoi s'amuser, mon Précieux ?

— D'accord, je vois. Pour sortir un truc pareil, vous êtes forcément une grosse geek.

Maira éclata de rire.

— Aouch ! Bon d'accord, j'avoue que je jouais beaucoup aux jeux vidéo. En particulier aux RPG. J'aimais bien les jeux en ligne aussi.

— Pas évident comme passe-temps de nos jours.

Maira acquiesça.

— Il y a forcément plus important à faire quand on a du courant. J'avais une console portable à Athéna. Je la rechargeais dès que j'en avais l'occasion, mais je l'ai donnée à des gamins avant de partir. J'ai songé que nous ne croiserions pas beaucoup de prises de courant sur la route.

— Et à part les jeux vidéo ?

— Rien. Enfin, pas vraiment. Depuis que le monde s'est effondré, la vie semble bien précaire. Il y a toujours plus urgent à faire que de s'amuser. Et puis…

Maira détourna le regard et Brenda termina sa phrase à sa place.

— Vous pensez que vous n'avez plus le droit de vous amuser.

— Pardon ? fit Maira en relevant vivement la tête.

La cheffe de cellule haussa les épaules et jeta une brindille dans le feu.

— C'est ce que vous pensez, non ?

— Non, je... (Maira marqua une pause et joua nerveusement avec un fil qui pendait de sa manche.) Oui, peut-être.

— J'imagine que vous ne vous sentez pas prête à parler de ce qui vous pousse à penser ça ? Cela aurait-il un rapport avec la façon dont cette femme, Kelly, vous a parlé ?

— C'est la cheffe qui demande ?

— Non. Juste une amie qui s'inquiète. Si vous ne souhaitez pas aborder le sujet, nous n'en parlerons pas. Ni maintenant, ni jamais.

— Dans ce cas, c'est non.

Maira s'était exprimée plus sèchement qu'elle l'avait voulu. Elle prit une inspiration et ajouta :

— Pas encore.

— Pas de problème.

Pendant quelques minutes, les deux femmes écoutèrent le feu crépiter en silence. Au grand soulagement de Maira, il n'y avait aucun malaise entre elles. Brenda semblait réellement respecter son souhait de ne pas aborder ce sujet précis. Elle sentit son cœur se gonfler de gratitude. Tout le monde n'était pas aussi compréhensif.

Les souvenirs de l'expédition à l'armurerie menacèrent de ressurgir dans son esprit. De la ramener à cette nuit où ses choix lui avaient coûté la chose à laquelle elle tenait le plus au monde. Elle s'efforça au mieux de refouler ce douloureux moment. Certes, elle ne discuterait pas ce sujet ce soir, mais macérer dans ses propres regrets ne valait pas mieux.

Cherchant à s'ancrer dans le présent, elle tourna son attention vers Leo, toujours endormi.

— Que va-t-on faire de lui ? demanda-t-elle à Brenda. J'ignore combien de temps encore il tiendra.

— Ça m'inquiète aussi, je l'admets. Pendant votre absence, j'ai passé en revue les dernières images de la zone prises par satellite. Je cherche un endroit où nous pourrions au moins nous réfugier. Trouver un docteur serait chouette, mais ça reste du domaine de l'utopique.

— Vous avez trouvé quelque chose d'intéressant ?

— Nous sommes en pleine montagne et une épaisse forêt nous encercle de toutes parts.

— Ce qui n'annonce rien de bon.

— J'avoue que ce n'est pas l'idéal, concéda Brenda. Mais tout espoir n'est pas perdu. Il y a une ville à proximité.

— Une ville ? Laquelle ?

— Winchester, en Virginie. Ou en tout cas, ce qui était autrefois Winchester en Virginie. Plus aucune population apparente, mais au vu des images enregistrées sur la durée, il y a de l'activité sur place. Les lumières s'allument parfois, ce qui signifie que le courant remarche par intermittence. Il pourrait y avoir deux cents personnes là-bas. Peut-être davantage. Selon les prévisions les plus optimistes de la Division, certaines petites villes rurales pourraient avoir mieux tenu le coup face à l'épidémie que les zones fortement urbanisées. Je crois que c'est notre meilleure chance de trouver un semblant de médecin.

— Ça me semble pas mal, conclut Maira.

L'image d'une douche chaude s'imposa à son esprit. Sur la route, chacun faisait au mieux pour rester propre, mais le manque d'hygiène faisait partie de leur quotidien. Être propre tiendrait du miracle pur et simple.

— Pas mal du tout même, s'empressa de répéter Brenda avant de pointer la direction de l'est. Malheureusement, la ville est située dans cette direction, derrière cinquante kilomètres de terrain accidenté.

— Pas du tout sur notre chemin et hors des sentiers battus en plus, résuma Maira en se renfrognant. Cela pourrait nous prendre des jours.

— C'est ça.

— Je doute sérieusement que Leo puisse encore tenir plusieurs jours de marche à travers champ, souligna calmement Maira.

— Moi aussi. Passons donc au plan B. J'ai vu une traînée.

— Une traînée ? répéta Maira d'une voix blanche.

— De la fumée, précisa Brenda en souriant.

— Comme provenant d'un feu, vous voulez dire ?

— Possible. Elle s'élève en continu et apparaît sur plusieurs images à divers moments de la journée.

— Si elle ne se propage pas, il ne s'agit donc pas d'un incendie. Alors c'est un feu entretenu par quelqu'un. Dans une cheminée, peut-être ?

— Bingo. Des gens et un abri potentiel.

— Ce n'est pas aussi prometteur que l'autre option, objecta discrètement Maira.

— Non. Mais celle-ci à un avantage certain : il nous suffit de remonter la route sur seize kilomètres, puis de faire un kilomètre dans la nature.

— Nous pourrions y être dès demain.

— Avec un peu de chance.

Maira acquiesça lentement. Les bruits de la forêt comblaient le silence. Le bruissement des arbres et le hululement des chouettes résonnaient dans le lointain. Un vent frisquet soufflait à travers les branches. Elle se leva, prit sa veste dans son sac et l'enfila. Puis reprit place devant le feu et l'attisa avec un bâton. Brenda regardait fixement au loin, passant en revue des images visibles d'elle seule.

— Alors Cheffe, quel est notre plan ? relança Maira.

— À vous de me le dire, répliqua Brenda en souriant.

La jeune femme cligna des paupières avec incrédulité.

— Oh, alors c'est moi qui dirige maintenant ?

— Ce n'est pas ce que je sous-entendais, répondit sèchement Brenda. Mais s'il y a bien une chose que les récents événement ont prouvé, c'est qu'aucun d'entre nous n'est immunisé. Il se pourrait qu'un jour vous deviez vous débrouiller seule. Alors ? Que choisiriez-vous de faire ?

Maira se mordit pensivement la lèvre avant de répondre.

— Notre priorité est de trouver un abri pour Leo. Je me répète, mais je ne pense pas qu'il soit en état de marcher jusqu'à Winchester. J'opterais donc pour le plan B.

— Et si cela ne donne rien ?

Elle se renfrogna. Ce petit jeu de « et si » commençait un peu trop à lui rappeler son séjour à Athéna. Il arrivait que parfois, il n'y ait pas de bon choix.

— Dans ce cas, je… je ferais en sorte que l'une de nous reste auprès de lui pour s'en occuper au mieux pendant que l'autre irait en ville chercher un docteur. S'il y en a un, nous pourrions le ramener ici. Si tant est que Leo n'ait pas contracté le Poison Vert.

Brenda hocha lentement la tête.

— Vous ne laissez jamais les autres tomber, n'est-ce pas ?

— Pas si je peux l'éviter, répondit Maira avec fermeté.

— Un jour, vous pourriez ne pas avoir le choix, déclara calmement Brenda.

Il y avait une noirceur dans son regard, l'ombre de décisions passées. La cheffe s'abîma à nouveau dans le lointain.

— Nous verrons comment il se sent demain matin et nous déciderons en fonction de son état, décréta-t-elle.

Maira acquiesça et se leva pour déplier son sac de couchage.

— Peut-être qu'il se sentira mieux et que toute cette discussion aura été inutile.

Brenda sourit avec lassitude.

— Peut-être.

CHAPITRE 7

Le matin suivant, tout espoir de guérison miraculeuse fut dissipé. Leo était hagard et raide comme un piquet. Il mangea le petit-déjeuner qu'elles avaient préparé, sans le moindre appétit. Son teint naturellement halé était marqué d'une pâleur sous-jacente qui inquiétait beaucoup Maira. À croire que le virus – ou quelle que fut la maladie qui l'affligeait – lui retirait littéralement toute substance.

Elles l'aidèrent au mieux de leurs capacités, et au grand désarroi de Maira, cela n'était pas grand-chose. Elles remplissaient sa gourde, l'encourageaient à s'hydrater. Le plus urgent était d'alléger son paquetage. Les deux femmes auraient pu se partager le contenu de son sac ; cela aurait été une plaie, mais elles se seraient débrouillées.

Lorsque Maira aborda le sujet, Brenda refusa tout net.

— Impossible.

— Mais il est…

— Il ne quitte jamais son sac, la coupa-t-elle en secouant fermement la tête. En plus, nous n'avons respecté aucun geste barrière pendant la phase d'incubation. Nous ne devons pas tomber malade à notre tour, je ne le permettrai pas.

La période d'incubation. Une véritable hantise concernant le Poison Vert : les malades étaient contagieux longtemps avant de manifester les premiers symptômes. Si Leo était bien contaminé, alors elles étaient exposées au virus depuis plusieurs jours. Ce n'était peut-être plus qu'une question de temps avant qu'elles ne tombent malades à leur tour.

— J'aimerais pouvoir faire quelque chose, rouspéta Maira à voix basse.

— Et moi donc, ajouta simplement Brenda.

Quand vint l'heure de lever le camp, Leo se hissa péniblement sur ses pieds avec lenteur.

— Quelle est notre destination, Cheffe ?

Sa voix était rauque et faible.

Brenda fit courir son regard sur lui sans rien dissimuler de son inquiétude.

— Tout droit et en bas de la route, agent Fourte. S'il faut changer, je vous le ferai savoir.

Maira conclut qu'ils allaient suivre la fumée. Elle ne pouvait pas blâmer Brenda pour cette décision. Dans son état, Leo finirait pas se blesser s'il cheminait à travers champs. La seule question étant : serait-il en mesure d'arriver où que ce soit ?

Ils avancèrent avec une extrême lenteur. Maira n'avait aucun moyen d'enregistrer leur cadence, mais selon elle, ils progressaient en moyenne d'un kilomètre toutes les demi-heures. *Inutile de se tracasser*, se corrigea-t-elle. À la place, elle s'efforça de rester en alerte. D'ordinaire, Leo était leurs yeux et leurs oreilles. Elle se souvenait de la rapidité avec laquelle il avait détecté l'attaque au gaz. Elle devait assurer à sa place le temps qu'il se remette.

La fraîcheur du matin céda bientôt la place à une chaleur grandissante. C'était la période délicate de la saison où il fallait porter un vêtement chaud en début de matinée et où l'on avait ensuite envie de passer le reste de la journée en short et en tee-shirt. Brenda et Maira renoncèrent bien vite à leur veste respective pour les ranger dans leur sac. Empêtré dans son propre calvaire, Leo ne parut même pas le remarquer.

Sa toux s'aggravait à mesure que la journée avançait. Vers midi, sa respiration était devenue tellement sifflante que la douleur des convulsions le faisait se recroqueviller. Maira ne pouvait s'empêcher de le regarder avec une fascination morbide à chaque nouvelle crise. À un moment, se disait-elle, le jet de sang tant redouté allait faire son apparition.

Quand vint l'heure du déjeuner, toujours pas d'hémorragie. Ils firent une halte sur un petit espace en bordure de route. Ils étaient à une bonne altitude et le panorama était superbe à travers les arbres. N'eut été la peur qui la taraudait, Maira aurait mieux profité de cette vue imprenable.

Les deux femmes entreprirent de préparer leur repas. Leo se laissa lourdement tomber dans l'herbe, le regard vitreux et perdu dans le lointain.

— Allez mon vieux, il faut que tu manges, l'encouragea Maira. Si tu n'as que de l'omelette aux légumes, je te refile une de mes rations.

Leo cligna des paupières et se secoua, comme un homme s'éveillant d'un rêve.

— Tu disais ?

— Manger, fit Maira. Mâcher : Gniom gniom ? Y a bon ?

Sa pathétique tentative de faire de l'humour retomba comme un soufflé. À ce moment précis, Leo semblait la regarder sans la voir.

— J'ai pas faim, bredouilla-t-il.

— Tu dois te nourrir, intervint Brenda d'un ton qui ne tolérerait aucun refus.

Leo tenta sans succès d'attraper son sac. Sa main n'avait même pas atteint son objectif qu'elle retomba mollement.

— Je peux pas.

Une intense quinte de toux s'empara de lui la seconde d'après. Maira le vit enfoncer ses doigts dans l'herbe, luttant pour ne pas s'écrouler. Elle se retint à grand peine de le rejoindre pour le réconforter.

— Je vais préparer son déjeuner, déclara doucement Brenda. Quand vous aurez fini de manger, montez la garde.

Maira hocha la tête et dévora sa ration. Il n'y avait aucune poubelle à proximité. Elle ressentait des scrupules à laisser ainsi traîner son emballage, mais ils ne croiseraient pas de déchetterie de sitôt. Elle secoua la tête, consternée. Les détritus auraient dû être le cadet de ses soucis à l'heure actuelle.

Dès qu'elle eut terminé, elle se leva et parcourut lentement le pourtour du petit promontoire. Le paysage était vraiment à couper le souffle. Droit devant, à l'ouest, les montagnes gagnaient en altitude ; au loin, à l'est, elles se réduisaient à l'état de collines. Maira resta ainsi pendant quelques instants à contempler l'horizon, se figurant les reflets de l'océan en périphérie de son champ de vision. Bien sûr, c'était le pur fruit de son imagination.

Entendant des voix dans son dos, elle se retourna. Brenda avait déposé de la nourriture près de Leo et elle l'encourageait calmement à manger. Maira se détourna et examina la route de haut en bas. Pas le moindre signe d'un autre voyageur. En fait, il n'y avait rien aux alentours qui fut susceptible de troubler leur solitude. Sur ces hauteurs, on aurait pu croire que le monde ne s'était pas écroulé.

Derrière elle, un nouvel accès de toux angoissante vint rompre cette agréable illusion. Elle se tourna à nouveau. *Cette fois, ça y est,* songeait-t-elle avec résignation. *Le sang va gicler ; Leo est contaminé et il faudra bien que tu finisses par voir les choses en face.*

Qu'allait-il donc se passer s'il avait bel et bien contracté le virus tant redouté ? Elles ne pourraient rien faire pour le sauver. Brenda l'avait prévenue. *Un jour, vous pourriez ne pas avoir le choix.* Elles étaient impuissantes à soulager leur camarade. Devaient-elles vraiment le regarder souffrir, crier et s'étouffer dans son propre sang toute la sainte journée ? Allaient-elles le laisser mourir seul et l'abandonner à son triste sort ? Ou achever ses souffrances d'une balle dans la tête ?

Maira se fustigea intérieurement. Elles se soucieraient de ces questions en temps voulu si la situation l'exigeait. *Si elle l'exigeait.* Il n'y avait aucune certitude et ses projections morbides ne les aideraient pas.

Leo avait avalé quelques bouchées. Pas grand-chose, mais c'était mieux que rien. Brenda lui fit signe et les deux femmes rangèrent à nouveau leurs affaires. La route s'étirait devant eux, serpentant jusqu'au sommet de la montagne.

Le trio marcha encore deux heures. Chaque tentative d'engager la conversation ne faisait pas long feu. Finalement, ils cheminèrent dans un silence absolu que perturbaient la respiration laborieuse de Leo et ses incessantes quintes de toux.

Au bout d'un moment, Brenda lança :

— C'est bon, nous voilà au tournant. Il est temps de quitter la route.

Maira contempla la lisière de la forêt. Ce ne serait pas une promenade de santé. *Juste un kilomètre*, se dit-elle. *Rien qu'un…*

Leo tomba à genoux.

Les deux femmes se figèrent. Sa tête bascula en arrière et il suait à nouveau abondamment. Un faible sanglot lui échappa et Maira comprit que son visage n'était pas seulement recouvert de sueur. L'agent pleurait.

— Je peux pas, souffla-t-il d'une voix rauque. J'y arriverai pas.

Maira et Brenda échangèrent un regard angoissé.

— Il le faut, insista Brenda. Écoute Leo, notre destination n'est plus très loin. Plus qu'un kilomètre. Nous resterons à tes côtés tout du long.

L'agent s'effondra lourdement à quatre pattes et secoua lentement la tête.

— Je peux pas. J'ai plus la force.

— Bien sûr que si !

Leo leva sur elles ses yeux injectés de sang et serra les dents. Maira comprit qu'il essayait de sourire. Mais le résultat évoquait davantage le faciès grimaçant d'un squelette.

— Je suis à bout. Vous deux, continuez sans moi. J'ai essayé. Vous lui direz hein ? Que j'ai essayé ?

— À qui ? (Maira fronça les sourcils puis balaya sa remarque d'un geste de la main.) Nous ne t'abandonnerons pas, tu m'entends ?

Brenda intervint d'une voix calme.

— Maira…

— Non, répliqua-t-elle en lui faisant face, les yeux écarquillés. Ne commencez pas. Pas question de l'abandonner !

— Ça ne m'a même pas traversé l'esprit, précisa la cheffe avec une sérénité calculée. Mais nous devons faire quelque chose. Il ne tiendra pas sur ce terrain.

Avec frustration, Maira se frictionna le visage à deux mains.

— D'accord. Qu'est-ce qu'on fait alors ? Vous savez quoi ? Je m'en fiche. Je vais m'approcher de lui. Je vais l'aider.

— Non.

Le ton de Brenda était sans réplique et la dureté de son regard interdisait toute forme d'objection.

— Je ne permettrai pas que deux personnes meurent pour en sauver une seule, reprit-elle.

— Je suis peut-être naturellement immunisée. (Elle se souvint du cadavre en décomposition au centre de recrutement.) J'ai déjà été exposée au virus et il ne s'est rien produit.

— Le contraire est tout aussi probable. À moins que vous ayez été examinée dans un labo d'épidémiologie sans m'en parler ?

— Vous savez bien que non ! s'emporta Maira.

Elle se rendit compte qu'elle avait les poings serrés. Elle s'efforça de se détendre. Les yeux de Brenda manifestaient la même compréhension, la même douleur. Étrangement, cela rendait Maira furieuse. Elle ne voulait pas éprouver d'empathie pour un être humain affaibli. Elle voulait hurler sa rage, et plus généralement, exprimer sa haine absolue contre ce monde qui permettait que de telles choses se produisent.

Au bout de plusieurs profondes inspirations, elle reprit.

— OK. D'accord. Que fait-on dans ce cas ?

Le front de Brenda se creusa de rides profondes.

— Nous ne recevrons aucune aide, ça, c'est certain. J'ai scanné le secteur et je n'ai repéré aucune présence de la Division.

— Logique, fit Maira avec lassitude. Que feraient-ils dans un coin pareil ? Fliquer les arbres ?

— Nous n'avons donc qu'une option. Rejoindre la colonne de fumée.

— J'ai l'impression qu'on tourne en rond, maugréa Maira en grimaçant. Vous disiez qu'il n'arriverait pas jusque là-bas.

La cheffe de cellule hocha lentement la tête.

— En effet, il n'y arrivera pas. Mais vous, si.

— Pardon ? demanda Maira en clignant des paupières.

— C'était votre idée, vous vous rappelez ? Nous allons nous y résoudre plus tôt que prévu, voilà tout. Vous continuerez sans nous. Leo a besoin d'assistance. Si cette fumée est bien alimentée par quelqu'un, vous devrez le ou les convaincre de nous aider à l'amener jusque là-bas.

Maira voulut souligner le côté hasardeux de ce plan. Sur le papier, il tenait la route. Mais à présent, il lui semblait absurde. Toutefois, elle se garda d'exprimer ses doutes. Elle n'avait rien de mieux à proposer et faire preuve de sarcasme pouvait parfois s'avérer contre-productif.

— Un kilomètre, lança-t-elle à la place. Comment arriverai-je à m'orienter ? En forêt, on a vite fait de se perdre.

Brenda acquiesça.

— Vous aurez besoin d'un itinéraire.

Puis elle retira sa montre, dont la douce lueur orangée était quasiment imperceptible à la lumière du jour, pour la tendre à Maira. Celle-ci l'accepta avec hésitation et la passa autour de son poignet. Brenda sortit ensuite un boîtier de son sac et ajouta :

— Vous aurez aussi besoin de ça.

Cela ressemblait à un étui de lentilles de contact, à ceci près qu'il semblait avoir été conçu afin de résister à une chute du haut d'une falaise.

— Je l'ai récupéré à la planque, précisa la cheffe de cellule. J'ai pensé que cela pourrait vous être utile à un moment donné. Ce boîtier contient une paire de lentilles spéciales. Normalement, il est accompagné d'une montre et d'une oreillette moulée sur mesure, mais je n'ai rien trouvé de plus. Grâce à ça, vous pourrez au moins accéder à l'interface d'ISAC.

Maira ouvrit le boîtier. Les lentilles n'attendaient qu'elle. Elle les retira et les déposa sur ses globes oculaires. Il y eut une pause. Puis le mot CALIBRAGE apparut devant elle et des données défilèrent sous ses yeux en toutes lettres, probablement transmises depuis la montre que Brenda lui avait remise. Une flèche s'afficha, lui indiquant la direction à prendre.

Elle respira à fond.

— D'accord, d'accord. OK. Je vais y arriver. Je ne vous ferai pas faux bond.

— J'en suis sûre, acquiesça Brenda en lui adressant un sourire sincère.

Maira récupéra son sac sur le bord du chemin et leva la montre devant son visage. La flèche s'illumina, pointée vers des arbres. Elle hocha la tête, à la fois pour saluer Brenda et pour se donner du courage, puis elle s'engagea dans la direction indiquée. Juste avant de franchir la lisière de la forêt, une pensée lui traversa l'esprit. Elle s'arrêta et se retourna vers la cheffe.

— Et s'il n'y avait personne là-bas ? demanda-t-elle.

Brenda soupesa la question.

— Dans ce cas, revenez ici. Et nous aviserons à ce moment-là, conclut-elle en tournant un regard attristé vers Leo.

Maira opina. Elle ne voyait pas quoi ajouter. Si cet instant arrivait, les deux femmes n'auraient plus aucune solution en réserve pour gérer cette crise. Au lieu de s'attarder sur cette pensée, Maira fit volte-face vers la forêt et se redressa fièrement. Plus vite elle s'y mettrait, plus vite elle en finirait.

Elle s'engagea dans les bois.

CHAPITRE 8

Maira se rendit très vite à l'évidence : Leo n'aurait jamais pu effectuer le trajet.

Suivre la route était une chose – et encore, elle y avait laissé toute son énergie – mais le sentier sur lequel elle cheminait à présent constituait une tout autre paire de manches. Le terrain était escarpé, envahi par la végétation et la jeune femme ne tarda pas à se retrouver elle-même à bout de souffle. Ses poumons et ses jambes, déjà mis à mal par de longues journées de randonnée, condamnaient fermement ce nouveau plan d'action.

Précédemment, elle s'était sentie inquiète que leur rythme de croisière ait été réduit à moins d'un kilomètre par heure. Mais le simple fait d'imaginer sa cadence actuelle l'horrifiait. Par moment, elle avait plus l'impression de faire de l'escalade que de la marche. Elle devait en effet gravir des saillies rocheuses et contourner des ravins.

— À ce train-là, j'y serai encore pour Thanksgiving, souffla-t-elle.

La montre bipa et, comme pour répondre à ce qu'elle venait de dire, son rythme apparut à la surface de ses lentilles à vision augmentée : 0,37 km/h. Elle ronchonna.

— Ça ne m'aide pas beaucoup.

Cette courte distraction faillit lui être fatale. En bordure d'un ravin, Maira dérapa sur un pan de terre meuble. Sa jambe se déroba péniblement sous elle. Une vive douleur lui élança la hanche. Elle n'eut guère le temps de s'en soucier. Déséquilibrée, elle tomba par-dessus le rebord et cria.

Elle dégringola le versant à une vitesse alarmante, cherchant désespérément à s'agripper aux taillis qui l'entouraient. Les racines glissaient entre ses mains, lui écorchant les paumes. Les plus petites plantes s'arrachaient complètement du sol. Maira ne put qu'orienter sa chute.

Elle heurta un arbre malingre qui avait poussé à flanc de colline. Ses poumons se vidèrent sous la violence de l'impact. Tout devint blanc et elle se recroquevilla, incapable de faire quoi que ce soit à part pousser des sifflements pathétiques. Peu à peu, elle parvint à reprendre de l'oxygène. Le désert blanc se réduisit à quelques étoiles dansant dans son champ de vision.

— Ça fait mal, grogna-t-elle enfin d'une voix rocailleuse.

Maira se dressa à quatre pattes. Même ce simple geste lui parut être un effort considérable. Faisant l'inventaire de ses plaies, elle constata une dizaine d'écorchures. Son corps entier était meurtri, mais elle s'inquiétait surtout de blessures potentiellement plus graves. Sa jambe lui faisait un mal de chien. Si elle était cassée, sa mission allait s'achever sur un échec cuisant.

Elle se tint accroupie, tâchant de reprendre ses esprits. Se remettre debout lui semblait surhumain. Mieux valait y aller doucement ; à tâtons même. Une prudence absolument pas dictée par sa peur d'avoir quelque chose de cassé ou de mourir seule ici.

L'image de Leo effondré s'imposa à son esprit. Même malade à en mourir, l'agent avait tenu la distance durant de longues heures. Pouvait-elle décemment faire moins que cela ? Il avait besoin de son aide et Brenda comptait sur elle. Qu'elle soit maudite si elle renonçait aussi facilement.

Elle tendit la main et enfonça ses doigts dans l'écorce de l'arbre qui l'avait si douloureusement sauvée, puis se hissa vivement sur ses pieds. Si sa jambe gauche ne pouvait plus supporter son poids, elle le saurait bien assez tôt.

Sa jambe tint le coup. Elle lui faisait un mal de tous les diables – Maira avait fait une sacrée chute. Pourtant, elle ne s'effondra pas en déportant son poids dessus. C'était déjà ça de gagné. Avec de la chance, elle pourrait poursuivre sa route. Non pas qu'elle ait le choix.

Elle expira brusquement et leva les yeux vers les hauteurs qu'elle avait dévalées. Un afflux de désespoir envahit son cœur. Dans le grand ordre des choses, elle n'était pas tombée de si haut. Entre huit et dix mètres. Sur le coup, elle avait eu l'impression de traverser la voie lactée. La descente était extrêmement raide. Son fusil avait disparu, emporté dans sa chute. Par chance, la jeune femme portait toujours la montre spéciale de la Division autour de son poignet. Intacte. Ce matériel avait été fabriqué pour durer.

Elle scruta les alentours à la recherche d'un autre itinéraire. Il y avait sur la droite une sorte d'arête rocheuse. En la suivant, elle pourrait remonter en diagonale plutôt que de tenter l'ascension en ligne droite. C'était à essayer.

Maira songea à nouveau à ses compagnons et inspira à fond. Elle devrait s'en contenter.

Elle prit la résolution d'avancer un pas à la fois et commença lentement à escalader l'arête. Certes, le temps pressait, mais un autre mouvement brusque et irréfléchi pourrait bien provoquer sa perte. Maira se concentra sur le positionnement de ses pieds et prit bien soin d'assurer ses prises. Chaque mouvement trop ample de sa jambe gauche lui arrachait un sifflement de douleur.

Elle fut bientôt en nage et à bout de souffle. L'effort lui coûtait beaucoup de temps et de concentration pour, finalement, peu de terrain gagné. Ses mains, déjà à vif à cause de la chute, la faisaient abominablement souffrir chaque fois qu'elle agrippait la roche ou une racine. Maira constata qu'elle laissait des traînées sanglantes dans son sillage. L'odeur du sang risquait-elle d'attirer des prédateurs ?

— Si quoi que ce soit veut me bouffer, qu'il vienne me chercher, marmonna-t-elle.

Elle poursuivit progressivement son ascension. Malheureusement, elle comprit bien vite que sa position près de l'arbre ne lui avait pas offert une assez bonne visibilité. L'arête rocheuse ne remontait pas complètement jusqu'en haut du ravin, s'interrompant à quelques mètres du sommet. Sous ses pieds, la saillie était de plus en plus étroite et elle n'avait plus aucune prise devant elle. Maira leva le bras en l'air en quête d'une aspérité à laquelle s'accrocher.

Il n'y en avait aucune.

Elle leva le pied pour chercher un appui et égratigna la roche en rencontrant le vide. Son ascension tournait court. Maira cligna des paupières devant la paroi rocheuse. La panique gagnait du terrain, la poussant à haleter frénétiquement. Mais elle réprima ce réflexe ; il lui semblait que la moindre respiration la ferait basculer en arrière.

Elle contempla la distance franchie. Elle pouvait redescendre vers l'arbre, mais pour y faire quoi ? Ou se laisser glisser jusqu'en bas pour tenter de sortir du ravin, à supposer qu'elle ne se brise pas la nuque en chemin ? Maira baissa les yeux en contrebas et le regretta aussitôt. La pente se poursuivait sur encore au moins trente mètres de dénivelé jusqu'à un fond rocailleux. Elle aperçut son fusil, pulvérisé en morceaux sur les rochers en contrebas.

— Humm…

Ce marmonnement qu'elle voulait méditatif s'était mué en couinement terrifié. Maira leva à nouveau la tête vers le sommet. Elle était si proche. Un bond prodigieux et elle pourrait agripper le rebord pour se hisser.

Les rochers au creux du ravin s'imposèrent aussitôt à son esprit. Son imagination dressa obligeamment pour elle le portrait de son corps brisé, étalé en contrebas après que son saut se fut soldé par un échec cuisant. Elle ferma solidement les yeux. Elle avait mal partout et pas la moindre idée en réserve. Et surtout, elle avait envie de pleurer.

— Sacré dilemme, fit une voix inconnue.

Maira sursauta. La voix était discrète et pourtant, l'entendre faillit lui faire perdre l'équilibre. Son cœur se coinça dans sa gorge, gonflé d'une terreur absolue. Au désespoir, elle raffermit sa poigne sur ses prises et comprima son corps aussi près de la paroi rocheuse que possible. Son pouls se stabilisa peu à peu.

Ce ne fut qu'à ce moment-là qu'elle trouva le courage de lever la tête. Un homme se tenait au-dessus d'elle. Il avait la peau bronzée, les cheveux noirs et une barbe fournie qui lui mangeait la moitié du visage. La tête d'un chien apparut à ses côtés, haletant de curiosité.

— Désolé, s'excusa l'individu. Je ne voulais pas vous effrayer.

— Vous avez failli me tuer, siffla Maira.

— Eh bien, ce n'est pas du tout dans mon intention, répliqua-t-il avec gentillesse. Vous savez quoi ? Je vais me rattraper et vous aider à remonter.

— J'apprécierais. Vous me promettez de ne pas me lâcher ?

L'homme plissa les yeux en se grattant la barbe.

— Promesse difficile à tenir. Ça dépend de plein de choses.

— C'est loin d'être rassurant !

— J'avoue que je vous comprends parfaitement. Et si je vous faisais la promesse de tout faire pour ne pas vous lâcher, ça irait ?

Maira ferma les yeux et déglutit avec difficulté.

— À la guerre comme à la guerre, j'imagine, concéda-t-elle.

— C'est l'idée, acquiesça l'inconnu. Allez, c'est parti !

Il s'étendit à plat ventre au bord du ravin et tendit les bras au maximum. En retour, Maira étira les siens vers le haut. Leurs mains se frôlaient presque. La jeune femme émit un long gémissement découragé.

— Vous allez devoir sauter, déclara l'inconnu.

Il s'était exprimé avec une authentique compassion. Maira ne l'en détesta pas moins d'avoir prononcé ces mots.

— D'accord, murmura-t-elle.

— À trois. Un… deux… trois !

Elle sauta. Pendant une infime fraction de seconde, elle se retrouva dans le vide. Il suffisait d'une légère inclinaison pour qu'elle soit précipitée vers une mort très douloureuse.

L'homme la rattrapa et la serra fermement. À cet instant, elle était tellement concentrée qu'elle enregistra ses mains dans leurs moindres détails, chaque callosité et chaque sillon s'imprimèrent au fer rouge dans son esprit. Il commença à la hisser vers lui. Maira vit son visage rougir à mesure qu'il soufflait et ahanait. Néanmoins, lentement mais sûrement, elle glissa le long de la paroi jusqu'à son sommet.

La dernière partie se fit dans la précipitation. Sur les derniers centimètres, l'homme la tira et elle ramena ses jambes sous elle. Puis, poussée par la terreur, elle le dépassa en rampant, le bousculant dans la foulée. Elle enserra le tronc d'un arbre et y resta accrochée, les larmes aux yeux.

— Fiou, fit l'inconnu. C'était chaud !

Maira cligna des paupières et le regarda se redresser en position assise. Elle eut à présent un meilleur aperçu de son sauveur. Il portait des vêtements robustes, dignes d'un bûcheron, ainsi qu'une ceinture d'où pendait des ustensiles divers, parmi lesquels une machette. Il y avait également un étui à revolver contre sa hanche. Un fusil à pompe était posé contre un arbre à proximité.

— Merci, parvint à dire Maira.

— Je vous en prie.

Son chien s'approcha de lui en trottinant. La jeune femme se rendit à présent compte de la taille imposante de l'animal. Grand d'au moins un mètre à hauteur d'épaules, il devait bien peser dans les 45 kilos. Les poils courts de sa robe marron clair s'assombrissaient autour des oreilles et du museau. L'homme posa la main sur le dos de son compagnon.

— Tout doux Bruno, je vais bien.

Maître et chien restèrent assis l'un face à l'autre pendant une minute en reprenant leur souffle.

— Comment m'avez-vous trouvée ? demanda finalement Maira.

— Je vous ai entendue crier. On m'a appris que lorsqu'on entend un cri dans la montagne, mieux vaut garder ses distances. Mais j'ai eu un mauvais pressentiment. Alors je suis venu vérifier. Coup de bol, vous n'êtes pas une espèce de créature monstrueuse voulant me dépecer.

— Vous dépecer ? Attendez, comme dans la légende du…

— Chut, la coupa-t-il. Ne prononcez pas son nom. Ça n'attirerait rien de bon.

Maira cligna des paupières, incrédule.

— Très bien. (Elle se tapota la poitrine.) Maira Kanhai.

— Ravi de vous rencontrer, Maira. Johnny Stairs.

— Stairs ? Comme des escaliers ?

Elle éclata de rire. C'était plus fort qu'elle. Elle enfouit son visage dans ses mains, les épaules agitées de soubresauts. Pendant quelques secondes, Johnny la regarda avec effarement et se fendit soudainement d'un sourire.

— Vous auriez préféré tomber sur de vrais escaliers, c'est ça ?

Maira prit une profonde inspiration et essuya ses larmes.

— Absolument.

Tout lui revint d'un coup en mémoire. Leo, malade à mourir ; Brenda, assise à ses côtés. L'importance de la tâche qui reposait entièrement sur ses épaules.

— Seigneur ! Johnny, vous habitez à proximité ?

— Dans un chalet à moins d'un kilomètre d'ici, acquiesça-t-il. Pourquoi ?

Maira hocha lentement de la tête.

— Vous n'auriez pas une cheminée, par hasard ? Dans lequel vous faites souvent du feu ?

Johnny s'étonna.

— Nous faisons du feu un peu tous les jours, en effet. Vous pouvez m'expliquer ?

— Je vous cherchais. (Maira réalisa qu'elle s'exprimait d'un ton menaçant et précipité.) Avec mes amis, nous voyageons sur la route à travers les montagnes en direction du sud. L'un d'eux est tombé malade. Il se sent mal et nous avons besoin d'un endroit pour qu'il se repose.

Le front de Johnny se plissa d'angoisse.

— Malade ? Est-ce ?…

Il laissa sa question en suspens. Même un montagnard au milieu de nulle part ne pouvait ignorer cette réalité.

— Nous n'en savons rien, admit-elle à contrecœur. Il est malade depuis plus de vingt-quatre heures et il n'a toujours aucune hémorragie.

Johnny fit grise mine et Maira eut un pincement au cœur. Il se remit maladroitement debout. Le montagnard était à l'image de son chien, grand et massif. Il ramassa son fusil.

Il allait lui demander de partir, songea-t-elle. Qui l'en blâmerait ?

— Il devra rester dans la grange, annonça Johnny en ramassant son fusil.

— Pardon ?

— Il devra rester dans la grange, répéta-t-il avec sévérité. Je ne peux pas risquer qu'il apporte le Poison Vert dans ma maison. Vous comprenez.

— Oh !

Maira fut envahie de soulagement, comme après avoir bu de l'eau de source.

— Vous comptez vous lever à un moment ? se risqua à demander Johnny. Si votre ami est malade, nous ferions mieux de ne pas traîner.

— Oui, bien sûr. (Elle se mit debout, en grimaçant de douleur.) Suivez-moi.

Elle s'engagea au milieu des arbres en boitant, Johnny sur les talons.

CHAPITRE 9

Brenda accueillit le duo en brandissant son arme. Puis elle la baissa aussitôt en reconnaissant Maira.

— Doux Jésus, que vous est-il arrivé ? Vous avez l'air d'une vraie serpillière.

— J'ai clairement l'impression d'en être une, convint Maira en faisant un geste derrière elle. Johnny, voici Brenda. Brenda, je vous présente Johnny. La mystérieuse fumée qui s'élève des bois provient de chez lui.

— De chez ma femme et moi, en fait, corrigea-t-il. Je ne prétends pas être le seul maître de maison. Cela me vaudrait des ennuis.

Maira balaya la zone du regard. Le soleil était en train de se coucher, peignant l'horizon d'une large gamme de couleurs. À l'écart, Leo était allongé sur son sac de couchage, inconscient. Seule sa respiration irrégulière indiquait qu'il était toujours en vie.

Brenda cligna des paupières.

— Waouh, s'extasia-t-elle. Je vous envoie dans la montagne pour chercher de l'aide et vous, vous me ramenez carrément la montagne.

— On peut dire ça, sourit Maira avec amertume. Johnny a très diligemment accepté de nous aider à ramener Leo jusqu'à sa propriété, sous condition qu'il reste confiné dans la grange.

Elle rendit sa montre à Brenda qui la passa autour de son poignet.

— Merci infiniment, monsieur, dit-elle en hochant la tête. C'est très aimable de votre part.

— Si j'avais été à votre place, j'aurais apprécié qu'on en fasse autant, répondit-il en haussant les épaules, comme si c'était tout naturel.

— Eh bien, soyez-en remercié à nouveau. (La cheffe observa les alentours.) Comment allons-nous l'amener jusque là-bas ?

— J'ai réfléchi à la question en chemin. Nous pourrions lui fabriquer un brancard. Il n'a pas l'air bien lourd, je pourrais le tirer moi-même à travers les bois. Pendant ce temps, vous n'aurez qu'à le maintenir immobile, toutes les deux.

Brenda acquiesça sans attendre.

— Vous êtes l'homme de la situation. Dites-nous quoi faire.

Sous les directives de Johnny, les deux femmes entreprirent la construction du brancard. Entre la corde que Brenda conservait dans son sac et le matériel de base à disposition dans la nature, ce fut un jeu d'enfant. Le soir venu, elles en avaient terminé. Groggy, Leo s'éveilla et ils l'aidèrent à s'installer sur leur civière de fortune.

Ils retournèrent ensuite dans les bois. Johnny se chargea de traîner le brancard. Brenda éclairait le chemin à l'aide de sa montre et Maira fit de même à l'aide d'une lampe-torche qu'elle avait emportée. Quant à Bruno, il trottait près de leur convoi, manifestement ravi de cette balade.

La bonne connaissance que Johnny avait du terrain fit toute la différence dans leur progression. Lors de son expédition, Maira avait éprouvé de grosses difficultés à avancer en ligne droite. Leur sauveur les entraînait sur des sentiers, certes moins directs, mais plus faciles d'accès qui leur firent gagner un temps précieux. Il leur fallut néanmoins une heure pour rejoindre sa propriété. Lorsqu'elle aperçut de la lumière au milieu des arbres, Maira se sentit transportée d'allégresse. Johnny pressa le pas et ils débouchèrent dans une petite clairière au milieu des bois. Dans l'obscurité, Maira eut du mal à discerner la maison en détails, mais elle crut voir qu'il s'agissait d'une propriété autosuffisante. En tout cas, les panneaux solaires et le puits qu'elle avait repérés la poussait à cette conclusion.

La jeune femme songea avec amusement au changement qu'apportaient les circonstances. À Washington, la solitude aurait rendu ces deux personnes vulnérables. Et avec le type de provisions en leur possession, elles aurait été dépouillées en moins d'une semaine. Or dans la nature, elles semblaient s'en être très bien sorties.

La maison elle-même était simple, mais charmante. Comme l'avait précisé Johnny, il s'agissait d'un genre de chalet, de quatre-vingt-dix mètres carrés à vue de nez. Une lumière tamisée éclairait deux fenêtres. Derrière le porche, Maira discerna une pièce à vivre au mobilier rustique, décorée de diverses babioles.

Leur hôte prit la direction d'une grange dont l'ombre se dessinait dans la nuit.

— Vous pouvez m'ouvrir la porte ? demanda le propriétaire des lieux.

Le ton de sa voix laissait deviner son épuisement. Maira se précipita pour déverrouiller la porte de la grange, l'ouvrant en grand afin de lui libérer le passage. Le faisceau de sa lampe-torche révéla un intérieur rustique emplit, bien entendu, de bottes de foin. À l'oreille, la jeune femme devina la présence de bétail, mais à la taille des box, les bêtes ne devaient être ni des chevaux, ni des bovins.

Un bêlement se fit entendre. Des chèvres. Cela répondait à ses interrogations.

Johnny disposa Leo devant un box vide et s'adressa à lui.

— Je vous invite à vous installer aussi confortablement que possible, mon bon monsieur. J'aimerais pouvoir vous accueillir dans la maison, mais…

Leo, dans un moment de lucidité, le coupa et s'exprima d'une voix rauque, à peine audible.

— Il ne faut pas exposer votre famille au danger. Je ne vous l'aurais pas demandé.

Au dehors, la porte de la maison claqua.

— Sûrement ma moitié, expliqua Johnny.

— Johnny ! s'écria une voix de femme depuis l'extérieur de la grange. Où étais-tu passé, bon sang ? J'étais morte d'inquiétude.

— Un petit imprévu, Andrea ! Nous avons des invités et l'un d'entre eux est mal en point !

— Des invités ?

Andrea pénétra dans la grange.

L'épouse de Johnny était plus petite que ce que Maira s'était imaginé, 1 mètre 50 maximum. Ses cheveux noirs étaient attachés en queue de cheval et elle portait une tenue presque similaire à celle de son mari. Bien qu'elle ait été avertie de leur présence, la femme eut un mouvement de surprise en les voyant. Elle leur adressa un sourire hésitant, mais chaleureux.

— Oh, je vois. Des invités.

— Nos excuses les plus sincères pour cette intrusion, chère madame, intervint Brenda. J'ai bien peur que notre ami Leo soit très malade. Nous avons besoin d'un endroit pour qu'il récupère et votre mari a eu la bonté de nous proposer l'abri de votre grange.

— Le pauvre. (Andrea jaugea l'état de Leo, puis elle regarda les deux femmes avec inquiétude.) Est-il…

— Je ne pense pas, la rassura Brenda.

— J'espère que non ! s'exclama Maira exactement en même temps.

— Eh bien, il ne représente aucun danger en restant ici. Nous prendrons soin de lui. En attendant, pourquoi ne viendriez-vous pas à l'intérieur toutes les deux ? Si vous ne voyez pas d'inconvénient à dormir ensemble, nous pouvons déplier le canapé-lit.

Maira fut impressionnée par la rapidité avec laquelle Andrea avait encaissé toute l'affaire. La manière dont vivaient ces gens devait nécessiter un certain sens de la débrouillardise. Ces deux-là prenaient les problèmes tels qu'ils se présentaient et les résolvaient au mieux de leurs capacités.

— C'est extrêmement aimable de votre part, mais nous ne pouvons accepter, déclara Brenda.

— Oh, allons…

— Non pas que nous refusions votre hospitalité, s'empressa-t-elle d'ajouter. Rien ne nous ferait plus plaisir qu'un bon lit. Mais la vérité, c'est que nous sommes restées un certain temps proches de notre compagnon avant qu'il ne tombe malade. Il serait imprudent de le confiner lui et de nous faire entrer chez vous.

Andrea acquiesça.

— Voilà qui est bien pensé et votre sollicitude est appréciée. Eh bien, prenez vos aises. Je vais au moins vous apporter une lanterne.

Maira constata avec amusement que Johnny s'était gentiment effacé à mesure qu'Andrea prenait les choses en main. Il semblait être un type paisible et il devait probablement se sentir soulagé qu'une personne plus extravertie s'occupe d'accueillir des étrangers chez eux. La jeune femme espérait également que sa courte promiscuité avec Johnny n'allait pas inviter la maladie dans leur foyer.

— Cela me semble parfait, conclut Brenda. Je vous réitère nos sincères remerciements.

— Il n'y a pas de quoi. Chéri ? Allons chercher cette lanterne et faisons en sorte qu'ils soient confortablement installés. Je vais aussi préparer de quoi dîner. Un ragoût de légumes, ça vous tente ?

— Ça nous tente, s'empressa de confirmer Maira.

Tout sauf de la bouffe à soldat.

Le couple prit congé, laissant les deux femmes épuisées au beau milieu de la grange.

— Quelle journée, lâcha Brenda.

— C'est un euphémisme, souligna Maira.

Le corps ankylosé, elle se laissa tomber sur une meule de foin. Les épis étaient piquants, mais la jeune femme était bien trop épuisée pour s'en offusquer.

Brenda la complimenta.

— Vous avez bien bossé aujourd'hui.

— Vous ne diriez pas ça si vous m'aviez vue à l'œuvre, sourit Maira.

La cheffe ricana.

— Eh bien c'est heureux que la Division ne juge que sur les résultats.

Il y avait quelque chose de drôle à répliquer à cela, Maira en était convaincue. Une réplique bien sentie. Mais elle s'endormit avant même qu'elle ne lui vienne à l'esprit.

L'aube tira la jeune femme de son sommeil aussi lentement que péniblement. Il lui fallut quelques instants pour inventorier tout ce qui la gênait. Sa hanche lui faisait un mal de chien. Ses mains étaient écorchées. Elle avait des bleus sur presque tout le corps. Son menton était réduit à une croûte squameuse qui la démangeait – elle se l'était sûrement égratigné pendant sa chute.

En revanche, elle était bien vivante. Ses quatre membres étaient intacts et elle pouvait marcher – boitiller pour être plus précis, mais elle s'en contenterait.

Elle se redressa et bâilla à s'en décrocher la mâchoire. Elle s'étira et son dos partit dans une série de craquements dignes d'un feu d'artifices.

— J'ai des antidouleurs, si vous voulez, annonça Brenda, assise sur une chaise près de l'endroit où Leo s'était assoupi.

— Ah ! Là, on parle la même langue !

La cheffe de cellule se leva et farfouilla dans son paquetage d'où elle sortit un petit flacon. Elle l'envoya à Maira et cette dernière l'attrapa au vol. De l'ibuprofène. Des cachets de cent milligrammes. Le carburant du soldat moderne.

Maira se servit et fit descendre les cachets en buvant dans sa gourde.

— Comment va-t-il ? s'enquit-elle.

— Mieux, je pense. Je ne suis pas médecin, mais on dirait qu'il respire plus facilement.

— Et toujours pas de…

Elle laissa mourir sa phrase et mima un saignement de nez. Brenda secoua la tête.

— Heureusement non.

— Je commence à croire que ce n'est pas le Poison Vert. Tous les malades que j'ai vus saignaient à ce stade-là.

— Touchons du bois, se réjouit Brenda en tapotant un poteau de la grange dans un accès de superstition.

Andrea entra en transportant une grande marmite.

— Petit-déjeuner ! lança-t-elle.

— Béni soit ce mot, rit Maira. Décidément, les déesses se bousculent à mon portillon ce matin !

— Oh, je ne veux pas vous décourager ma grande, mais vous ne m'embobinerez pas avec de belles paroles, objecta Andrea.

— Les mots doux n'ont aucun effet sur elle, précisa Johnny qui suivait sa femme en portant bols et couverts. Autrement, jamais je n'aurais pu l'attraper !

Son épouse secoua la tête.

— Vous entendez comment il parle de moi ? « M'attraper » ! Comme si j'étais un animal sauvage !

Leurs hôtes leur servirent de généreuses portions de porridge. Andrea leur confia un petit bidon rempli de miel. Un repas simple, mais tout à fait délicieux. Maira engouffra sa première bouchée à une telle vitesse qu'elle se brûla la langue. Elle ouvrit la bouche et s'éventa.

— Nous élevons les abeilles nous-même, déclara Johnny.

— L'an prochain, nous cultiverons aussi notre propre avoine, ajouta Andrea.

— Le petit-déj des champions, nota Brenda en se régalant.

Maira désigna l'extérieur de la grange avec sa cuillère.

— J'ai vu vos panneaux solaires la nuit dernière. De sacrées installations, on dirait. Vous êtes très autonomes.

— Ah, c'est toute une histoire, commença Johnny.

— Et le voilà reparti, déplora Andrea.

Ignorant l'intervention de sa femme, Johnny poursuivit.

— C'était notre rêve, vous voyez. Nous voulions vivre hors réseau. Même avant…

Il laissa sa phrase en suspens et engloba le monde d'un large geste.

— Pour une raison en particulier ? s'ensuit Maira.

Son hôte inclina la tête et réfléchit à la question avant de répondre.

— À dire vrai, nous aimions l'idée de faire les choses à notre manière et de ne dépendre de personne.

— Vous êtes indépendants d'esprit, conclut Brenda. Ça me plaît.

— Eh bien, nous étions supposés procéder par étapes, confia Andrea. Nous vivions tous les deux à Richmond, nous avions un emploi de bureau et aménagions cet endroit au fur et à mesure de nos moyens.

Maira intervint.

— Et c'est là que…

— Que le monde a semblé prendre fin, conclut Johnny en hochant la tête. Par chance, le domaine était presque opérationnel. Il y a encore du boulot, comme planter notre avoine. La première récolte serait prévue pour l'an prochain, mais nous avons des réserves pour tenir jusque-là.

Brenda tapota à nouveau le poteau.

— Par mesure de sûreté, se justifia-t-elle.

— En tout cas, nous vous sommes très reconnaissants de nous avoir hébergés, déclara Maira. Nous étions vraiment à court d'options.

— D'après Johnny, vous êtes embarqués dans une belle escapade, reprit Andrea. Vous n'êtes pas obligées de nous en parler, mais je vous avoue être curieuse.

Maira adressa un regard interrogateur à Brenda. La cheffe de cellule se contenta de sourire.

— Nous sommes agents fédéraux, confia-t-elle.

— Bah mon vieux, s'exclama Johnny. Si j'avais su, j'aurais laissée celle-là tomber dans le ravin.

Il avait dit cela sans aucune trace d'humour, puis au bout de quelques secondes, un grand sourire fleurit sur son visage. Brenda éclata de rire.

— Je suis bien contente que vous ne l'ayez pas fait ! En outre, nous ne sommes pas là pour vous embêter avec des décrets, des impôts en retard, ou quoi que ce soit. Nous ne sommes pas ce genre d'agents. Pas d'inquiétude à avoir.

— Alors quel genre d'agents êtes-vous ? interrogea Andrea.

— Le genre qui trouve ce qui est cassé pour mieux le réparer. Nous arrivons de Washington et nous faisons une estimation de la situation dans le reste du pays.

Pas vraiment un mensonge, estima Maira. Pas l'entière vérité non plus. Faire des cachotteries à ces braves gens la mettait quelque peu mal à l'aise. Cependant, elle commençait à comprendre que dissimuler des informations faisait partie intégrante de ce métier.

— Les Lewis et Clark des temps modernes, nota Johnny.

— Quelque chose comme ça, confirma Brenda.

Les cuillères tintèrent en raclant le fond de leurs bols vides. Johnny fit profiter Bruno des restes. Andrea lui dédia une grimace de désapprobation. Ayant mangé tout son content, Maira poussa un soupir rassasié. L'instant aurait été presque agréable si elle n'était pas taraudée par l'état de Leo. Elle tourna son attention vers le box où son camarade se reposait.

— Comment va votre ami ? s'inquiéta Andrea en suivant son regard.

— Difficile à dire. Nous ne sommes pas médecins. J'imagine que vous non plus ?

Leur hôtesse secoua la tête à regret.

— Désolée. J'espère qu'il va se remettre.

Maira sourit tristement.

— Et nous donc.

Comme par enchantement, une main apparut sur la paroi du box. Enveloppé dans sa couverture, Leo sortit et se fendit d'un bâillement interminable. Maira remarqua que sa pâleur cadavérique s'était évanouie. L'agent avait retrouvé des couleurs.

— C'est moi, ou ça sent la bouffe ? lâcha-t-il.

CHAPITRE 10

Le jour suivant, toute crainte relative au Poison Vert était écartée. Une fois contracté, le virus tuait vite et sans pitié. Si Leo avait été contaminé, il aurait déjà succombé. Impossible de savoir ce que l'agent avait attrapé – probablement un microbe quelconque profitant des miettes laissées par son aîné. Dans un contexte pandémique, on oubliait facilement que les simples rhumes et autres grippes existaient toujours.

Au cours des jours suivants, Maira et Brenda assistèrent leurs hôtes dans leurs tâches quotidiennes tandis que Leo se reposait et reprenait des forces. Les deux femmes tenaient beaucoup à remercier le couple en leur apportant leur aide et le travail ne manquait pas sur le domaine. Toutefois, maintenant que le danger était passé, Maira sentait nettement l'impatience de Brenda. La cheffe de cellule voulait reprendre la route et accomplir leur mission. Or pour la jeune femme, cette halte était idyllique.

Ici, la survie quotidienne requérait qu'un millier de petites tâches soient accomplies. Cela lui rappelait Athéna, en bien moins stressant. La raison en était peut-être que Johnny et Andrea étaient mieux préparés, ou que Maira était consciente qu'elle ne resterait ici qu'un temps. En attendant, la jeune femme était bien décidée à en profiter au maximum.

L'une des corvées consistait à s'assurer que la tuyauterie du puits ne souffrait d'aucune fuite. Johnny envisageait d'étendre les canalisations, de telle sorte à rapprocher l'arrivée d'eau du champ. Ils y avaient passé toute la matinée. Quand vint l'heure du déjeuner, Maira et le gentil géant remontèrent en direction de la maison. Hilare, la jeune femme terminait une histoire.

— Et là, il balance la conserve et Elena la ramasse en lui criant : « Ça va pas, non ? Monsieur fait la fine bouche pour un cafard ? C'est blindé de protéines ! »

Johnny rit à gorge déployée.

— Oh la vache ! C'est la misère à ce point-là en ville ?

— Pas encore. Mais ça ne tardera plus.

— J'aimerais pouvoir vous aider les gars, mais nous avons juste assez de vivres pour voir venir, s'excusa Johnny en secouant la tête. Avec le temps, nous pourrons sûrement en faire plus.

— Je suis vraiment désolée de piocher dans vos réserves.

Il balaya cette remarque.

— Franchement, c'est un plaisir d'accueillir d'autres gens. En plus, vous ne vous débrouillez pas mal avec une clé anglaise.

Maira s'inclina avec révérence.

— Maira Kanhai, l'incollable du bricolage. Pour vous servir.

— Maira !

Brenda l'appelait. Il y avait dans sa voix une gravité qu'elle n'avait plus entendue depuis leur arrivée ici. Son cœur lui tomba dans les talons. La cheffe de cellule les attendait dans la cour, la mine lugubre. L'hologramme que produisait sa montre brillait intensément dans la lumière du jour.

— Nous avons un problème, annonça-t-elle.

• • •

Elle attendit que tout le monde fût rassemblé au salon. Johnny et Andrea étaient assis sur le canapé, le visage marqué par l'angoisse. Maira était juchée sur un tabouret. Brenda se tenait au milieu de la pièce. À l'écart, Leo se laissa tomber sur une chaise en sirotant une tasse de thé. Il n'avait pas encore recouvré toutes ses forces. Le temps allait malheureusement leur manquer.

Brenda débuta son explication.

— Dès notre arrivée, j'ai déployé un drone en mode patrouille. Par mesure de précaution.

À l'expression de son visage, Maira devinait qu'il s'agissait là bien plus qu'une mesure préventive. La cheffe était anxieuse depuis l'attaque au mortier dans le Maryland. L'identité inconnue de leurs assaillants n'avait fait qu'aggraver son angoisse. Rien n'était plus terrifiant qu'un ennemi invisible.

— Tu as bien fait, reconnut Leo. Dommage que tu n'y aies pas pensé pendant que je crachais mes poumons au bord de la route.

— Un drone ne nous aurait pas apporté d'aide, objecta sèchement Brenda. Si des gens l'avaient vu sans savoir ce qu'il faisait là, ils l'auraient très probablement abattu en plein vol.

— Futé.

Maira venait-elle de déceler l'ombre d'un sourire sur le visage de l'agent convalescent ?

— Merci. J'avais bon espoir que cette surveillance ne nous révèle rien. Malheureusement, j'ai reçu une transmission du drone ce matin même.

Brenda pianota sur sa montre. Maira vit défiler de nouvelles informations sur ses lentilles, lui offrant une vue aérienne sur le terrain qui entourait la propriété – les forêts, les montagnes et la route. Elle repéra ce qui avait attiré l'attention de Brenda : un véhicule indistinct s'avançait sur le chemin.

— C'est un camion ? Un semi-remorque ? questionna-t-elle.

— En effet, confirma la cheffe de cellule.

— Il ne fait peut-être que passer, suggéra Maira sans trop y croire.

Andrea secoua la tête avec incrédulité. En l'absence de lentilles de la SHD, le couple ne pouvait que suivre la conversation du trio, incapables de voir ce qu'ils voyaient.

— Même avant que le monde parte à vau-l'eau, les gros camions n'empruntaient jamais ces routes, expliqua la propriétaire des lieux. C'est bien trop risqué, ils pourraient tomber dans un ravin et dégringoler en un rien de temps.

— Ne m'en parlez pas, marmonna Maira en se remémorant sa propre chute.

Brenda reprit.

— C'est ce que je me disais. J'ai donc examiné cela de plus près.

Une série de clichés apparut. Le semi-remorque se frayait un chemin jusqu'à l'endroit où ils avaient quitté la route afin de rejoindre la propriété. Le camion était à l'arrêt. Les photos suivantes se resserraient sur le véhicule, immobile au milieu du chemin. Les portes arrière étaient ouvertes et des gens en sortaient. Des individus armés ayant un certain penchant pour les tenues jaunes.

Maira se leva brusquement.

— Les Parias.

— C'est ce qu'il semblerait, acquiesça Brenda.

— Une trentaine, ajouta sombrement Leo.

Les deux propriétaires échangèrent un regard étonné mêlé de crainte. Maira se sentit nauséeuse. Ceux qui avaient déchaîné l'enfer sur Athéna au point de presque la détruire les avaient suivis jusqu'ici. Cela n'avait aucun sens.

— C'est qui les Parias ? demanda Andrea.

— Un groupe de cinglés de première qui s'est formé dans les ruines de Washington, expliqua Maira avec gravité. Il a été fondé par ceux qu'on a laissés pour morts dans les zones de quarantaine.

Andrea se couvrit la bouche, sous le choc.

— Les quoi ?

— Quand ils ont compris la dangerosité de la fièvre du dollar, les autorités ont paniqué, expliqua Brenda. Ils ont commencé à parquer les gens dans des camps de quarantaine. Mais ça n'a pas fonctionné et les choses n'ont fait qu'empirer. Par la suite, l'infrastructure qui était censée prendre soin d'eux s'est effondrée.

— Les pauvres gens, se désola Andrea à voix basse.

— Ils n'ont pas l'air d'être des victimes dans l'histoire, avança Johnny avec circonspection.

— Ils l'étaient. Puis ils ont vrillé en cours de route. Selon eux, s'ils devaient souffrir, il fallait qu'il en soit de même pour tout le monde. Ils se sont donc évadés des camps et ont cherché à se venger.

— Ils l'ont répandu, ajouta Leo. Le Poison Vert. Volontairement.

— Seigneur !

Andrea paraissait écœurée. Maira la comprenait parfaitement.

— Pourquoi sont-ils ici ? demanda Johnny. Nous sommes très loin de Washington.

— Je l'ignore, répondit Brenda. C'est la stricte vérité. Je suppose qu'ils en ont après nous, mais j'ignore pourquoi. Ni comment ils nous ont trouvés.

— En nous traquant, marmonna Leo.

— On dirait bien. Mais comment ?

L'agent secoua la tête et se renfrogna.

— Je n'ai vu personne nous suivre, dit-il. Peut-être ai-je loupé un drone. Nous ne sommes pas les seuls à en utiliser.

Maira s'adressa à Andrea et Johnny.

— Je suis tellement désolée ! Tout cela ne vous concerne pas. Nous ne voulions pas vous attirer d'ennuis.

Les deux agents de la Division s'empressèrent de confirmer d'un hochement de tête.

— Si vous êtes venus ici pour nous pourrir la vie, alors je suis le plus mauvais juge de caractère du monde, lança Johnny. Ça fait des jours que je vous côtoie et vous êtes des gens bien.

Andrea prit la main de son mari et se lova contre lui.

— Malheureusement, nous en sommes là, déplora Brenda. Cette dernière image a été prise il y a environ vingt minutes. Si les Parias nous traquent, ils arriveront par les bois. Ils seront là d'ici deux heures maximum.

— Prenons la fuite, déclara Maira sans attendre. Entraînons-les aussi loin que possible de cet endroit. S'ils nous veulent, ils se lanceront à nos trousses.

Leo hocha sombrement la tête. Brenda arborait une expression inquiète.

— C'était aussi mon idée.

Maira grimaça.

— Je sens qu'il y a un *mais*…

— Mais nous n'en savons pas assez, conclut la cheffe de cellule. Imaginez que ce qui leur permet de nous suivre à la trace se trouve dans leur camion. Comment sauront-ils que nous avons fui ?

— Bon Dieu, jura Maira. Ils vont détruire cet endroit, juste pour la forme.

Johnny poussa un grognement.

— Qu'ils essaient pour voir.

— Ils sont une trentaine, précisa calmement Brenda. Armés de mitrailleuses et d'explosifs.

Devant ce rappel de probabilités, Johnny perdit quelque peu sa fougue.

— Que suggérez-vous, Brenda ? demanda Andrea.

— Je propose que nous organisions notre défense ici. Vous deux, restez cachés dans la maison. Nous ferons de notre mieux pour les stopper.

— Je ne resterai pas caché pendant que d'autres défendent mon foyer, s'insurgea Johnny.

— C'est notre faute, rappela Maira. Notre foutoir. C'est à nous de le nettoyer.

Le couple se regarda longuement. Puis Andrea leva finalement la main et la posa sur la joue de Johnny.

— Non, insista-t-il, les yeux rivés sur sa femme. Ils ont mal choisi leur endroit pour venir chercher les ennuis. Ici, c'est chez nous et vous êtes nos invités. Si vous vous battez, nous nous battrons.

Brenda poussa un soupir et consulta ses camarades du regard. Leo reposa sa tasse de thé et prit une profonde inspiration. Maira acquiesça avec lenteur.

— Très bien, abandonna-t-elle. Si c'est comme ça, travaillons ensemble et allons arrêter ces salopards !

— Il y a un petit problème, intervint Maira. J'ai perdu mon arme.

— Ce sera retenu sur votre solde, pour information, précisa Brenda avec humour.

Maira sourit.

— Je suis toujours en période d'essai, souvenez-vous.

Johnny se gratta la barbe.

— On devrait pouvoir remédier à ce problème, annonça-t-il. Enfin, si vous n'êtes pas trop difficile question armes.

— À la guerre comme à la guerre, rappela Maira avec un sourire sardonique.

— C'est l'idée, confirma Johnny avec un rictus.

Brenda pianota sur sa montre et une nouvelle image, un plan de la ferme, apparut.

— Voilà à quoi je songe…

Maira souffla pour dégager des brins de paille devant son visage. Brenda l'avait positionnée sur la mezzanine de la grange, avec une vue dégagée sur la cour. La jeune femme était étendue à plat ventre sur le sol, la crosse de sa nouvelle arme calée contre l'épaule. Elle doutait d'arriver à s'en servir convenablement, mais au vu des circonstances, elle ne pouvait pas se permettre de faire la fine bouche.

Pour le dire gentiment, cette pétoire était une vraie pièce de musée. La famille de Johnny se la transmettait depuis le début du XIXe siècle. C'était une carabine à levier, une variante de Winchester calibre 45. Johnny avait insisté sur le fait qu'elle était en excellent état et qu'il lui arrivait même de s'entraîner au tir avec.

— Elle ne vous fera pas défaut, avait-il assuré. Je ne vous l'aurais pas confiée, sinon.

Maira supposa qu'elle serait vite fixée sur la question.

Elle gardait les yeux rivés sur les bois entourant la propriété. L'attente était un véritable supplice. D'après son expérience, il en allait ainsi avant chaque bataille. Une fois le moment venu, quand elle serait au cœur de l'action, l'heure ne serait plus à la réflexion. Elle ferait ce qu'elle aurait à faire. Dans l'intervalle, ce moment de calme avant la tempête lui rongeait le cerveau.

La jeune femme repéra ses camarades, eux aussi dans l'attente. ISAC lui signalait diligemment leur position. Leo était assis derrière le réservoir d'eau, son pistolet-mitrailleur posé sur les genoux. Maira se mordit la lèvre. Elle était pleine d'appréhension pour lui. L'espèce de virus qui l'avait mis à terre sapait encore ses forces. Mais ils avaient besoin de tout le monde et la présence de l'agent était donc indispensable. Elle essaierait de couvrir ses arrières au maximum.

Andrea était également en vue. Elle avait insisté pour prendre part au combat. Armée d'un simple pistolet, elle restait dans l'ombre de la maison, prête à prendre l'ennemi à revers au cas où il tenterait d'atteindre les autres. Maira espérait qu'ils n'auraient pas à en arriver là.

La jeune femme sentit contre sa joue la chaleur de sa carabine qui s'était réchauffée à son contact et sous les rayons du soleil. Si les prévisions de Brenda étaient exactes, l'affrontement débuterait en fin d'après-midi. Maira se triturait les méninges, envisageant la situation sous tous les angles.

Cela ne collait pas.

Rien ne collait dans cette histoire. Le fait que ces meurtriers fous les aient suivis jusqu'ici ; qu'ils aient eu les moyens de les traquer ; que ces braves gens se retrouvaient à présent entre deux feux. Cet endroit paradisiaque allait se transformer en champ de bataille et elle ne pouvait rien faire pour l'empêcher.

Peut-être que Brenda s'était trompée, se dit-elle. Peut-être ne s'agissait-il que d'un immense malentendu. Que les types du camion avaient une autre destination et qu'ils ne viendraient même pas jusqu'ici. Si tel était le cas, ils allaient tous se sentir très bêtes.

Là. Il y eut du mouvement au milieu des arbres.

Les choses s'accélérèrent et son cœur se comprima. Maira mit l'arme en joue et attendit, conservant une respiration régulière. Dans une autre partie des bois, un nouvel éclat jaune vif lui confirma rapidement le mouvement précédemment aperçu. Les Parias étaient bel et bien en approche.

Leur groupe n'avait aucune radio pour communiquer. Brenda et Leo étaient connectés via le matériel high-tech de la Division, mais les trois autres étaient isolés. Elle ne pouvait pas leur signaler l'imminence de l'attaque sans trahir sa position. Il fallait espérer que chacun soit aux aguets. Sinon, le premier coup de feu ferait office de signal.

Un premier Paria surgit des bois. Ces types étaient dégingandés, malingres à faire peur. Ils portaient des tenues banales, jeans et chemises à carreaux ; c'était troublant. En dehors des horribles capuches jaunes qui dissimulaient leurs visages, ils avaient l'air de simples civils. L'éclaireur était armé d'un AK47, prêt à tirer.

Les Parias avançaient prudemment, mais ils ne semblaient pas se rendre compte qu'ils mettaient les pieds dans un guet-apens. Ils gardaient l'œil alerte, sans être effrayés. *Maigre consolation*, songea Maira. Visant le torse de l'ennemi, elle expira lentement et pressa la détente de la vieille pétoire.

Le boucan fut assourdissant. Le recul envoya l'arme buter violemment contre son épaule. Juste derrière sa cible, une fumée rouge se répandit au milieu des arbres. Les Parias tombèrent en avant, s'effondrant lentement au sol en lâchant leurs armes.

L'enfer se déchaîna.

Si les Parias ignoraient jusque-là qu'un combat les attendaient, ils le savaient à présent. Ils ouvrirent le feu et il y eut une dizaine d'échanges de tirs à travers le domaine. L'ennemi tirait à l'aveugle, sans aucune cible en vue, espérant faire mouche. Mais le sifflement des balles et les détonations qui déchiraient l'air n'en étaient pas moins angoissantes.

— Merci de vous être montrés, grogna Maira.

Elle se concentra sur les touches de jaune qui clignotaient dans les bois. Un individu portant une chemise ouverte attira son attention. Cette nouvelle cible courait d'arbre en arbre, ne s'arrêtant que pour faire feu dans leur direction. La jeune femme visa soigneusement et tira. Elle rata son coup. La balle heurta le tronc d'arbre dont l'écorce vola en éclats.

Elle souffla avec agacement, mais balaya aussitôt sa frustration. Il ne fallait pas qu'elle se laisse distraire. Sa cible s'était arrêtée. Surpris par le coup de feu, l'assaillant s'était caché derrière un arbre, mais il scrutait les alentours à sa recherche. Maira se fendit d'un sourire carnassier. Au second coup, la jeune femme fit mouche. La balle transperça sa cible qui tomba à terre, enserrant à deux mains son ventre ensanglanté.

Maira resta concentrée. La bataille faisait désormais rage de toutes parts. Elle reconnut distinctement le son de l'arme de Leo. Du coin de l'œil, elle le vit faucher un Paria trop hardi qui tentait de rejoindre la maison en sprintant. Sa cible fut abattue en plein cœur. L'agent faisait preuve d'une précision chirurgicale.

Elle remarqua que le Paria avait lâché son fusil d'assaut dans sa chute. Si elle faisait vite, elle pourrait peut-être... Non. Elle ne réussirait qu'à se faire tirer dessus. Ce fusil n'en valait pas la peine. Elle avait déjà eu son compte de frayeurs.

De l'autre côté de la cour, un Paria s'élança. Maira reconnut aussitôt la silhouette terrifiante aux vêtements rembourrés : un kamikaze. Quelqu'un ouvrit le feu avec son fusil d'assaut et l'individu explosa sur place. La déflagration souleva un épais nuage de fumée et de poussière, plongeant temporairement la moitié du champ de bataille dans l'obscurité.

Le rugissement d'un lance-flammes attira l'attention de Maira. L'un des Parias, une femme, avançait en tenant l'arme de fortune baissée devant elle, répandant sans aucune retenue des flammes d'aspect liquide tout autour d'elle. L'usage de ces engins en zones urbaines était déjà compliqué, mais dans les bois ? C'était suicidaire. Pas de quoi arrêter les hostiles, malheureusement. Des vagues entières de feuilles mortes furent balayées par le feu, sifflant et crépitant en libérant une fumée étouffante.

Maira retourna à son viseur et tira à nouveau. La première balle transperça l'épaule de la femme qui tituba en arrière, totalement déroutée. Au coup suivant, elle visa la poitrine de sa cible, mais ce fut le nez qu'elle toucha. Le visage de la femme disparut et elle bascula en avant. Sans personne pour le manipuler, le lance-flammes se mit à répandre du combustible sur le porche de la maison.

Le feu lécha la façade en quelques secondes. Bouche bée, Maira sentit l'angoisse lui transpercer le cœur.

— Qu'ils aillent au diable, siffla-t-elle. Qu'ils aillent tous au diable.

Sans crier gare, une dizaine de Parias surgirent dans la cour. Ils avaient profité du nuage de fumée pour avancer en masse. L'heure n'était plus à la peur. Il n'était même plus temps de viser. Maira tira au hasard, échouant à toucher qui que ce soit. Elle entendit tonner un fusil à pompe – l'arme de Johnny – et un Paria eut la jambe fauchée. Il tomba, tenant son moignon en poussant des hurlements.

Maira toucha un autre ennemi au bras. Il se détourna en jurant et en tapant du pied. Ses amis avaient repéré l'origine du tir. Elle les vit reculer, canons levés. Les balles transpercèrent les planches de bois tout autour d'elle. La jeune femme rampa à reculons aussi vite que possible, se mettant hors de portée de ce flot mortel.

Une grenade vola en arc de cercle au-dessus de la mezzanine et atterrit sur le plancher de bois avec un claquement métallique. Maira poussa un juron.

— Eh, merde !

La jeune femme se jeta au bas de l'échelle menant au rez-de-chaussée. L'engin explosa juste au-dessus d'elle. Prise dans la déflagration, elle fut projetée au sol, tomba dans la poussière derrière les box et fit un rebond. Sa carabine valdingua sur le sol. Autour d'elle, le monde n'était plus qu'un ensemble flou de sons et de couleurs.

Maira n'était que vaguement consciente des tirs assourdissants à proximité. Elle tenta de prendre appui sur ses bras, mais ils refusèrent de lui obéir. Elle ne parvint qu'à disperser des touffes de foin sur le plancher. Une part d'elle-même s'écria :

Ils viennent pour te tuer !

Elle parvint à se mettre à genoux. Dans la grange, la bataille faisait rage. Avec des gestes grossiers, mais plus déterminée que jamais, Maira dégaina le Beretta de son étui et s'appuya contre le mur pour se redresser.

Un Paria déboula dans l'angle du box en poussant un cri de guerre. Sans hésiter, elle lui tira deux balles dans la poitrine. Leurs regards se croisèrent brièvement. Il portait un masque chirurgical où les mots « Get Sick[1] » étaient écrits au marqueur jaune. Il s'effondra, une expression étonnée sur le visage. Maira lui colla une dernière balle, par mesure de sûreté.

Les murs du box volèrent alors en éclats. Maira poussa une exclamation horrifiée et recula en claudiquant. Un immense

1. Note de Traducteur (N.d.T) : Tombez malade.

gaillard se tenait devant elle, armé d'une masse. Il s'élança avec une rage implacable. Elle réussit à éviter le premier coup. Elle se baissa et l'énorme marteau vint s'enfoncer dans le mur avec un fracas retentissant.

Le tank humain en profita pour lui flanquer un coup de pied. Son arme mise à part, ce type faisait tout de même deux fois sa taille. Le coup la précipita en arrière et elle heurta le plancher avec un bruit sourd. Elle voulut crier, mais l'air avait quitté ses poumons. À la place, elle ouvrit le feu. Les balles rebondirent en faisant des étincelles sur les plaques d'armure de son assaillant qui partit d'un rire odieux et dément.

Dans un fracas de bois, le type parvint à arracher son arme du mur. Il fit un pas en arrière et l'abattit sur la jeune femme. Maira recula en titubant et la masse s'enfonça dans le plancher, ratant ses jambes de justesse. En une foulée, le géant fut au-dessus d'elle. Aucune échappatoire possible. Maira reprit finalement suffisamment son souffle pour pousser un hurlement de rage mêlé de terreur.

Il y eut comme un coup de tonnerre. Le géant s'immobilisa et s'écroula lentement sur le flanc. Son corps massif heurta lourdement les fines planches de bois.

Derrière lui se tenait Brenda. De la fumée s'échappait du canon de son fusil d'assaut.

— Il avait oublié de se blinder le dos, signala-t-elle avec suffisance.

La cheffe de cellule fit un pas en avant et offrit sa main à Maira pour l'aider à se relever. Un cratère perforait son gilet pare-balles au niveau de la poitrine. Maira accepta sa main et se laissa remettre sur pied. Sa pétoire l'attendait quelques pas plus loin. Elle s'approcha en boitant et la ramassa.

Se faisant, la jeune femme découvrit l'état de la grange. À l'évidence, un terrible affrontement s'y était déroulé, et ce, bien avant que Maira ne s'en mêle. Par terre, trois Parias gisaient morts, le torse perforé par un impact de fusil à pompe. Johnny était positionné au rez-de-chaussée. Il s'était battu avec acharnement.

Ses pieds bottés dépassaient d'un des box, inertes. Son sang s'était répandu sur le sol de bois tout autour de son cadavre.

— Non, murmura Maira.

Elle sentit son chagrin enfler, l'étrangler, mais il céda vite la place à sa colère. Les Parias détruisaient tout ce qu'ils touchaient. Ce n'était qu'une bande de malades, et ce à plus d'un titre.

Brenda pressa son oreillette et annonça :

— Leo dit qu'ils battent en retraite. Nous devons le rejoindre et filer d'ici.

Maira cligna des paupières.

— Mais… et Andrea ?

Brenda secoua la tête. Derrière elle, la maison était rongée par les flammes qui illuminaient toute la clairière de lueurs vacillantes rouge et orange. Maira partit à reculons en direction des box, dévorée de chagrin. Elle fut soudain en proie à de violentes nausées. À cause du bourdonnement dans sa tête ? De l'horreur de la situation ? Elle l'ignorait.

Brenda lui saisit le bras et la fit sortir par l'arrière de la grange. Au même moment, Leo apparut au coin. Il boitait et le haut de son oreille gauche était réduit à un lambeau sanguinolent. L'agent avait réuni leurs paquetages. Il donna son sac à Maira, puis il passa le sien sur son épaule.

— Allons-y, lança Brenda en rangeant ses affaires.

Le trio prit la fuite dans la forêt, abandonnant dans leur sillage une vague de feu et de destruction.

CHAPITRE 11

Cette nuit-là, ils campèrent au fond des bois, sans faire de feu. Peut-être que l'ennemi disposait d'un moyen de les suivre à la trace, mais ce n'était pas une raison pour lui faciliter la tâche. À la place, ils se serrèrent pitoyablement les uns contre les autres dans l'obscurité. Tout trois empestaient le sang et la fumée. Cette odeur rappelait à Maira que…

La jeune femme s'arracha à cette pensée morbide.

— Ces gens sont morts à cause de nous, déclara-t-elle quand le silence devint insupportablement pesant.

— Non, répliqua Brenda.

— Non ? Comment ça non ? Johnny et Andrea seraient en vie si nous n'étions pas venus chez eux.

— Ce sont les Parias qui les ont tués. Pas nous.

Il n'y avait aucune chaleur dans ses paroles. Rien que de l'épuisement. Elle semblait abattue, mais Maira n'osait pas la regarder. Elle se contentait de fixer ses mains, meurtries et noircies.

— Encore des gens qui m'ont fait confiance. Et qui l'ont payé de leur vie, marmonna-t-elle.

Soudain, Brenda se leva, poings serrés, et toisa la jeune femme. La tension la faisait bouillir et Maira crut qu'elle allait la cogner. Cela aurait été une véritable délivrance. *Frappez-moi, tabassez-moi, flinguez-moi,* voulut-elle crier. *Je ne veux plus vivre dans ce monde !*

— Non, chuchota Brenda.

Maira sursauta devant la parfaite synchronicité de cette réponse avec ses pensées. Son aînée s'accroupit devant elle. Mais au lieu de la frapper, elle lui prit les mains. Sa peau était chaude et rêche au toucher, rendue rugueuse à cause de la terre.

— Écoutez-moi, commença-t-elle. Vous n'êtes pas responsable de ce qui est arrivé ce soir. Ce n'est pas non plus ma faute. Ni celle de Leo.

— Si seulement nous avions…

— Non ! s'écria-t-elle sèchement, coupant aussitôt court à toute réplique. Vous ne pouvez pas vous aventurer sur ce terrain. Ça va vous rendre dingue.

La rapidité avec laquelle ses yeux se chargèrent de larmes prit Maira au dépourvu.

— Ils ne méritaient pas ça, déplora-t-elle.

— Je ne vous le fais pas dire, murmura Brenda.

La cheffe de cellule reprit place auprès de Maira et l'attira contre elle. La jeune femme n'opposa qu'une brève résistance. Les sanglots s'intensifièrent et elle enfouit son visage au creux de l'épaule de Brenda. Tout en pleurant, elle serra fermement les poings et se martela les cuisses.

— C'est la vie, déclara Brenda en la tenant fermement. Aucun entraînement ne vous prépare à ça. Chaque jour, nous avons à faire à des millions de variables et nous tâchons constamment de faire le bon choix. Nous essayons de sauver tout le monde. Or c'est impossible.

Maira sanglota et Brenda continua d'une voix apaisante.

— Je suis désolée. J'ai horreur de ça, moi aussi. Mais il y a une chose que nous ne pouvons pas faire. Vous savez laquelle ?

Maira fit non de la tête. Ses pleurs l'empêchaient de parler et même si elle avait pu, elle n'aurait eu aucune réponse à donner.

— Nous ne pouvons pas endosser la responsabilité de choses qui sont hors de notre contrôle. Nous ne sommes pas seuls en ce monde, Maira. Ce sont nos décisions qui dictent nos actions.

Ces mots étaient chargés d'une pénible vérité. D'une certaine façon, il était plus facile pour Maira de rejeter la faute sur elle-même. Au moins, cela signifiait qu'elle était en mesure de contrôler les conséquences. Penser que des choses terribles pouvaient se produire et de ne rien pouvoir y faire, c'était…

Insupportable.

— J'avais un frère, lâcha-t-elle.

Les mots lui avaient échappé. Elle ne pouvait plus les contenir.

Brenda et Leo se consultèrent brièvement du regard. Ils ne lui posèrent aucune question et la laissèrent simplement s'exprimer.

— Kazi Kanhai, reprit la jeune femme. Les gens disaient toujours que mes parents l'avaient appelé comme ça pour lui faire une mauvaise blague. (Ce souvenir la fit légèrement sourire.) C'était un déconneur et un vrai fouteur de merde. Sans déconner, ce gosse était vraiment très chiant.

— Les frères sont souvent comme ça, souligna Leo.

— Je le sais, crois-moi, acquiesça Maira. J'ai trois autres frères plus âgés et ils se sont évertués à me rendre complètement cinglée.

— Des sœurs ? demanda Brenda.

Maira secoua la tête.

— J'étais la seule fille de la fratrie. Et j'aime autant vous dire qu'on attend beaucoup de vous dans ces cas-là. J'ai pris grand soin de torpiller toutes ces attentes l'une après l'autre.

Brenda ricana.

— En faisant des trucs stupides comme rejoindre la Navy par exemple ?

Maira fut à son tour prise d'hilarité.

— Tout à fait. Le plus drôle, c'est que comme nous n'avions que dix ans d'écart, Kazi voulait toujours faire la même chose que moi. Quand j'étais au lycée, si je filais en douce de la maison pour aller m'attirer des ennuis, il voulait m'accompagner. Il était déterminé à rejoindre l'armée une fois adulte.

— On dirait que tu as eu une très mauvaise influence sur lui, s'amusa Leo. Quel âge avait-il ?

— 17 ans.

Sa voix était étouffée, sa poitrine comprimée par l'émotion. Cela faisait longtemps qu'elle tâchait d'éviter d'y penser. Le temps avait passé, mais la blessure ne guérirait jamais. L'infection menaçait de revenir chaque fois qu'elle y touchait.

— Après avoir quitté l'armée pour poursuivre mes études, je suis revenue à la maison, s'efforça-t-elle de raconter, à la fois impatiente et terrifiée de se confier. L'épidémie a commencé et mes parents sont tombés malade. Nous étions conscients que cela s'annonçait mal, alors j'ai emmené Kazi.

Brenda poussa discrètement un soupir. En temps de pandémie, les mots « tomber malade » ne pouvaient généralement signifier qu'une chose. Tout le monde avait perdu quelqu'un ; la plupart des gens avaient perdu tout le monde. Un cycle devenu douloureusement prévisible.

— Ils ne s'en sont pas sortis, confirma Maira. Mes grands frères non plus. Notre famille a été balayée comme par un vent mauvais. Du jour au lendemain, Kazi et moi nous sommes retrouvés seuls. Peut-être ai-je survécu grâce au vaccin qu'on nous inoculait à l'armée, mais j'étais heureuse que mon petit frère n'ait pas été contaminé. Nous avons fait face au deuil et au chagrin, puis j'ai compris que reprendre du service était la seule chose qu'il me restait à faire. Mais ça ne s'est pas passé comme prévu. Ensuite, nous ne pouvions plus compter que l'un sur l'autre.

— Vous avez atterri ensemble à Athéna ? demanda Brenda.

Maira acquiesça en essuyant ses larmes.

— Tout partait en sucette. C'était le chaos absolu partout. Nous sommes tombés sur des survivants qui paraissaient mentalement stables. Un autre groupe s'est joint à nous, et ainsi de suite. Nous nous sommes finalement installés dans cette résidence et nous avons fait en sorte de nous en sortir.

— Tu as fait de ton mieux, reconnut Leo.

— C'est vrai. Mais mon passé militaire a fini par se savoir et les gens ont voulu que j'assure leur protection.

Maira eut un ricanement, bref et sec, sans aucune forme de gaîté.

— C'était absurde, continua-t-elle Je n'étais même pas dans les forces spéciales, tout juste une bureaucrate. (Elle soupira.) D'un autre côté, c'était agréable d'avoir la confiance des gens. D'être admirée.

— Et de toute façon, ce n'est pas comme si ces gens savaient ce qu'ils faisaient, n'est-ce pas ? ajouta Brenda.

— Il y avait aussi un peu de ça. J'en savais peu, mais toujours plus qu'eux. Alors, j'ai accepté. Je me suis pliée à leurs attentes et j'ai pris les rênes.

— Quelqu'un doit bien s'y coller, souligna Leo.

— Je suppose. Au début, c'était facile. Nous avons posé des pièges, fortifié les bâtiments. Puis j'ai songé : et si nous avions du vrai matériel à disposition ? Si nous pouvions être convenablement armés, il nous serait possible de défendre Athéna comme il fallait. Je savais où se trouvait l'armurerie générale de Washington. (Maira fit un geste sarcastique de la main.) C'était mon grand projet.

— Depuis Athéna, ce n'est pas la porte à côté, nota Brenda.

— Presque trente kilomètres, acquiesça Maira. Un jour pour y aller, un autre pour charger toutes ces merveilles et un troisième pour revenir. C'est ce que j'avais calculé. J'ai monté une équipe et nous y sommes allés.

— J'imagine que vous n'avez pas emmené Kazi avec vous.

— Non, répondit Maira, sentant son chagrin refaire surface. Je lui ai formellement interdit de quitter Athéna et je lui ai dit que nous nous verrions à mon retour. Nous avions déjà fait vingt kilomètres quand je me suis rendu compte qu'il nous suivait.

— Les frangins, je te jure, marmonna Leo.

— J'aurais pu annuler la mission. J'aurais dû l'annuler. Mettre un terme à tout ça et faire demi-tour. Mais j'étais gênée. Ces gens voyaient en moi une militaire de première bourre. Pouvais-je rebrousser chemin tout ça parce que mon frère ne m'avait pas écoutée ?

— Donc vous ne l'avez pas fait, conclut Brenda d'une voix calme.

— Non. J'ai cédé à mon orgueil et nous avons poursuivi la mission. Jusqu'à tomber droit dans un piège.

Leo prit une voix sinistre :

— Les True Sons.

Ce nom fit surgir des images dans l'esprit de Maira, comme du sang coulant abondement d'une plaie. Des hommes parcourant crânement la rue comme si elle leur appartenait ; portant des armes qu'ils semblaient pressés d'utiliser ; équipés de tenues de camouflage et de matériel militaire. Des soldats entraînés à protéger le peuple et la Nation, mais qui s'étaient finalement retournés contre eux.

Maira acquiesça.

— J'ignore s'il s'agissait d'un piège, à dire vrai. Il me semble qu'ils ne faisaient qu'occuper les lieux le temps de rafler ce qu'ils pouvaient. J'ai tout de même jeté mon groupe dans la gueule de ses saloperies de fachos. La moitié d'entre nous étaient morts avant même qu'on puisse comprendre ce qui se passait. J'ai fait de mon mieux pour rassembler les autres et foutre le camp de là. Il y avait toutes ces explosions et eux, ils… Ce n'étaient pas des soldats. Moi non plus, d'ailleurs.

Le silence redevint pesant, mais les deux agents se gardèrent bien de le troubler. Maira leur en fut reconnaissante. Ils avaient dû traverser des moments tout aussi douloureux et difficiles. Elle vivait l'un de ces moments. C'était comme s'extraire une écharde dont elle n'avait que trop longtemps ignoré la présence.

— Ce n'est pas grand-chose, reprit Maira d'une voix monotone et lointaine, comme si quelqu'un d'autre racontait cette histoire par sa bouche. L'acte n'était ni prémédité, ni ciblé. Un gamin de 17 ans s'est simplement retrouvé pris entre deux feux. Il était terrifié. Il a essayé de s'enfuir. Et ils l'ont abattu. Ils lui ont tiré une balle dans le dos et il est mort. C'était Kazi. Mon petit frère.

La jeune femme perçut un mouvement à ses côtés. Leo s'était encore rapproché d'elle. Elle tourna vers lui son visage souillé de larmes. Une partie de son être eut peur qu'il la taille en pièces ; une autre désirait ardemment qu'il le fasse.

Au lieu de cela, l'agent déposa une main compatissante sur son épaule.

— Demain.

Maira était complètement larguée.

— Pardon ?

— Demain, on se ressaisit et on essaie encore. Parce que si nous nous levons et que nous prenons toutes les bonnes décisions, nous pourrons sauver quelqu'un d'autre.

La jeune femme dévisagea l'agent avec stupéfaction. Depuis qu'elle le connaissait, Maira ne l'avait jamais entendu aussi prolixe.

— Nous ne pouvons pas sauver tout le monde, reprit Leo. Mais parfois, avec de la chance, nous pouvons sauver une vie. Et c'est suffisant. Parce qu'il faut que ça soit suffisant.

Maira prit une profonde inspiration et hocha la tête. Le trio resta assis dans l'obscurité. La température se rafraîchissait, mais leur groupe était chaleureux à plus d'un titre. Elle comprit cette nuit-là qu'ils avaient tous besoin les uns des autres.

• • •

Le lendemain matin, il faisait gris et glacial. Parler de réveil pour Maira était un bien grand mot. Elle avait passé la nuit à moitié éveillée, son sommeil troublé et agité. Elle n'avait dormi que par épisodes. Au vu de l'air défait de ses comparses, ils n'étaient pas plus reposés qu'elle.

Cela ne changeait rien à la suite des événements. Ils rassemblèrent leurs affaires, prêts à repartir. Malgré les tragiques événements de la veille, la mission restait la même. Tout comme les tristes circonstances qui les attendaient en cas d'échec. Si l'acheminement des vivres ne reprenait pas, de nombreuses personnes allaient mourir de faim.

Tandis qu'ils se préparaient, Brenda songea à voix haute.

— Nous avons un ennemi à nos trousses.

— On dirait bien, reconnut Maira. Mais qui ? Et pourquoi ?

— La Division a de nombreux ennemis, intervint Leo.

— C'est vrai, reconnut Brenda. Nous sommes passés maîtres dans l'art de nous mettre des gens à dos. Quand même, quelque chose me turlupine. Pourquoi s'en prendre à nous en particulier ? Comment nous ont-ils trouvés ?

— Ils essaient sûrement de nous empêcher d'accomplir notre mission, non ?

— C'est certain, mais qui est au courant de cette mission ? répondit Brenda en posant une autre question. Et pourquoi vouloir nous en empêcher ? À qui profite une famine dans les territoires du nord-est ?

Ils se mirent en route et réfléchirent à la question en marchant. La météo maussade s'accordait à merveille avec l'humeur générale. Le ciel était couvert, mais il ne pleuvait pas. Seul un brouillard déplaisant s'était levé. Maira se sentit pénétrée jusqu'aux os par la fraîcheur ambiante, une sensation particulièrement désagréable.

Au bout d'un moment, Leo émit une hypothèse.

— Le camion.

Brenda hocha la tête.

— Tu penses qu'il y a un lien avec ces seigneurs de guerre dont la Garde nationale nous a parlé ? Les Rôdeurs ?

— D'accord, admettons, débuta Maira. Les Rôdeurs ont rencontré une résistance inattendue dans le nord-est. Comme cette communauté du Maryland avec leur muraille. Peut-être qu'ils cherchent à vous empêcher d'établir de nouveaux itinéraires ? Ils veulent affamer les gens pour qu'ils les accueillent ensuite en sauveurs.

— Ce serait logique. Mais c'est là que ça se complique : quel rapport avec les Parias ?

Maira ouvrit la bouche pour parler, mais sa mâchoire resta béatement ouverte tandis qu'elle se creusait la cervelle en quête d'une théorie. Elle finit par renoncer.

— Vous voyez ? releva Brenda. Ça ne colle pas. Quel lien y a-t-il entre des fanatiques de la mort basés à Washington et ces seigneurs de la route du Midwest ?

— Et surtout, comment se sont-ils rencontrés ? souleva Maira. Avant d'arriver à la muraille, nous n'avions jamais entendu parler des Rôdeurs, n'est-ce pas ?

— Exact. Les Parias ont déjà été mêlés à des affaires de contrebande par le passé, mais de là à venir jusqu'en Virginie pour jouer les commandos armés ? C'est une tout autre affaire.

Leo intervint.

— Il nous faut plus d'infos.

— J'ai bien peur que tu aies raison, concéda Brenda. Il nous manque des pièces du puzzle pour avoir un aperçu complet de la situation.

— Alors continuons jusqu'à Cumberland Gap, déclara Maira. Sur place, nous en apprendrons davantage sur ces Rôdeurs, et nous verrons si d'autres routes ont été ouvertes. Nous trouverons le lien qui les unit.

— Il est possible que nous tombions dans un piège. S'ils nous ont suivis jusqu'ici, ils peuvent avoir déduit notre destination. En l'occurrence, il est probable qu'ils nous traquent jusque là-bas.

— Notre tâche doit être accomplie, insista Maira. D'une façon ou d'une autre. Peu importe qu'ils veuillent nous en empêcher. Nous devons continuer d'avancer et rester fixés sur notre objectif. Et si la seule manière d'y arriver est de passer sur le corps de ces salopards…

— Alors c'est exactement ce qu'on fera, conclut Leo.

Brenda dédia à Maira un sourire en coin, comme si elle éprouvait de la fierté.

— Eh bien voilà qui est parler comme une véritable agente de la Division ! C'est le genre de choses que les recruteuses comme moi recherchons. Heureuse de ne pas m'être trompée sur vous. Allez, finissons-en !

CHAPITRE 12

Cumberland Gap était une zone de guerre.

Maira ne savait pas précisément à quoi elle aurait dû s'attendre, mais certainement pas à cela. La suite de leur voyage en direction du sud-ouest avait été éreintante, sinon sans surprises. Brenda leur avait imposé un rythme exigeant. Dix jours plus tard, le trio franchissait la frontière du Tennessee ; à bout de force. Ils avaient gravi la dernière colline menant au creux de la vallée et s'étaient retrouvés en pleine hécatombe.

Un tunnel était creusé à même la montagne. Depuis sa position, Maira ne voyait rien d'autre que deux embouchures de pierres : deux routes, deux files chacune. Les Appalaches se dressaient autour d'eux de toute leur hauteur. Ces montagnes n'avaient peut-être pas la majesté anguleuse des Rocheuses de sa région natale, mais Maira avait maintenant acquis une certaine expérience en matière de marche. La randonnée n'était pas une partie de plaisir ces jours-ci.

La zone était jonchée de débris automobiles. Les véhicules les plus anciens et rouillés avaient été dégagés sur le bas-côté et empilés les uns sur les autres. Cependant, des carcasses de voitures plus récentes, ainsi qu'une dizaine de poids lourds, occupaient la route. Certaines épaves brûlaient encore des suites de l'affrontement. Des colonnes de fumée s'en dégageaient, s'élevant vers le ciel.

Mais il n'y avait pas que des épaves sur la route. D'autres semi-remorques, intacts ceux-là, étaient en train de se rentrer dedans, se livrant à des duels de titans. À son grand étonnement, Maira vit qu'ils avaient été convertis à la va-vite en véhicules de combat, des armes ayant été montées sur le toit des remorques. Il n'y avait aucune homogénéité entre les véhicules ; certains étaient équipés de mitrailleuses. D'autres de petites pièces d'artillerie. Tous crachaient le feu et la mort. Des balles traçantes sifflaient en flux continu en travers du champ de bataille, sur lequel des silhouettes se démenaient, ajoutant des tirs d'armes légères au déluge ardant. Ils s'agitaient avec une lenteur anarchique, se tirant dessus dans une cacophonie aussi incessante qu'assourdissante.

— Que diable ! s'exclama Maira.

— Un blocus, répondit Leo.

Elle comprit qu'il avait raison. La moitié des camions se chargeait de défendre l'entrée du tunnel. L'autre moitié tentait de forcer le passage. Tandis que les agents observaient la scène, l'un des véhicules fit une percée. Aligné sur l'entrée du tunnel, il accéléra avec une telle violence que Maira l'entendit rugir depuis leur position.

Le camion fou devint aussitôt la cible privilégiée des défenseurs. Un obus explosa juste devant lui. Le véhicule transperça le voile de feu et de fumée et surgit de l'autre côté. Les mitrailleuses ennemies le foudroyèrent de toutes parts. Leurs rafales arrosèrent la cabine de pilotage qui, en dépit de son blindage, ne put résister longtemps à ce feu nourri.

Le véhicule dériva brusquement de sa trajectoire. Le chauffeur avait sûrement été abattu, songea Maira. Manquant sa cible, l'engin quitta la route et s'élança vers le flanc de montagne le plus proche. Il s'inclina sur le côté et s'écrasa. Un poursuivant projeta une grenade sur la carcasse, à toutes fins utiles. Le camion explosa en une pluie de métal, de verre et de caoutchouc.

Brenda porta la main à son oreillette.

— Il y a deux canaux ouverts. Ça papote sec des deux côtés.

— Deux factions alors ? demanda Maira.

— C'est ce qu'il semblerait. L'une des deux est celle des fameux Rôdeurs dont nous avons entendu parler. Ils essaient de tenir le blocus. J'ignore qui sont leurs adversaires. On dirait qu'ils se font appeler les Convoyeurs et ils… oh !

La destruction du véhicule d'assaut avait renversé la vapeur. Le groupe d'agresseurs – les Convoyeurs – n'était plus en mesure de soutenir la puissance de feu du camp adverse. La chance ayant tourné en leur défaveur, ils tentèrent de battre en retraite. Maira les vit faire marche arrière et effectuer un demi-tour pour s'enfuir.

Mais les Rôdeurs ne leur pardonneraient pas si facilement cette tentative d'intrusion. Pendant que certains restaient positionnés devant le tunnel, d'autres se lançaient à la poursuite des fuyards. En quelques minutes, l'affrontement prit la forme d'une demi-douzaine de courses-poursuites. L'une d'entre elles en particulier attira l'attention de Maira, en grande partie car les véhicules fonçaient vers la crête où se tenait leur trio. À son corps défendant, la jeune femme eut presque pitié pour les fugitifs. Il était difficile de voir quelqu'un courir pour sa vie sans pouvoir lui venir en aide.

— Nous devons faire quelque chose ! s'écria-t-elle.

— Quoi donc ? interrogea Brenda.

— Intervenir, je ne sais pas ! Cet affrontement est en train de virer au massacre.

— Pas encore, répondit la cheffe de cellule sans se départir de son calme.

Maira la dévisagea avec frustration. Brenda attendait que quelque chose se produise. Mais quoi ?

En contrebas, le camion des Convoyeurs avait déjà encaissé des dégâts au cours de l'affrontement précédent. La moitié des vitres avait explosé. Les armes lourdes du camp adverse avaient creusé de larges entailles dans la remorque. Le reste de l'engin, perclus d'impact de balles, aurait fait pâlir un gruyère. De la fumée s'échappait du compartiment moteur. Cela n'annonçait rien de bon pour eux.

— Ils ne vont pas y arriver, commenta placidement Leo.

Maira remarqua que, curieusement, les poursuivants semblaient n'avoir aucune intention de tuer. Une arme d'assaut gigantesque était montée sur le moteur du camion des Rôdeurs, mais ils ne s'en étaient pas servis. Leur gang se contentait d'utiliser leurs armes de poing. Si les Convoyeurs avaient compté des francs-tireurs dans leurs rang, ils devaient être tous morts maintenant. Plus personne ne pouvait intervenir.

— Il pourrait encore…

Maira fut interrompue par les explosions rapides et successives des quatre pneus du camion des Convoyeurs.

Privé de ses soutiens, sa tenue de route ne fit qu'empirer. Le conducteur perdit bientôt tout contrôle et le semi-remorque bascula sur le côté. Il heurta le sol avec un boucan de tous les diables et glissa le long de la route dans une pluie d'étincelles.

Maira ferma les yeux.

— Bon sang !

— Récupération du butin, annonça Leo.

— Comment ça ?

— Ils ne cherchent pas à détruire le camion. Juste à le stopper avec un minimum de dégâts. Pour faire de la récup. D'où le fait de pas utiliser leur M40.

— L'espèce de mitrailleuse, tu veux dire ?

— Pillée dans une réserve militaire, je parie, acquiesça l'agent.

Jusqu'ici, Brenda n'avait fait qu'observer les événements, fronçant pensivement les sourcils comme à son habitude. Puis elle se remua, épaula son arme et déclara :

— On intervient.

— Maintenant ? Mais la bataille est terminée ! se récria Maira, sidérée.

— Protégez le camion des Convoyeurs, ordonna la cheffe de cellule. Portez secours à tous les survivants. Éliminez les Rôdeurs. Pas de témoin, ajouta-t-elle.

— Compris, lança Leo.

L'agent vérifia son arme, puis Brenda et lui descendirent la colline en direction des lieux de l'accident, se déplaçant au milieu des arbres avec un redoutable sens du devoir. À contrecœur, Maira leur emboîta le pas. Des souvenirs des derniers combats auxquels elle avait pris part revinrent à son esprit. Les cris et les flammes, la fumée et le sang. Elle se rendit compte qu'elle tremblait.

— Doit-on vraiment… Je veux dire, pouvez-vous m'expliquer pourquoi nous faisons ça ?

Elle n'appréciait pas la note d'affolement dans sa voix.

Brenda devait l'avoir remarquée, car elle s'arrêta et observa la jeune femme par-dessus son épaule. Son visage était sévère, marqué d'une expression glaciale que Maira n'avait jamais vue. Pourtant, ses yeux marron étaient chargés d'empathie.

— C'est dans ces moments-là que l'on choisit qui nous sommes. Je ne vais pas vous menacer d'une arme. Si vous n'êtes pas avec moi, fort bien. Repliez-vous. Mais si vous me suivez, si vous êtes un agent de la Division, alors vous venez. (Elle désigna le camion accidenté d'un mouvement de tête.) Ceux qui ont survécu dans ce machin n'ont pas de temps à perdre avec nos palabres.

Leo patientait à l'écart. Les deux agents repartirent et Maira les regarda s'éloigner. Était-ce vraiment ce qu'elle voulait devenir ? Un agent de la Division ? Tenait-elle réellement à vivre une existence faite d'une succession de combats désespérés ?

Elle n'était toutefois pas la seule concernée. Depuis que le Poison Vert avait provoqué l'effondrement de la civilisation, elle avait rencontré énormément de monde. La plupart étaient des gens bien. Ils voulaient protéger des vies et en sauver autant que possible. Mais ça s'arrêtait là. Chaque jour, leur monde se réduisait comme peau de chagrin et ils ne faisaient qu'y survivre.

La jeune femme baissa les yeux sur sa montre-bracelet. Cette vieille tocante n'était pas bien différente de ces gens.

Elle ne voyait pas l'avenir. Sa seule prérogative était de tenir le coup un jour de plus, une semaine, ou un mois. Au fond de son cœur, Maira avait renoncé à la possibilité d'une amélioration de la situation.

Cependant, les deux agents étaient différents. Brenda en particulier. Maira l'avait entrevu. Ils rêvaient d'un monde nouveau, peut-être même meilleur que celui d'avant. Seulement, ils ne pouvaient pas y arriver seuls. Si Maira voulait voir le phénix renaître de ses cendres, il lui faudrait subir le baptême du feu.

Elle tremblait encore. Ses peurs ne s'envoleraient pas par miracle. Il n'y avait qu'elle, ses camarades, et ce qui devait être fait. Alors elle prit une profonde inspiration et s'élança derrière eux, les rattrapant juste avant qu'ils ne s'arrêtent à la lisière des arbres.

— Quel est le plan ? s'enquit-t-elle.

Leo lui jeta un simple coup d'œil. Maira crut déceler l'ébauche d'un sourire sur ses lèvres, mais ce devait être le fruit de son imagination. Brenda lui répondit sèchement.

— Nous restons à couvert sous la ligne des arbres. Je vais leur mettre la pression pour les forcer à garder la tête baissée. Leo ? Je vais avoir besoin que tu fonces jusqu'au camion. Neutralise quiconque essaie de t'en empêcher. S'il y a des survivants à l'intérieur, mets-les en lieu sûr et assure leur protection.

— Et moi ? interrogea Maira. Qu'est-ce que je fais ?

— Votre boulot sera d'empêcher les Rôdeurs de répliquer. S'ils activent leurs mitrailleuses, la fête est finie. Dégommez quiconque s'en approche.

— Compris, acquiesça-t-elle posément.

Brenda regarda ses deux acolytes et leur dédia un large sourire guerrier.

— Allez, c'est parti !

Maira se cacha derrière un arbre. Du regard, elle balaya la portion de route où le camion des Convoyeurs s'était effondré. Certaines roues, celles que les coups de feu n'avaient pas crevées, continuaient de tourner avec lenteur. À travers les déchirures du semi-remorque, elle discerna du sang et des corps meurtris. La plupart des membres du gang avaient manifestement connu un destin tragique.

Sur la route, leurs homologues du camp adverse avaient marqué une halte à environ trente mètres. Le temps que Maira et les agents de la Division se mettent en place, une demi-douzaine d'individus étaient descendus de leurs véhicules et marchaient en direction de leurs ennemis vaincus. Les camionneurs étaient le stéréotype des gangs de motards : cuir, bandanas, jeans délavés et bottines. Ils portaient un assortiment d'armes de petits calibres, majoritairement des fusils d'assaut et des pistolets automatiques. Leur démarche goguenarde rappelait à Maira celle des True Sons. Ils étaient conscients d'avoir gagné et en étaient fiers.

Maira s'efforça de ne pas penser à eux. Il revenait à Leo et Brenda de se charger de leur cas, pas à elle. Elle reporta son attention sur le camion des Rôdeurs. Seule une poignée d'entre eux étaient restés près du véhicule. Trois se tenaient à l'écart, fumant négligemment des cigarettes en regardant la scène. Perché sur le toit, un quatrième était assis derrière la mitrailleuse, affalé sur lui-même.

Elle tenait là sa cible prioritaire.

Maira le mit en joue. Brenda n'ayant pas encore commencé à tirer, elle eut le temps de regarder plus en détails. Le type portait une veste en cuir sans manches, exposant ses bras couverts de tatouages. Il avait le crâne rasé, une barbe fournie et mal entretenue. Il cria quelque chose au groupe en contrebas et l'un d'entre eux lui présenta son majeur, provoquant l'hilarité des autres.

Le M40 fit parler la poudre en un martèlement de tirs en rafales. *Tatatatata.* Il y eut un hurlement. Maira inspira à fond. Derrière la mitrailleuse, le tireur se redressa tout de go, manquant de perdre l'équilibre. Maira pressa la détente de sa Winchester qui partit dans un éclat de feu et de fumée qui lui vrilla les oreilles. Le Rôdeur bascula en arrière dans un geyser de sang et mourut sans connaître l'identité de sa meurtrière. Du coin de l'œil, la jeune femme vit que les Rôdeurs en approche s'étaient dispersés sous un feu nourri. Les tirs saccadés du M40 reprirent et un autre type tomba en tournoyant sur lui-même. Leo se mit en mouvement et quitta avec aisance le couvert des bois, son arme prête à l'emploi. L'un des Rôdeurs poussa un cri en le voyant arriver. Ce fut son dernier acte. Leo l'abattit d'un tir de précision.

Les trois individus près du camion se remirent de leur surprise. L'un d'entre eux tira un coup de pistolet en direction des arbres, manifestement sans aucune idée réelle de la provenance de l'attaque. Les deux autres s'étaient séparés ; le premier, une femme, courait vers l'échelle menant sur le toit du semi-remorque ; l'autre vers la cabine. Maira tira aussitôt sur la première, mais elle rata son coup et la balle transperça le flanc du véhicule.

La femme flancha, mais elle accéléra le mouvement. Elle grimpa sur le toit avec des gestes désordonnés et se précipita sur la mitrailleuse. Maira activa rageusement le levier de la vieille pétoire et fit à nouveau feu, en pure perte. Sa cible prit place derrière la mitrailleuse. Exaspérée, Maira serra les dents. Si jamais elle repérait Leo…

Au tir suivant, elle fit mouche. La femme eut la gorge transpercée et elle agrippa aussitôt son cou à deux mains, au paroxysme de l'horreur. Même à cette distance, Maira pouvait voir le sang gicler entre ses doigts. La femme se leva et s'éloigna de la mitrailleuse en titubant. Elle marcha machinalement vers le rebord du camion et dégringola vers le sol, où elle demeura immobile.

Le moteur du semi prit vie en rugissant. Maira n'avait pas un bon angle de visée sur la cabine. Comprenant qu'on allait l'abandonner sur place, l'allumé de la gâchette pivota et se rua vers le véhicule. Maira plissa les yeux et visa. La Winchester fit son barouf habituel et la balle toucha la cible en pleine cuisse. L'homme comprima la blessure et tomba en hurlant sa douleur.

Le camion des Rôdeurs effectua un large demi-tour. La mauvaise nouvelle, c'était qu'il se retrouvait face à eux ; la bonne, c'était que Maira avait désormais un point de mire. Comme de nombreux véhicules présents, le camion avait été renforcé avec des plaques de métal. Au premier tir, la balle ricocha sur le blindage en faisant des étincelles. Au coup suivant, Maira toucha le pare-brise. Le verre se fissura et malgré une légère oscillation, le véhicule conserva sa trajectoire.

Son arme était vide. Avec un juron, elle piocha des munitions dans sa poche, les chargeant aussi vite que possible dans le magasin.

— Brenda ! s'écria-t-elle. On a un souci !

La cheffe de cellule tourna vivement la tête. Avec son œil affûté de soldate professionnelle, elle évalua rapidement la situation.

Les deux agents s'étaient chargés des Rôdeurs avec une efficacité redoutable. Leo se tenait à présent sur le flanc du camion renversé des Convoyeurs. Il avait ouvert la portière et essayait de sortir quelqu'un de la cabine. Sur la route, celui des Rôdeurs fonçait sur Leo, tout feu, tout flamme, prenant progressivement de la vitesse. Il était probable qu'il ignore la présence de l'agent pour prendre la fuite, mais Maira l'imaginait déjà accélérer et écraser son camarade.

Brenda quitta précipitamment le couvert des arbres. Elle abandonna son arme et sortit quelque chose de son blouson. Sa course la mena droit sur la trajectoire du camion. Poussant un grognement, Maira se rua derrière elle. Quelle étrange pulsion de mort pouvait bien pousser sa cheffe à agir ainsi ?

Brenda fit fièrement face au véhicule. Le conducteur ne leva même pas le pied. Rien n'aurait fait plus plaisir au Rôdeur que d'écraser cette femme sous ses roues, c'était certain. Pour toute réaction, Brenda se mit en position de lancer, à la manière d'un joueur de base-ball. Elle étira le bras en arrière et projeta un objet sphérique noir sur le camion en approche. Maira dépassa la bande d'arrêt d'urgence en courant et déboula sur la route.

Ce fut un somptueux lancer. L'orbe effectua une parfaite ligne droite et vint frapper le pare-brise fracturé pile où Maira avait tiré, fracassant la surface de verre déjà fragilisée. La jeune femme écarquilla les yeux et, l'instant d'après, l'engin sphérique explosa dans la cabine, faisant voler en éclats toutes ses fenêtres dans une gerbe de feu.

Le camion fonça à corps perdu sur la route en dégageant d'épaisses colonnes de fumée noire. Maira heurta Brenda avec une violence digne d'un plaquage de football et les deux femmes dégringolèrent dans le fossé de l'autre côté de la route. Le véhicule enflammé les dépassa à toute vitesse et poursuivit son chemin. Maira se releva maladroitement pour le regarder filer. Il dévia finalement de sa trajectoire et s'écrasa violemment, semant des débris enflammés sur plusieurs dizaines de mètres.

Au fond du fossé, Brenda fut prise d'hilarité.

Maira la fixa avec sévérité.

— Bon sang, vous avez perdu l'esprit ou quoi ?

La cheffe soupesa la question.

— Peut-être bien.

Maira s'abrita les yeux avec la main et contempla à nouveau le véhicule fraîchement détruit.

— C'est ce qui s'appelle un sacré lancer, commenta-t-elle.

Brenda lui dédia un sourire.

— Vous ai-je précisé que j'avais joué au softball en première division à la fac ?

— Non, soupira Maira en lui offrant sa main. Vous avez omis de m'en parler.

Brenda essuya la poussière de ses paumes et accepta la main de Maira. Avant qu'aucune d'entre elles ne puisse ajouter quoi que ce soit, Leo les héla de l'autre côté de la chaussée. Il se tenait près du camion des Convoyeurs, un homme balancé sur son épaule.

— Il est vivant ? demanda Brenda.

— Pour l'instant, acquiesça-t-il. Il est amoché.

La cheffe de cellule fronça les sourcils.

— Donnons-lui un shoot de notre cocktail de combat. J'aimerais lui parler.

— Combien nous en reste-t-il ? s'enquit Maira.

— Pas assez.

Le regard de Maira dériva dans le lointain, en direction du blocus. Le terrain vallonné avait dissimulé l'affrontement aux autres Rôdeurs. Le trio se replia derrière les arbres. Leo déposa délicatement le Convoyeur. Brenda sortit une seringue de sa trousse et lui enfonça dans le bras. Maira assista à la scène avec un vif intérêt.

La cheffe de cellule balança la seringue vide dans son sac.

— C'est bon, reprit-elle. Tout ce que nous pouvons faire maintenant, c'est attendre et espérer qu'il revienne à lui.

— Nous devrions nous enfoncer dans les bois, suggéra Leo. Les Rôdeurs pourraient s'amener ici.

Brenda opina du chef.

— Allons-y. Aidez-moi à le soulever.

CHAPITRE 13

Ils établirent un bivouac à l'écart des lieux de l'affrontement. Leo disposa aussi confortablement que possible sur son duvet l'homme qu'il avait tiré du camion accidenté. Les mains sur les hanches, Brenda montait la garde avec une mine renfrognée. Maira se laissa tomber sur une souche d'arbre et nettoya son arme. Jusque-là, les mécanismes de la vieille pétoire ne lui avaient pas fait défaut, mais elle ne voulait rien laisser au hasard.

— Brenda, pourquoi avons-nous emmené ce type, exactement ? s'enquit-t-elle.

— Leo ? Eh bien, il est plutôt bon tireur. Bon conducteur aussi, même si vous n'avez pas encore pu en être témoin.

Son acolyte la regarda et pouffa par le nez.

Maira leva les yeux au ciel devant cette plaisanterie.

— Je parlais du Convoyeur, précisa-t-elle.

— Sauver une vie n'est pas un prétexte suffisant ? répliqua Brenda.

— Au risque de compromettre toute la mission en se jetant dans une fusillade ? Non. (Elle marqua une pause.) Encore que c'est exactement ce que vous avez fait à Athéna.

— À mon crédit, il était question d'une centaine de vies et non d'une seule, nota Brenda en prenant place par terre près de Maira, faisant craquer les feuilles mortes sous son poids. Cela dit, vous avez raison. J'ai déjà pris beaucoup trop de risques au cours de ce voyage.

— Très bien. Alors pourquoi avoir pris celui-ci ?

— Elle est têtue, commenta Leo en s'adressant à sa supérieure.

— Ça, c'est sûr.

— Vous êtes supposée me former, non ? souligna Maira. Je ne fais pas partie de la Division. Je ne suis qu'une… recrue provisoire. Alors enseignez-moi. Pourquoi avoir attendu ? Pourquoi avons-nous fait tout ça ?

Brenda acquiesça avec lenteur.

— Fort bien. C'est vrai, je ne me suis pas lancée dans cette bataille par bonté d'âme. Vous connaissez cet adage : « L'ennemi de mon ennemi est mon ami ? »

— Bien sûr. Vous voulez dire par là que les Rôdeurs sont nos ennemis ?

— En tout cas, ils sont un obstacle. On dirait qu'ils contrôlent les routes en direction du nord. Nous ne pouvons pas lâcher des pillards sur les civils. Il nous faut une alternative.

— Les Convoyeurs, vous voulez dire ? s'étonna Maira. Si ça se trouve, ils ne valent pas mieux.

Elle étudia l'homme inconscient. Il portait une tenue civile composée d'une chemise à carreaux, d'un jean et d'une paire de bottes. Aucun insigne militaire en vue. Son visage tuméfié empêchait de définir précisément son âge et ses cheveux se raréfiaient, mais il n'avait aucun signe distinctif. On était loin de l'image type du tueur sans scrupules. Il aurait pu s'agir d'un camionneur lambda, comme on en voyait avant la pandémie.

— C'est vrai, reconnut Brenda. Nous devons nous en assurer. Quel est le meilleur moyen pour ça ? Je vous écoute.

Maira leva les yeux sur Brenda. La cheffe de cellule ne regardait pas l'homme. Son regard était rivé sur elle. Un sourire chargé de défi jouait sur son visage.

— La dialectique ? suggéra Maira avec légèreté.

— La Division a besoin d'agents capables de réfléchir, pas de penser comme moi.

— D'accord, alors je vais vous dire. La meilleure façon de soutirer des renseignements, c'est en les obtenant de l'intérieur. Nous devrions infiltrer les Convoyeurs et les voir en action.

— Et comment les infiltrons-nous ?

— En les persuadant que nous sommes leurs alliés. (Maira porta à nouveau son regard sur l'individu inconscient.) Par exemple en leur livrant un de leurs gars en vie.

— Ce serait un bon début.

— En effet, concéda Maira, la tête pleine d'idées. Ce serait aussi l'occasion de voir quelle valeur ils accordent à la vie des leurs. S'ils apprécient que nous ayons sauvé celui-là, ce sera déjà un renseignement en soi.

Brenda hocha la tête.

— Mais pourrait-on dire que nous avons fait plus que lui sauver la vie ?

— Oui, nous avons aussi tué des tas de Rôdeurs. Nous…

Elle marqua une pause. Brenda l'observait avec un intérêt encourageant.

— « L'ennemi de mon ennemi est mon ami », répéta Maira. Vous ne vouliez pas dire par là que nous serions les alliés des Convoyeurs uniquement parce qu'ils s'opposent aux Rôdeurs. Vous voulez les convaincre que nous avons un ennemi commun, de telle sorte qu'ils se fient à nous.

Le sourire de Brenda s'élargit et elle regarda Leo. Maira se rendit compte qu'il avait attentivement suivi leur échange.

— Alors ? lui demanda la cheffe de cellule.

— Ça va. Elle a du potentiel. Un peu.

— Gardez vos louanges, rétorqua Maira, fronçant les sourcils quand une autre pensée lui vint à l'esprit. C'est pour ça que vous teniez à ce qu'il n'y ait aucun témoin parmi les Rôdeurs. En fait, vous ne voulez pas prendre part à cette guerre. Vous voulez qu'ils le pensent, du moins jusqu'à ce que vous ayez pu comprendre ce qu'ils veulent.

— J'aime mieux ça, commenta Leo.

— Et s'ils avaient passé un appel radio ?

— C'est probablement le cas, concéda Brenda. Mais nous n'avons employé aucune technologie de la SHD et nous n'avons pas non plus agité notre bannière au vent. La seule info qu'ils ont pu transmettre, c'est qu'on leur tirait dessus. Et ce pourrait être n'importe qui.

— C'est…

Maira laissa sa phrase en suspens. Brenda haussa les sourcils.

— C'est quoi ?

— Futé. Réfléchi… et insensible, ajouta-t-elle après un instant de réflexion. Nous avons tué tous ces gens et pour quoi ? Avancer un pion sur un échiquier ?

La cheffe poussa un soupir. À la grande surprise de la jeune femme, c'était un soupir de soulagement.

— Heureuse que cela vous pose un cas de conscience. Je ne suis moi-même pas dans mon assiette.

— Vous l'avez quand même fait, rappela Maira.

— Oui, répondit Brenda sans la moindre hésitation. Cela fait partie du boulot. Parfois, les choses sont claires et nettes, comme lorsque nous vous avons sauvé à Athéna. Et d'autres fois, elles le sont moins. Atroces, même. Il faut quand même s'exécuter.

— C'est pas un jeu, ajouta Leo.

Brenda acquiesça.

— Rappelez-vous des risques, Maira. Si nous ne faisons rien, des millions de gens sur la côte est vont mourir de faim. Si c'est un jeu, alors les dés sont faussés. Nos seuls atouts, c'est ça (elle se tapota le front) et chacun d'entre nous.

— Mais la fin justifie-t-elle les moyens ? souleva Maira, que ses machinations ne cessaient d'inquiéter. Au cours de notre histoire, nous avons légitimé de nombreuses atrocités en nous reposant sur ce principe.

— C'est vrai. Je ne pense pas que nous en soyons encore là, mais nous pourrions y venir. Comme n'importe quel agent de la Division. On nous accorde beaucoup de libertés. Il serait facile d'en abuser. Vous aussi serez amenée tôt ou tard à prendre ce genre de décision.

— Comment savoir si nous allons trop loin ?

— J'aimerais avoir une réponse claire à cette question. Ce n'est pas le cas. On fait de son mieux, conclut Brenda avec un sourire triste. Et on écoute sa Cellule. Dites-moi, Maira : suis-je allée trop loin ?

La jeune femme réfléchit à la question. On leur avait présenté les Rôdeurs comme étant de véritables crapules.

Bien sûr, il pouvait s'agir d'infos erronées. Les agents avaient bien attiré les Parias dans la montagne, mais ils n'avaient pas lancé les hostilités. N'importe qui aurait pu être aux commandes du camion, mais…

— Non, répondit Maira. Pas au vu de ce que nous savons.

— Bien, acquiesça Brenda avec un sourire en coin. Quand nous en saurons plus, nous réévaluerons la question.

Le Convoyeur s'étira en grognant. D'un geste, Brenda leur intima prestement le silence. Pour l'heure, l'audience était levée. Certaines conversations devaient être réservées à leurs seules oreilles. L'homme se redressa et porta la main à sa tête en grimaçant.

Finalement, il parut prendre conscience de ce qui l'entourait et se releva d'un seul coup. Une décision qu'il regretta immédiatement, à en juger par l'expression de son visage.

— Putain de merde, jura-t-il en se prenant la tête à deux mains. Allez tous au diable. Je vous dirai que dalle.

— C'est dommage, déplora Brenda d'un ton débonnaire. Je comptais commencer à vous cuisiner en demandant comment nous pourrions vous ramener auprès des vôtres.

L'homme observa le trio à travers les fentes de ses doigts.

— Ce serait fair-play de votre part. On ne peut pas dire que les Rôdeurs nous renvoient beaucoup de nos gars.

— Est-ce qu'on a l'air d'être des Rôdeurs ? lui lança Maira.

Il y eut une pause. Les mains du camionneur quittèrent son visage et il étudia minutieusement chacun des membres du trio.

— Non. Mais ça pourrait être un piège.

— Ça pourrait, concéda Brenda. Mais ce n'est pas le cas. Nous ne sommes pas des Rôdeurs. Nous sommes de la Division.

L'homme s'esclaffa. Une autre mauvaise décision de sa part.

— Oh non, reprit-il en grognant. Pas encore.

Brenda arqua un sourcil.

— Comment ça pas encore ?

— Bah, j'ai roulé un peu partout dans le pays. Vous n'êtes pas les premiers que je vois avec des montres tape-à-l'œil.

— Et qu'avez-vous entendu à notre sujet ?

Brenda avait l'air authentiquement curieuse. Les agents de la Division ne semblaient pas nombreux. Entendre parler d'autres factions en mouvement et en activité devait être un rare plaisir pour eux. Ou une grande souffrance, s'ils apprenaient que leurs collègues avaient fini empoisonnés par un mauvais point d'eau.

— Tout un tas de trucs, répondit le Convoyeur. Certains vous considèrent comme des héros. Pour d'autres, vous n'êtes rien que des allumés de la gâchette.

— J'ai dans l'idée que les Rôdeurs qui ont traqué votre camion se classent dans la seconde catégorie. Ils n'ont pas apprécié qu'on vous embarque.

— Vous les avez tués ? demanda-t-il avec étonnement.

Brenda haussa les épaules.

— Ils se sont rapprochés des lieux de l'accident, armés jusqu'aux dents. Or, le meurtre est toujours un crime au États-Unis. Nous sommes donc venus à votre secours.

— Sympa de votre part, marmonna le camionneur.

La cheffe sourit.

— Nous sommes les gentils. Les présentations sont de rigueur. Je m'appelle Brenda. Voici Leo et Maira, mes collègues. Et vous êtes ?

— Je m'appelle Ryan.

— Enchantée, Ryan.

Le Convoyeur lança des regards sur les trois étrangers lourdement armés qui l'encerclaient.

— C'est un plaisir, ajouta-t-il en se frictionnant la mâchoire. OK, admettons que vous n'êtes pas des Rôdeurs. Vous voulez quoi ?

— Eh bien, je crois vous l'avoir déjà dit, n'est-ce pas ? répondit Brenda sans se départir de sa bonne humeur. Je veux vous reconduire auprès des vôtres. Votre camion est criblé de balles. Et renversé, aussi.

Ryan se renfrogna.

— Ouais, je me rappelle vaguement d'avoir basculé juste avant de perdre connaissance.

— Alors, comment vous ramène-t-on chez vous ? intervint Maira.

Le Convoyeur poussa un long soupir.

— Eh bien, si vous avez une radio, je pourrais appeler le central. Ils enverront quelqu'un pour me récupérer.

— Ça peut se faire, assura Brenda. Quel canal ?

— On en change régulièrement, expliqua Ryan après un instant d'hésitation. Il ne sera plus valide demain.

— Dans ce cas, vous pouvez me le confier sans problème.

— Ça se tient. Très bien. C'est le canal 8, 27.005.

Brenda bidouilla sa montre. Une voix résonna aussitôt, couverte par une légère friture.

— … nous pendait au nez, putain. Ils nous ont bien botté le cul. On doit avoir une taupe ou je sais pas quoi.

Brenda présenta sa montre à Ryan.

— Tapotez dessus et parlez, indiqua-t-elle.

Le camionneur s'éclaircit la voix et s'exécuta.

— Broyeur, Broyeur, ici Dixie Dog. J'ai de gros ennuis. 10-34 et 10-12 pour être précis.

Il y eut une pause et la voix répondit.

— Dixie Dog ? C'est trop cool d'entendre ta voix ! On a perdu ta trace en battant en retraite. T'es blessé ?

— J'ai connu mieux, mais je survivrai. J'ai été sauvé par des types sympas. Ils disent être de la Division.

— Eh bah, tu parles d'une info, D.D. ! Et ton camion ?

Ryan grimaça.

— Il est passé *ad patres.* J'ai besoin d'un tacot.

— Tranquille, Dixie Dog. On va te récupérer. Quelle est ta position ?

Le Convoyeur observa le trio avec incertitude. Leo pianota des instructions sur le cadran de sa montre et la lui présenta.

— J'ai des coordonnées, répondit Ryan. On se retrouve à 36°38'15.8" N 83°40'06.1" W.

Nouvelle pause.

— Bien reçu, D.D. Arrivée estimée dans quarante-cinq minutes. À tout de suite.

— Merci. Ici Dixie Dog, terminé.

Ryan s'éloigna de la montre et Brenda referma l'interface.

— Vous voyez ? dit-elle. Aucune ruse.

— Sauf si vous tendez une embuscade à mes amis.

— Vous pensez qu'ils seront assez nombreux pour mettre en échec un projet aussi ignoble ?

Un sourire épuisé s'étira sur les lèvres du camionneur.

— J'espère.

— Ce n'est pas une ruse, Dixie Dog, intervint Maira d'une voix apaisante. Vous verrez.

— C'est pas moi qui ai choisi ce nom de code, précisa Ryan en plissant le nez. Quand j'ai commencé la conduite, j'ai fait l'erreur de ne pas le choisir moi-même. Du coup, on vous baptise à votre place, et puis…

— On dirait que ça cache une anecdote.

— Carrément, ricana le camionneur. Mais vous devrez me torturer pour que je vous la raconte.

— Bon, les coupa Brenda, il faut qu'on vous conduise au point de rendez-vous. Vous pouvez marcher ?

Ryan se dégourdit les jambes. Rassuré, il sauta à cloche-pied.

— Je peux traîner la patte. Je dois bien avouer que je m'attendais à pire. Cet accident, c'était pas de la gnognotte.

— Il faut croire qu'un ange gardien veille sur vous, plaisanta Brenda avec entrain.

Leo et Maira échangèrent un regard amusé.

— Un ange et trois agents de la Division, lâcha Ryan d'un ton pince-sans-rire. Quadruple bénédiction.

— Pour ma part, je suis une civile, précisa Maira.

— Leo marchera près de vous au cas où vous perdriez l'équilibre, signala Brenda. Allez tout le monde, mettons-nous en route.

Ils cheminèrent à travers les bois, laissant le soin au blessé de marquer le pas. Par chance, le point de rendez-vous n'était pas loin. Aucun risque qu'ils arrivent en retard. De leur côté, les Rôdeurs s'étaient repliés en position défensive à l'entrée du tunnel.

— Si vous êtes bien ceux que vous dites… commença Ryan.

Brenda lui jeta un regard en arrière.

— Oui ?

Le camionneur fie la moue, comme s'il regrettait d'avoir pris la parole. Il poursuivit tout de même.

— Vous devriez rencontrer mon représentant syndical.

— Votre quoi ? demanda Maira, intriguée.

— Notre représentant syndical. Il est en charge des convois qui circulent dans le secteur. Il tiendra à vous remercier de m'avoir sauvé, et il aura sûrement aussi deux ou trois trucs à vous dire.

— Quel genre de trucs ? questionna Brenda.

Ryan répondit à contrecœur.

— Ce sera à lui d'en décider. J'ai pas le droit de vous en dire plus.

— Fort bien, concéda Brenda. On aime bien discutailler. S'il veut que nous parlions, j'en serai ravie. Toujours contente de me faire de nouveaux amis.

Brenda adressa un clin d'œil à Maira. Ils continuèrent de marcher en direction de la route.

CHAPITRE 14

Les Convoyeurs les attendaient aux coordonnées indiquées, à bord de leurs camions. Les remorques des deux véhicules étaient couturées de blessures de guerre, subies lors de l'affrontement de l'après-midi ou d'une précédente embuscade. L'un des deux semblait avoir été fraîchement retapé. Chaque camion était armé et disposait de sa propre équipe. Un impressionnant déploiement de force, releva Maira. Les camarades de Ryan s'étaient tenus prêt à combattre au cas où.

Les agents de la Division prirent grand soin de garder leurs mains loin de leurs armes lorsque deux transporteurs s'approchèrent pour récupérer Ryan. Comme celui-ci, ils étaient vêtus de solides vêtements civils. Ils portaient toutes sortes de revolvers, mais se gardaient bien de faire le moindre geste brusque.

Leo s'adressa discrètement à Maira.

— Armement léger.

En effet. Avec leurs fusils d'assauts et leurs automatiques, les Rôdeurs disposaient d'un meilleur arsenal. Ces gens ne possédaient que des petits calibres et des fusils de chasse, le genre d'arsenal qu'ils devaient garder chez eux avant la pandémie. À quelles fins ? Maira ne pouvait qu'émettre des hypothèses à ce sujet, mais cette question devrait attendre. Pour l'instant, ils avaient besoin de plus d'informations.

Tandis qu'on l'emmenait, Ryan se tourna vers eux.

— Merci ! s'exclama-t-il avec une reconnaissance sincère.

Maira le salua d'un geste de la main.

Une poignée de Convoyeurs resta en retrait. Les deux semi-remorques revinrent à la vie en rugissant et commencèrent à reculer. L'individu le plus au centre s'éclaircit la voix avec difficulté et s'adressa au trio.

— Le chef veut vous dire un mot.

Brenda inclina la tête avec curiosité.

— Et si nous n'avons pas envie de le rencontrer ?

— Ce n'était pas un ordre, précisa le type maladroitement. Mais une simple requête. Il tient à vous remercier pour avoir sauvé D.D. C'est un type bien, ç'aurait été dommage de le perdre. Nous apprécions tous votre geste.

— Dans ce cas, pouvons-nous conserver nos armes ?

Un autre membre de leur groupe commença à prendre la parole.

— Eh bien…

— Oui, le coupa aussitôt l'individu au centre du groupe. Si c'est ce que vous voulez. Cela dit, vous n'en aurez pas besoin.

— Ça me rassure quand même de les avoir, répliqua Brenda en souriant. C'est comme une garantie, vous voyez ?

— Très bien. On vous dépose ou vous êtes véhiculés ?

— Je crains que nous ne soyons à pied. Nous vous serions infiniment reconnaissants de nous emmener.

— Vous pouvez monter avec moi. On m'appelle Longboat Louis.

— C'est un plaisir.

Ils montèrent à l'arrière du camion. Bien que l'engin fût armé et blindé, il ne transportait aucune marchandise. Maira contempla l'intérieur vide avec un léger soupir. On pouvait facilement s'imaginer cette remorque remplie de vivres à ras bord. Le contenu d'un seul de ces camions pourrait grandement faciliter la vie des habitants d'Athéna.

Comme il faisait sombre à l'intérieur, les deux agents allumèrent leur montre. Brenda et Maira s'installèrent aussi confortablement que possible sur le plancher métallique. Leo resta debout.

— Tu vas t'ouvrir le crâne quand ce machin se mettra à rouler, l'avertit Brenda.

L'agent lui lança un regard noir, puis il s'assit lourdement par terre. Le camion démarra avec un grondement et fit marche arrière. Les vibrations, mêlées à la baisse de l'adrénaline accumulée au cours de la bataille, donnèrent à Maira l'envie de dormir. Elle en fut étonnée car l'inconfort des lieux n'encourageait pas à faire la sieste.

Ses paupières s'alourdirent et Brenda lui flanqua un petit coup de pied dans le flanc.

— Je vous interdis de piquer du nez. Restez en alerte, au moins jusqu'à ce que nous soyons certains de ne courir aucun danger.

La jeune femme bâilla à s'en décrocher la mâchoire.

— En fonction de ce que vous entendez là, nous pourrions ne plus jamais fermer l'œil de toute notre vie.

— Ce qui serait nettement plus sûr comme ça, commenta Leo.

— Évidemment. Ne fais pas comme si tu étais toujours sur le qui-vive, toi. Je t'ai entendu ronfler.

— Méthode de camouflage, précisa-t-il. Ça pousse mes ennemis au relâchement.

— C'est cela, oui. En réveillant tout ce qui dort à plus d'un kilomètre.

La conversation s'éteignit. Maira était pressée de demander son avis à Brenda à propos des Convoyeurs, mais il lui parut plus sage de garder cette question pour plus tard, quand ils seraient certains que personne n'écouterait leur conversation. Au-dessus de leurs têtes, un martèlement de bottes occasionnel autour du poste de mitrailleuse rappelait au trio qu'ils n'étaient pas seuls. Il semblait peu probable qu'on puisse les entendre, mais pourquoi prendre le risque ?

En attendant, Maira songea longuement à ses nouveaux alliés potentiels. Après tout, Brenda l'avait encouragée à tirer ses propres conclusions. Dans l'absolu, les Convoyeurs lui paraissaient plus fiables que les Rôdeurs. Ils n'avaient pas attaqué la Division lorsqu'ils s'étaient présentés, ni n'avaient tenté de leur prendre leurs armes, et, quoique suspicieux, ils semblaient plutôt amicaux. En voyant les Rôdeurs, elle avait songé aux True Sons, mais les camionneurs, eux, semblaient avoir grandement besoin d'alliés. Tout l'aspect prolétaire de l'ensemble n'était peut-être qu'une façade, pourtant, Maira en doutait sincèrement.

Le temps s'écoula. Le camion s'arrêta en vrombissant et les Convoyeurs leur ouvrirent les portes. Maira remarqua que Brenda gardait discrètement la main sur la crosse de son pistolet, à l'abri des regards. Elle ne se détendit que lorsqu'il devint évident qu'aucun guet-apens ne les attendait à l'extérieur. Ils sortirent dans le crépuscule.

Il y avait de l'électricité dans cet endroit. Après être restée dans le noir, Maira se retrouva momentanément éblouie par l'intense luminosité de l'éclairage artificiel. À en juger par les pompes et le bâtiment central, ils se trouvaient dans ce qui avait autrefois été une station-service. À bonne distance, sur le côté, se trouvait un vaste parking où les camionneurs s'arrêtaient de nuit pour se reposer tandis qu'ils sillonnaient le pays.

Le parking faisait à présent office de camp retranché. L'ensemble avait été muré à l'aide de sacs de sables et de dalles de béton. Les portails permettant le passage des camions étaient le seul moyen d'y accéder et des herses routières en protégeaient l'entrée. Des sentinelles armées patrouillaient devant les fortifications. Les camions garés sur le parking étaient les mêmes que ceux qu'ils avaient aperçus à leur arrivée, des modèles équipés pour la bataille, dotés d'un arsenal et d'un blindage de fortune. Certains étaient en pleines réparations. Des ouvriers s'affairaient sur les engins, la lumière vive de leurs chalumeaux visibles à distance.

Leo songea à voix haute.

— Infanterie mécanisée à effectif réduit ?

— Pas conforme à l'armée, souligna sèchement Maira.

— Non, convint-il en souriant. J'essaie simplement de penser en termes familiers.

— Peu importe, ça reste une force de combat. Ils sont prêts à se battre.

— Et à perdre.

Leo marquait un point. La bataille devant le tunnel s'était soldée par le retrait des Convoyeurs avec pertes et fracas. À l'évidence, ils étaient loin d'avoir envoyé toutes leurs forces sur place, mais si leur but avait été de traverser le barrage des Rôdeurs, ils avaient échoué. Aucun doute là-dessus.

— Évite de faire ce genre de remarque en public, prévint Brenda d'un ton acerbe.

On les guida vers le bâtiment central. La station avait elle-même essuyé son lot d'affrontements par le passé. Les murs de brique étaient perclus d'impacts de balles et les fenêtres étaient brisées en plusieurs endroits, rafistolées avec de la bande adhésive. Cela indiquait-il qu'ils avaient récemment essuyé une attaque ? Ou qu'ils manquaient de matériaux de réparation ? Maira se le demandait.

Longboat Louis ouvrit la porte et les laissa entrer. L'intérieur était comme l'extérieur, étrange amalgame entre un passé familier et un futur hostile. Les rayonnages, autrefois garnis de casse-croûtes pour régaler les routiers, étaient encore debout et à présent remplis de tout le matériel nécessaire à l'effort de guerre : munitions, ressources médicales et autres joyeusetés.

Au fond de la pièce, dans un recoin dégagé, une table pliante avait été installée. Elle était parsemée de cartes et de plans, la plupart arrachés dans des atlas à en juger par leurs rebords irréguliers. Un fatras de chaises disparates l'entourait. Environ la moitié des sièges étaient occupés par des individus rustres qui discutaient houleusement. La jeune femme compta neuf personnes – dix avec Longboat Louis. Or, il y avait neuf camions à l'extérieur. Si on y ajoutait un responsable, peut-être le trio était-il en présence d'une assemblée de lieutenants ? Autour de la table, on leva sur les nouveaux arrivants des regards de méfiance mêlés de curiosité. L'air empestait le tabac et le manque d'hygiène.

Un homme se démarquait des autres au sein du groupe. Littéralement, car il se tenait debout, les mains apposées sur la table. En dehors de cela, on ne notait chez lui rien de particulièrement remarquable. Il n'était ni spécialement grand, ni habillé différemment de ses comparses – bottes, jean et chemise. Sa peau avait la couleur du bronze vieilli. Seul un détail de sa tenue jurait avec le reste : une casquette orange et blanche de l'équipe de baseball des Tennessee Volunteers, en parfait état.

Maira enregistra ces détails pendant que l'homme les observait.

— Alors voici le gouvernement fédéral.

Il parlait bien, mais sa prononciation et un léger accent d'Amérique centrale laissaient deviner qu'il ne s'exprimait pas dans sa langue maternelle.

Brenda leva les mains.

— Pas dans son entièreté, mais c'est bien nous.

— Comment pouvons-nous en être sûrs ? Nous avons entendu des tas de rumeurs insensées en provenance de Washington et au-delà.

— Nous sommes partis de là-bas. C'était il y a une semaine, deux maximum, mais peut-être puis-je éclaircir certaines de ces rumeurs pour vous. Qu'avez-vous entendu dire ?

— Toutes sortes de choses, sourit l'homme à la casquette. Que le président Ellis est mort. Que la statue de la Liberté a volé en éclats à cause d'une bombe nucléaire. Et qu'une milice fasciste occupe le Capitole.

— Eh bien, je suis ravie de pouvoir vous rassurer, annonça benoîtement Brenda. Aux dernières nouvelles, la statue de la Liberté se porte comme un charme.

L'omission volontaire des deux autres démentis provoqua quelques messes basses autour de la table. Le porte-parole leva la main et tout le monde se tut. C'était sans aucun doute le chef, décida Maira. Les autres types semblaient le respecter. Ils avaient obéi sans broncher à son ordre silencieux.

— On dirait que les problèmes ne manquent pas là-bas, souleva-t-il. D'où ma curiosité : pourquoi être venus jusqu'ici pour en chercher ?

Brenda inclina la tête.

— Qu'est-ce qui vous fait penser que nous cherchons les problèmes ?

— Parce que c'est ce que font les agents de la Division, répondit-il d'un ton impassible. La question étant : quel genre de problèmes cherchez-vous ?

— Cela me semble être le type de question qu'on se pose quand on en a lourd sur la conscience.

Brenda avait prononcé ces mots d'une voix parfaitement neutre. Elle aurait tout aussi bien pu lui dire le temps qu'il faisait.

Le chef des Convoyeurs marqua une pause, puis il s'esclaffa comme une baleine. Selon Maira, ce n'était pas une hilarité feinte. L'homme était authentiquement amusé.

— Pour être tout à fait transparent avec vous, certaines de nos activités ici ne sont pas tout à fait légales.

C'était l'euphémisme de l'année. La plupart des marchandises présentes dataient d'avant la pandémie, et elles étaient toujours dans leurs emballages d'origine. Maira doutait que ces gens les aient payées. Les habitants d'Athéna avaient survécu en raflant tout ce qu'ils pouvaient. Il était facile d'imaginer que le reste du monde en avait fait autant.

— Je peux vous assurer que je ne suis pas là pour établir un rapport sur des produits volés, déclara Brenda. Je ne suis pas ce type d'agent.

— Quel genre d'agent êtes-vous, dans ce cas ?

La cheffe croisa les bras, faisant craquer son gilet pare-balles au passage.

— Le genre qui n'a pas aimé franchir des montagnes pour tomber sur des civils américains se livrant une guerre ouverte.

— Hé ! aboya l'un des hommes de l'assemblée qui, comme le remarqua Maira, ne comptait qu'une seule femme. C'est pas nous qui avons commencé cette pu…

— Assez !

Le meneur fixa son subalterne droit dans les yeux jusqu'à ce que ce dernier se rassoit en grognant, puis il retourna son attention vers Brenda.

— Cela ne me plaît pas plus qu'à vous. À aucun d'entre nous d'ailleurs.

— Alors que faites-vous encore ici, à vous battre ? Vous possédez des moyens de transports. Prenez donc la route !

— Nous pourrions tailler la route, admit le meneur. Mais ce n'est pas de nous qu'il est question. Si nous nous replions, les Rôdeurs seront libres d'agir à leur guise et beaucoup en souffriront.

Maira ne put s'empêcher d'intervenir.

— Qu'entendez-vous par souffrir ?

— Pas de nourriture. Pas de médicaments. Pas de vêtements. Pas de carburant, énuméra le chef. L'hiver est à nos portes. Nous allons assister à une nouvelle vague de décès si personne n'agit. Les Rôdeurs veulent profiter de la situation pour en tirer richesse, pouvoir et contrôle. Notre seul but, c'est que les gens puissent survivre.

— Et c'est par pure bonté d'âme que vous vous êtes lancés là-dedans ? ironisa Brenda.

— En un mot ? Oui, répondit le meneur avec un haussement d'épaules. Appelez-ça de l'intérêt personnel éclairé, si vous voulez. Le Poison Vert a déjà réduit l'humanité à peau de chagrin. Si nous laissons le champ libre à un autre désastre, nous plongerons tous dans l'oubli.

— Et qu'en est-il des Rôdeurs ? Ils ne fournissent pas de marchandises ?

— Ils offrent surtout de l'esclavage, répondit brusquement le meneur, qui n'avait jamais été aussi proche de céder à la colère. Ils nous donnent juste de quoi tenir, et seulement en échange de notre obéissance. Si vous osez les défier, ils prendront de toute façon ce qu'ils veulent, puis ils réduiront en cendres ce qui reste.

Voilà qui concordait avec ce qu'on leur avait raconté dans le Maryland. C'était la même histoire, mais à des centaines de kilomètres de distance. Maira jeta un œil vers Leo. L'agent acquiesça discrètement. Il ne pouvait s'agir d'une simple coïncidence. La conscience de Maira, qui la travaillait depuis l'embuscade tendue aux Rôdeurs, s'apaisa.

— Donc, c'est pour ça que vous les combattez ? reprit Brenda

Le chef baissa la tête sur la table et fixa les cartes routières.

— Non. Du moins, pas tout à fait.

— Pour quelle autre raison alors ?

Il releva la tête pour la dévisager. Maira perçut une brève lueur d'agacement dans ses yeux. Il retira sa casquette et plaqua en arrière sa chevelure noire avant de la remettre sur son crâne.

— J'ai répondu à assez de questions comme ça. À mon tour, j'en ai une pour vous.

— Je vous écoute, fit Brenda avec un geste d'encouragement.

— Qu'est-ce que vous comptez faire à ce sujet ? Si toute cette conversation n'est qu'un prélude à mon arrestation, je devrais réclamer la présence de mon avocat, non ? Si nous agissons comme si le monde tournait encore rond, alors mes droits n'ont pas changé, n'est-ce pas ?

Dans la pièce, la tension s'était drastiquement accentuée. Certains des membres de l'assemblée des Convoyeurs avaient rapproché leurs mains de leurs armes. Maira eut très envie d'en faire autant, mais elle resta concentrée sur Leo et Brenda. Ni l'un ni l'autre n'avaient sourcillé. Elle garda son sang-froid, s'efforçant de suivre leur exemple.

— Admettons que ce soit mon intention, poursuivit Brenda en souriant. Que je veuille vous passer les menottes et vous traîner hors d'ici pour que vous répondiez de vos crimes. À quelle distance serais-je de la porte avant que vos hommes ne m'abattent ?

L'un des types autour de la table répondit avec colère.

— Essayez et vous saurez, espèce de…

— Ça suffit ! aboya le meneur pour l'interrompre avant de répondre à Brenda en inspirant à fond. Je viens avec vous si c'est ce que vous voulez.

— Même pas en rêve ! s'écria l'un des lieutenants.

— C'est ma décision. (Il ne quittait pas Brenda des yeux et le ton de sa voix ne tolérait aucun argument.) Personne ici n'a jamais eu l'intention de tuer des fédéraux. Ce n'est pas le but que nous poursuivons. Nous ne sommes pas des meurtriers. Et que je sois maudit si nous en arrivons là.

— Je vous avoue que je suis ravie d'entendre ça, admit Brenda.

— Alors qu'est-ce qu'on fait ? La balle est dans votre camp.

La cheffe parut réfléchir à la question, puis elle désigna l'une des chaises vides en demandant :

— Je peux m'asseoir ?

— Je vous en prie, répliqua le chef d'une voix sarcastique.

Elle se laissa tomber sur l'une des chaises en poussant un soupir d'aise.

— Je ne suis pas venue vous arrêter, annonça-t-elle. Ni vous, ni personne. J'ai d'autres soucis à l'esprit. Avant d'arriver ici, nous n'avions même pas conscience de ce qu'il s'y passait. Je vais être franche avec vous : nous avons besoin de votre aide.

À elle seule, celle déclaration changea du tout au tout l'atmosphère qui régnait dans la pièce. La balance du pouvoir pencha lourdement en faveur des Convoyeurs. De surcroît, leur cheffe en appelait à leur altruisme. Selon leurs dires, leur volonté était d'aider les gens. Maira comprit alors que rien de ce qui venait de se produire n'était le fruit du hasard. Soit elle se trompait lourdement, soit Brenda avait choisi ses mots avec bien plus de soin que ce que suggérait son air débonnaire.

Le meneur opina lentement du chef.

— Vous me testiez.

— C'est possible, admit Brenda. On croise beaucoup de monde ces jours-ci. Certains ne sont pas dignes de confiance.

— Je ne vous mentirai pas. Nous ne sommes pas des anges non plus.

— Comme tout le monde, répliqua Brenda en haussant les épaules. Pas besoin d'être un ange pour voir que tout va mal. Pour que les choses n'empirent pas, nous devons travailler ensemble. Au fait, je suis l'agent Brenda Wells. Ces deux-là sont Leo et Maira. Mes seconds.

— Miguel. (Il balaya l'assemblée d'un grand geste de la main.) Ces chacals sont nos lieutenants en activité dans le secteur. Sans compter Dixie, bien sûr, qui est à l'infirmerie.

— Son camion s'est fait exploser, commenta la seule femme parmi les lieutenants.

— Oui, eh bien, nous pourrons y remédier en temps voulu. Dites-moi Brenda, qu'est-ce qui vous amène depuis Washington à pied ?

— Vous deux, asseyez-vous, ordonna la cheffe de cellule à Leo et Maira.

Cette dernière se laissa lourdement tomber sur une chaise. Inutile de dissimuler à quel point elle se sentait soulagée. Leo, quant à lui, paraissait anxieux à l'idée de se relâcher et Maira s'attendait à ce qu'il insiste pour rester debout. Mais il acquiesça et se glissa lui aussi sur une chaise. Il semblait tout de même loin d'être à son aise.

— Rien de moins qu'une famine imminente, reprit enfin Brenda. Cela concerne tout le territoire nord au-delà de la ligne Mason-Dixon et à l'est des Appalaches.

Le mot « famine » fit naître un silence de mort parmi les camionneurs. Certains d'entre eux étaient issus d'un milieu peu aisé. Aucune personne ayant déjà eu à s'inquiéter de son prochain repas ne prenait la privation de nourriture à la légère. Miguel fit courir son index sur une carte du pays, jusqu'aux territoires du nord-est, comprit Maira. Il projetait cette réalité nouvelle à plus grande échelle.

— Combien de personnes touchées ? s'enquit-il.

— Nous n'avons aucune certitude. Le bureau de recensement n'est pas à son top en ce moment. (Cette touche d'humour noir provoqua quelques rires désabusés dans l'assemblée.) D'après les données de la Division, nous estimons à six millions le nombre de survivants au Poison Vert dans cette région. Même nos prévisions les plus optimistes suggèrent que d'ici janvier, quatre millions de personnes auront perdu près d'un kilo par jour.

— *Jue puta,* marmonna Miguel.

— On y est, c'est la fin du monde, lâcha un lieutenant.

— Bordel, Thumper, recommence pas avec ces conneries, s'agaça un autre.

Le dénommé Thumper croisa les bras.

— Fais l'autruche si ça te chante. Tout est dit noir sur blanc dans la Bible. Après la pestilence et la guerre, c'est au tour de la famine.

Miguel changea de sujet.

— Quoi qu'il en soit, nous devons déterminer ce que nous allons faire. Brenda, qu'attendez-vous de nous ?

— Du transport de vivres, répondit-elle simplement. Vous avez neuf camions sur ce site. Vous pourriez transporter des tonnes de marchandises. Et je suppute qu'il ne s'agit là que d'une partie de votre convoi.

— Vous n'avez pas tort. Cet endroit n'est qu'une antenne locale. La quantité n'est vraiment pas un problème. Où suggérez-vous que nous récupérions la nourriture ?

— J'espérais que vous auriez des suggestions, reconnut Brenda. Nos images satellite nous ont indiqué qu'un vaste secteur agricole est toujours en activité dans le Midwest. Nous comptions y trouver un surplus suffisant afin de fournir d'autres communauté à travers le pays.

— Oh oui, ces terres sont exploitées, je vous le confirme. Comme un peu partout, des gens se sont regroupés là-bas pour essayer de relancer la machine. Cela dit, je ne connais pas l'ampleur de l'opération. Je pense qu'ils demanderont une compensation en contrepartie.

— Il y a plusieurs possibilités. Pour commencer, la population en zone urbaine peut récupérer en masse de nombreuses choses qui pourraient faire défaut aux zones rurales. Sur le long terme, nous voudrions relancer la production.

Brenda présentait les choses avec un tel détachement… Maira songea à un jeu de dominos. Il suffisait de renverser une pièce et la réaction en chaîne redonnerait vie au monde – production, commerce, et plus encore. C'était une vision de l'avenir qui s'étendait bien au-delà de la simple survie. Maira baissa les yeux sur sa vieille montre. Aurait-elle eu tort ?

— Ce sont là les prémices d'un vrai projet, s'enthousiasma Miguel. Vous avez piqué ma curiosité. Cependant, je ne peux pas m'exprimer au nom du convoi entier.

— Je n'escompte pas tout régler en une nuit, tempéra Brenda. Juste offrir matière à débat.

— J'apprécie. Ceci étant dit, nous devons faire face à un obstacle de taille.

— Les Rôdeurs, lâcha Maira.

Les mots lui avaient échappé. Tout le monde la dévisagea et elle sentit ses joues s'empourprer. Elle s'efforça de ne pas rentrer la tête dans les épaules.

— Tout à fait, reprit Miguel. Je ne l'admets pas de gaîté de cœur, mais…

— Attends une seconde, intervint l'un des lieutenants.

— Les seuls qui l'ignorent sont les seuls qui peuvent nous aider, le coupa Miguel en levant la main. Nos ennemis sont déjà au courant.

Brenda fronça les sourcils, confuse.

— De quoi s'agit-il ?

— Le convoi I-10, la faction dont je suis le représentant auprès de l'antenne locale et pour qui ces gens se battent… Eh bien, il en manque une moitié. Elle est ailleurs, répondit Miguel d'une voix lugubre.

— Le tunnel, comprit Leo.

Maira fut soulagée de constater que son intervention attirait autant l'attention que la sienne. Sauf que l'agent, heureusement pour lui, semblait se ficher comme d'une guigne d'être le centre d'intérêt.

— Encore une bonne réponse, déclara Miguel. Le tunnel de Cumberland Gap est l'un des seuls accès permettant aux camions de franchir la montagne en toute sécurité. Nous revivons l'âge des pionniers et, comme eux, nous nous en remettons à ce passage. Jusqu'à il y a peu, nous le tenions fermement sous notre contrôle. Malheureusement, comme vous l'avez constaté, les choses ont changé.

— J'en déduis que la guerre ne tourne pas en votre faveur, évalua Brenda.

Miguel répondit sans ambages.

— Non, en effet.

Il tourna la carte du pays vers le trio pour qu'ils puissent avoir un meilleur aperçu de la situation. Le plan était ponctué de dizaines de punaises. Les bleues marquaient les contours du pays, bordés au nord par des myriades de punaises rouges décrivant des sillons descendant en direction du sud sur l'ensemble de la carte. L'un d'entre eux fendait la démarcation de punaises bleues, en plein sur leur passage.

— Comment est-ce arrivé ? questionna Brenda. Vous manquez d'armement ?

— Pas au début, non. À dire vrai, il y a quelques mois, ce n'était qu'une guerre froide. Nous tenions les routes du sud et les Rôdeurs celles du nord.

— Où ils disposaient des gens à leur guise, précisa en fulminant la femme de l'assemblée.

Miguel acquiesça avant de poursuivre.

— Nous savions qu'ils ne faisaient pas dans la dentelle, mais nous ne sommes pas des soldats. Livrer une guerre ne semblait pas être une bonne idée.

— Et ils étaient d'accord avec ça ? s'étonna Brenda.

Des ricanements parcoururent discrètement l'assemblée.

— Pas tout à fait, expliqua Miguel. Il y a eu plusieurs escarmouches, mais nous avons tenu bon. Protéger nos routes était une chose, mais marcher vers le nord pour mener une bon dieu de croisade ? C'était une tout autre paire de manches.

— Ça se tient. Qu'est-ce qui a changé ?

— Eux. (Miguel désigna des zones rocheuses sur la carte.) Ils ont progressé vers le sud. Au début, ce n'était que des raids de reconnaissance, toujours les mêmes conneries.

— Sauf qu'à chaque fois qu'on essayait de les intercepter, le temps qu'on arrive, ils étaient déjà partis, intervint un autre lieutenant.

— Comme s'ils étaient au courant de notre arrivée, acquiesça Miguel. Après ça, ils ont débarqué en force et il est devenu évident qu'ils avaient l'avantage sur nous. Étrangement, ils connaissaient toutes nos positions, tous nos mouvements. Nous avons été séparés. Depuis, nous restons sur nos gardes.

— Si on peut déterminer les forces en présence de l'ennemi sans se révéler, alors on peut concentrer les troupes pendant que les siennes sont dispersées, déclara Leo. L'apogée du déploiement militaire repose sur l'intangible. Si l'armée est intangible, alors le plus doué des espions ne pourra la discerner, ni le sage fomenter contre elle.

Sidérée, Maira le regarda en clignant des paupières.

— Sun Tzu, précisa-t-il à titre d'explication.

— Ah d'accord. Par contre, je crains juste tu aies épuisé ton stock de paroles pour les trois mois à venir.

Leo la considéra sans aucune émotion. Certains lieutenants ricanèrent.

— C'est littéralement ce qui s'est passé, admit Miguel. Ils sont trop forts pour nos offensives et ils s'en prennent à nous quand nous sommes au plus bas.

— Une nette supériorité en renseignements, souligna Brenda, songeuse.

Maira fronça les sourcils. Elle avait discerné quelque chose dans sa voix, une forme de tension. Elle doutait que les Convoyeurs l'aient remarqué. Ce n'est qu'après avoir longuement fréquenté la cheffe de cellule que la jeune femme avait fini par remarquer ces inflexions. Quelque chose la turlupinait, mais elle le gardait pour elle.

Puis, faisant écho aux pensées de Maira, Brenda continua.

— Je résume. Vous n'arrivez pas à reprendre le tunnel aux Rôdeurs car ils vous attendent toujours de pied ferme. Et sans ce tunnel, il nous sera impossible d'atteindre les réserves de vivres pouvant empêcher la famine.

— En un mot, oui, confirma Miguel, à regret. J'aimerais vous venir en aide, mais nous n'en avons pas les moyens.

— Peut-être que c'est nous qui devrions d'abord vous aider.

Miguel observa Brenda.

— À quoi pensez-vous ?

— Une alliance. Mes agents et moi-même vous aideront à reprendre le tunnel. En échange, vous nous aiderez à sauver des millions de vies. Tout le monde y gagne.

— Sans vous offenser, nous avons tenté de reprendre ce tunnel une demi-douzaine de fois. Vous avez même été témoins de notre dernière tentative. Qu'est-ce qui vous fait croire que les choses seront différentes cette fois ?

— Au cours de cette bataille, l'équilibre entre les forces était plutôt serré. Ils n'ont emmené que le strict nécessaire pour vous terrasser et remporter la victoire. Cela vous paraît-il normal ?

— Ils n'abusent jamais sur le nombre, acquiesça Miguel. Ils sont juste assez pour nous briser. Probablement pour ne pas laisser leurs autres positions sans défenses.

La cheffe de cellule hocha la tête.

— C'est aussi ce que je me suis dit. Ils vous ont bien cerné, en tenant compte de toutes les variables. Du moins, c'est ce qu'ils croient.

— Mais ils ne savent pas que vous êtes là, songea Miguel à haute voix. Tout de même, que changeront trois personnes de plus ? Auriez-vous omis de me mentionner l'existence d'une armée planquée quelque part ?

— Nous avons plus d'un tour dans notre sac, sourit Brenda. Je vous ferais bien une démonstration, mais si nous sommes vraiment sous surveillance, mieux vaut garder tout ça pour un moment plus propice.

— J'entends bien. Mais en gros, quel serait le plan ?

Avec un grognement de fatigue, Brenda se leva de sa chaise, s'avança jusqu'à la table recouverte de cartes et posa son index sur l'emplacement du tunnel.

— Prenez quelques jours pour rassembler vos forces, conseilla-t-elle. Prévoyez une offensive de grande ampleur. Les Rôdeurs feront de même. Dans l'intervalle, mon équipe et moi-même approcherons la zone. Nous préparerons le terrain. Quand vous forcerez l'entrée, nous déclencherons un piège qui les prendra au dépourvu. Cela déstabilisera leurs forces en place, en tout cas assez longtemps pour que vous puissiez à nouveau sécuriser la zone.

Miguel tira pensivement sur la visière de sa casquette.

— Je ne peux pas valider seul un plan d'une telle envergure. Je dois d'abord en référer à tous les chefs du convoi.

— Faites donc. Et rappelez-leur bien une chose : vous êtes déjà en train de perdre cette guerre. Si rien ne change, si vous ne tentez pas une autre approche, combien de temps avant qu'ils ne vous écrasent définitivement ?

Miguel regarda la carte d'un œil sombre. Maira se figurait les estimations qu'il passait en revue. Quelles que furent les conclusions qu'il en tira, à en juger par sa mâchoire crispée, elles ne devaient pas être plaisantes.

— Je leur dirai, assura-t-il. En attendant, vous êtes les bienvenus pour rester ici cette nuit.

— C'est très gentil de votre part, sourit Brenda. Nous ne cracherons pas sur le gîte et le couvert.

Longboat Louis les guida jusqu'à une cabane en préfabriqué située à proximité du bâtiment principal. Il y en avait d'autres similaires un peu partout sur le camp. Maira supposait que ces cabanons servaient de baraquements ou d'espaces de stockage. Des gens étaient assis devant certains d'entre eux, ou rassemblés sous le halo lumineux d'un lampadaire. En retrait, des générateurs électriques ronronnaient bruyamment, fournissant du courant en continu. Le trio s'attira sur son passage de nombreux regards curieux et autres chuchotements.

Le lieutenant leur ouvrit la porte.

— Nous avons réinstallé les occupants ailleurs pour la tranquillité de tous, leur dit-il. Autant que ce soit confortable pour tout le monde.

Brenda lui dédia un sourire.

— Nous apprécions votre hospitalité.

Ils entrèrent en baissant la tête. L'agencement des lieux était des plus sommaires : six couchettes de chaque côté, toutes séparées par un rideau. Le genre de conditions auxquelles les militaires finissaient par s'habituer. Maira songea aux paroles de Miguel, que les Convoyeurs n'étaient pas des soldats. Autrefois, c'était peut-être vrai. Mais aujourd'hui ?

Longboat Louis s'attarda sur le pas de la porte.

— Vous pouvez vraiment nous aider ? leur lança-t-il.

— Je l'espère, assura Brenda en lui rendant son regard. Si vos chefs sont d'accord, alors nous nous donnerons à cent pour cent.

— Je présume qu'ils le seront et que votre plan fonctionnera, acquiesça-t-il. Le moral n'est pas au beau fixe ces derniers temps. Une victoire ne serait pas du luxe.

Le camionneur partit sans qu'ils aient le temps d'ajouter quoi que ce soit. Leo referma la porte derrière lui, se rendit au fond de la pièce et s'accapara l'une des couchettes. Brenda prit place au pied d'un des lits du milieu et commença à retirer ses bottes. Maira s'installa sur celui qui était en face du sien et posa les mains sur ses genoux.

— C'était quoi tout ça ? lui demanda-t-elle.

Brenda la regarda en arquant un sourcil interrogateur.

— Que voulez-vous dire ? Je vous ai bien expliqué que si ces gens semblaient dignes de confiance, nous formerions une alliance avec eux. Vous ne les pensez pas fiables, c'est ça ?

Maira hocha la tête.

— Je pense qu'ils sont plus fiables que les Rôdeurs et, bien sûr, il faut qu'on intervienne. Ce n'est pas la question. Toutefois, quand ils ont dit que les Rôdeurs avaient l'avantage sur eux, vous étiez inquiète. Pourquoi ?

Brenda baissa les yeux, faisant mine de se concentrer sur ses lacets.

— N'ayez crainte, marmonna-t-elle. Ce ne sont que des spéculations.

— Je veux les entendre. Vous disiez que vous ne me cacheriez aucune information essentielle. Si nous nous lançons dans une guerre, je crois mériter de savoir ce que vous avez en tête.

Maira se rendit compte que Leo écoutait attentivement leur conversation. Il restait discret mais avait tout de même interrompu le déballage de ses affaires pour suivre ce qui se disait. Brenda poussa un soupir et se massa le front.

— J'ai simplement pensé à une chose, expliqua-t-elle. Si je tombe sur ce type de situation et que je veux rééquilibrer la balance dans un conflit, quelle peut être ma contribution en tant qu'agent de la Division ? D'ordinaire, le type d'aide que nous apportons, comme maintenant, reste modeste et sans risque. (Elle tapota son oreillette.) En revanche, grâce à ISAC, nous avons accès à tout notre ancien réseau d'information. Satellites, radars, et j'en passe.

— Le genre d'informations qui permettrait à l'un des deux camps de garder constamment l'ascendant sur l'autre, conclut Maira.

— Exactement, approuva-t-elle sombrement.

— Donc vous pensez que… (Elle marqua une pause en songeant aux répercussions d'une telle théorie.) Vous pensez que les Rôdeurs sont soutenus par une Cellule de la Division ?

— Aucun agent digne de ce nom ne soutiendrait des pillards, rétorqua-t-elle d'une voix blanche.

— Et aucun Écossais digne de ce nom ne renoncerait à son kilt, mais c'est des conneries et vous le savez. C'est bien ce que vous insinuez, pas vrai ?

Brenda soupira à nouveau et retira sa botte qu'elle repoussa impatiemment sur le côté avant de déclarer :

— Ce ne serait pas la première fois que nous aurions affaire à des renégats.

Maira replia les jambes et passa ses bras autour de ses genoux. Le menton sur les rotules, elle médita sur cette révélation. Elle était reconnaissante envers Brenda d'avoir assez confiance en elle pour lui faire part d'une telle confidence. Voilà qui constituait une sacrée brèche dans la Division. Tous les agents n'étaient donc pas sur la même longueur d'ondes. Peut-être même que certains d'entre eux œuvraient en contradiction avec ses principes.

— Qu'est-ce qui fait qu'un agent devient renégat ? interrogea-t-elle.

— Eh bien en franchissant ces limites dont je vous ai parlées.

— D'accord, mais qui décide de tout ça ? À qui doit-on rendre des comptes ? Sincèrement, pour autant que je sache, vous n'avez jamais fait de rapport à qui que ce soit. Vous donnez l'impression de ne faire que ce que vous voulez.

— Non, pas uniquement ce que je veux, répliqua sèchement la cheffe de cellule.

Maira afficha une mine agacée.

— Très bien, abandonna Brenda. Techniquement, et selon nos principes fondamentaux, nous ne répondons qu'au président.

Maira cligna des paupières, incrédule.

— Aux dernières nouvelles, le président est mort.

— Eh bien, trois d'entre eux le sont, en tout cas, précisa calmement Brenda.

Un ange passa et elle retira son autre botte. Maira ne savait quoi dire. Il était facile de s'imaginer les dangers que représentait la Division sans personne pour superviser ses actions. Soudain, la jeune femme songea à la curiosité de Brenda lorsque Ryan lui avait dit avoir croisé d'autres agents avant eux. Et si c'était plus qu'une simple question de camaraderie ? Brenda s'inquiétait-elle des objectifs que poursuivaient ses collègues ?

Quelqu'un frappa à la porte, mettant fin à leur conversation. Leo se leva pour aller ouvrir. Miguel se tenait sur le palier, affichant une expression inquiète. En entrant, il ôta sa casquette, ce qui était bien étrange étant donné qu'il ne l'avait pas retirée durant leur entrevue.

Brenda se mit debout face à lui.

— Quel est le verdict ?

— J'ai parlé avec les chefs. Ils sont d'accord à l'unanimité. Nous allons suivre vos suggestions.

— Alors nous voilà alliés ?

— Pour l'instant, clarifia Miguel. Si nous parvenons à reprendre le contrôle du tunnel, nous aurons encore beaucoup de questions à vous poser. Considérez cela comme un galop d'essai. Si le plan fonctionne, ils seront plus ouverts quant à une future collaboration.

— Très bien. De combien de temps avez-vous besoin pour rassembler vos forces ?

— Trois jours, estima Miguel. Ensuite, nous lancerons l'assaut.

Brenda acquiesça, puis se tourna vers les deux autres.

— Nous serons prêts, assura-t-elle.

CHAPITRE 15

Trois jours plus tard, Maira s'éveilla dans la forêt au son du chant des oiseaux, étendue dans son duvet. L'air était frais et mordant. L'automne était maintenant bien là. Elle s'accorda un instant pour sortir de sa torpeur. Sur le camp, Brenda s'affairait, se préparant pour la journée à venir. Quant à Leo, il n'était nulle part en vue.

— Vous m'avez laissée dormir, constata-t-elle en se frottant les yeux.

— Jusqu'à l'heure très, très tardive de 8 heures du matin, plaisanta Brenda.

— Tout de même, vous êtes déjà debout, à vous activer…

— Oh, ne faites pas de manières ! Nous pouvons bien gâter notre précieuse jeune recrue de temps en temps.

Maira rit et se redressa, baîllant à s'en décrocher la mâchoire. Puis elle quitta son sac de couchage et s'habilla. Un rapide inventaire de ses armes confirma que tout était prêt. La jeune femme ne saurait nier que ses gestes étaient chargés d'un frisson de nervosité. Aujourd'hui, ils allaient se lancer dans une grande offensive. Une nouvelle bataille, avec tout ce que cela impliquait de carnage et de terreur.

— L'attente, c'est toujours ce qu'il y a de pire, indiqua Brenda.

— Oui. Et je n'arrive vraiment pas à m'y faire. J'ai les nerfs en pelote jusqu'aux premiers coups de feu. Et vous ?

— Pas mieux. Ma vaste expérience facilite un peu les choses. Mais de là à m'y faire, comme vous dites…

Un craquement de feuilles mortes annonça le retour de Leo. Il portait une paire de jumelles autour du cou et il déboulait du sommet de la crête. Maira se demanda depuis quand il était réveillé. Cependant, si l'agent était fatigué, il n'en laissait rien paraître. Par chance, sa maladie n'avait pas entamé sa vigueur sur le long terme.

— Comment ça se présente ? lui demanda Brenda.

— Vingt-quatre.

Maira poussa un léger sifflement.

— Et les Convoyeurs seront seize, rappela Brenda. Donc ils ne mentaient pas. Les Rôdeurs sont clairement au courant de tous leurs agissements. À l'évidence, c'est une réponse calculée. Le point positif, c'est qu'ils ignorent que nous sommes là. Autrement, ils auraient envoyé davantage d'effectifs. Peut-être avons-nous bel et bien semé ceux qui nous poursuivaient en passant par les montagnes.

Maira en doutait.

— Ils sont tout de même plus nombreux que ce que nous espérions, releva-t-elle. Vous êtes sûre que nous pourrons inverser la tendance ?

— Si tout se passe bien ? Absolument !

La cheffe de cellule lui dédia un sourire, comme pour la mettre au défi de remettre cette certitude en question.

Maira se contenta d'un reniflement dédaigneux. Brenda s'adressa à Leo.

— Des signes inhabituels ?

L'agent secoua la tête.

— Effectifs classiques pour ce type de conflit.

— Sauf en ce qui nous concerne, souleva Maira.

— Ça fera l'affaire, insista Brenda.

Elle se garda bien de préciser qu'ils n'avaient pas le choix. D'après les informations que Maira avait pu glaner, seize personnes représentaient une part importante des effectifs des Convoyeurs dans la région. Si la Division les menait à la défaite, ils seraient probablement contraints de battre en retraite. S'ils ne devaient plus jamais se fier à la Division après cela, elle ne pourrait pas leur en tenir rigueur.

— Pensez-vous que vos collègues de la Division vont s'impliquer dans la bataille ? interrogea-t-elle.

— Ce n'était qu'une théorie, s'empressa de préciser Brenda.

Leo fronça les sourcils. L'idée qu'un Agent renégat puisse opérer dans le camp adverse lui faisait horreur, elle le savait. Cet accès de haine ne confirmait nullement qu'il existait bel et bien un traître, juste que l'agent méprisait ce type d'individus. Maira doutait d'avoir des sentiments aussi tranchés. Si la Division était, comme il le semblait, désunie, des affrontements de ce genre seraient probablement inévitables. Comment savoir quels buts poursuivaient les autres Cellules ? Peut-être estimaient-ils qu'une alliance avec les Rôdeurs étaient un mal pour un bien ?

— D'accord, poursuivit Maira. Mettons qu'il y aient des traîtres, pensez-vous qu'ils prendront part au combat ?

— Non. S'il y a bien des agents déloyaux dans le camp adverse, alors c'est qu'ils s'intéressent spécifiquement à cette offensive-là. L'enjeu est important, c'est un fait, mais la lutte a lieu à travers tout le pays. Il n'y aucune raison valable pour qu'ils s'impliquent précisément dans cette bataille, encore moins au pied levé.

Ce qui signifiait également que le trio serait probablement fixé dès aujourd'hui sur la question. Maira se demandait comment leur groupe gérerait ce problème à l'avenir. Toutefois, si les Rôdeurs disposaient bien de cet avantage contre eux, Leo et Brenda seraient obligés d'y remédier. Autrement, l'ennemi aurait toujours un coup d'avance et passer des marchés avec les Convoyeurs ne serviraient à rien.

— Chaque chose en son temps, ajouta Brenda comme si elle lisait ses pensées.

— C'est vrai. Gagnons aujourd'hui pour mieux nous inquiéter demain.

— Vous vous sentez prête ?

— Aussi prête que possible, acquiesça la jeune femme.

— Fiez-vous au plan. Tout se passera bien.

Leo consulta sa montre. Il pressa une touche et capta un signal radio. Quelque part, une station diffusa un morceau de bluegrass au tempo rapide et enlevé.

La chanson *Rocky Top* résonna dans l'air. Le chanteur fredonna des paroles vantant la beauté paradisiaque des collines du Tennessee.

— C'est le signal, déclara Brenda. Allez, mettons-nous au boulot !

En dépit de la tension qui régnait sur la vallée, c'était une belle journée d'automne. Le soleil brillait sur des feuilles aux nuances tachetées. La température était idéale pour des activités de plein air. Le père de Maira aurait appelé ça « un temps à barbecue ».

Pourtant, la jeune femme avait les mains moites. Elle passa son arme d'une main à l'autre afin d'essuyer ses paumes sur son pantalon. À combien de combats de ce type pouvait-on prendre part avant que la chance tourne ? Cette question la taraudait. À force, quelqu'un finirait forcément par la tuer. Une balle se présenterait un jour à elle avec son nom gravé dessus.

La jeune femme perçut un mouvement du coin de l'œil. C'était Leo. Il se tenait derrière un arbre à proximité, manipulant une arme que Brenda et lui avaient tirée de leur paquetage – un genre de lanceur d'explosifs que Maira n'avait encore jamais vu jusque-là. L'agent, d'ordinaire si professionnel, attira son attention d'un geste de la main. La jeune femme leva la sienne, puis elle écarta les bras en affichant une expression interloquée.

Leo leva simplement son pouce.

Devant ce geste d'encouragement, Maira eut envie de rire. Et de pleurer, à la fois. Malgré son stoïcisme, l'agent avait ressenti son angoisse et il voulait s'assurer qu'elle ne se sentait pas trop mal. Évidemment, si Maira lui demandait pourquoi il s'inquiétait, Leo dirait simplement qu'il voulait vérifier qu'elle ne faillirait pas à sa mission. Jamais il n'aurait verbalement exprimé sa préoccupation. Jamais.

Maira répondit en levant les deux pouces, puis tira la langue pour faire bonne mesure. Ça lui apprendrait.

Il y eut un grondement au loin. Un autre jour que celui-ci, il aurait s'agit du tonnerre. Or une tempête se préparait, mais d'un tout autre genre. Maira porta son regard en direction de l'est et aperçut des nuages de poussière, au cœur desquels brillaient des reflets métalliques. Les Convoyeurs étaient arrivés.

Les agents de la Division ne furent pas les seuls à les remarquer.

En contrebas, un membre des Rôdeurs démarra son camion. Ce simple grondement fut accompagné par le vrombissement de trente-et-un autres moteurs, se gonflant en une véritable cacophonie. Des cris résonnèrent dans ce boucan mécanique tandis que les combattants se ruaient sur leurs armes. D'ici peu, la vallée entière serait engloutie sous la fureur d'une bataille rangée.

C'était le signal pour que la Division intervienne. Leo lança les hostilités. D'une seule main, l'agent brandit le lanceur d'explosifs et tira. La détonation fut aussi sourde que singulière. L'arme libéra une tête explosive qui tomba tout droit sur les véhicules en contrebas, suivie d'une traînée de fumée blanche. Le tir n'avait même pas encore atteint son objectif que Leo rechargea puis tira une seconde fois.

Trois coups plus tard, quatre têtes explosives étaient collées sur les moteurs des camions visés. Comme toujours, Leo avait fait carton plein. À peine le dernier explosif en place, l'agent sortit de sa poche un détonateur qu'il enclencha. Les quatre bombes explosèrent simultanément et les véhicules furent éventrés en un clin d'œil, vomissant vers le ciel des geysers de flammes et de fumée. Les ondes de choc provoquées par les déflagrations se répandirent, faisant exploser les vitres des autres camions.

Le chaos régnait devant le barrage du tunnel. Des silhouettes enflammées quittaient les carcasses de camions en courant. Un homme s'éloigna en titubant et en hurlant, le visage lacéré par des éclats de verre. Comme lors de l'embuscade précédente, l'indiscipline gagna progressivement les rangs des Rôdeurs. Ils commencèrent à tirer à l'aveuglette, sans aucune idée d'où provenait l'attaque. Au sommet d'une remorque, une femme désorientée fut fauchée par un tir allié.

— À mon tour, murmura Maira.

D'une pochette accrochée à sa hanche, la jeune femme sortit un dispositif, assez similaire au détonateur dont Leo venait de se servir. Elle déclipsa le couvercle et pressa le bouton rouge. Les deux agents lui avaient dit à quoi s'attendre, mais, n'ayant jamais vu ce type de technologie en action, elle ne put s'empêcher de se pencher pour admirer le résultat.

Quatre mini-tourelles d'assaut de la Division, judicieusement disposées la nuit précédente, se déployèrent mécaniquement sur leurs trépieds. Leurs capteurs dernier cri ratissèrent la zone. Elles étaient autonomes et ne requérait aucun utilisateur. Les tourelles s'ouvrirent de concert, libérant des mitraillettes incorporées. En un éclair, des salves de balles balayèrent les rangs des Rôdeurs. L'ennemi fut froidement fauché.

Ailleurs, loin des yeux de Maira, Brenda jouait également son rôle. Sur la ligne de crête, deux tourelles supplémentaires furent activées. Contrairement aux premières, celles-ci étaient équipées de fusils snipers. La cheffe de cellule enregistra les cibles prioritaires et les tourelles s'activèrent. Ce matériel avait été conçu pour des tirs d'une étonnante précision. Les coups de feu résonnèrent au rythme lent et régulier, typique des armes semi-automatiques. Les personnes visées tombèrent comme des mouches. Un conducteur fut abattu au volant de son camion. Derrière sa mitrailleuse, une femme fut balayée et chuta droit vers l'asphalte.

Un groupe de Rôdeurs tentait désespéramment d'éteindre l'incendie qui dévorait leur camion. Mais un obus d'artillerie tomba sur eux en arc de cercle. Il frappa le flanc du véhicule avec un rugissement infernal et le transperça. Plusieurs ennemis furent fauchés par des éclats de shrapnel brûlants. Quant aux autres, ils se dispersèrent en abandonnant leur véhicule, frappés de terreur.

Ce n'était qu'un avant-goût. Une dizaine d'obus supplémentaires tombèrent autour d'eux, creusant des cratères dans le béton et faisant pleuvoir à chaque frappe des débris de métaux. Les personnes prises dans l'explosion, fragiles êtres humains, furent tout bonnement réduits en charpie. Cette offensive ne provenait pas de leur arsenal. Maira se retourna vers la ligne d'horizon : les Convoyeurs avaient rejoint la bataille et sorti la grosse artillerie, pilonnant l'ennemi épouvanté sans la moindre pitié.

Maira était maintenant libre de prendre personnellement les choses en mains. Elle cueillit sa carabine et la cala contre son épaule. Pris au dépourvu, les Rôdeurs acculés offraient un large choix de cibles potentielles. Elle ressentit pour eux un élan de pitié, qu'elle refoula aussitôt. Des millions de personnes risquaient de mourir de faim et ces types faisaient obstacle à leur salut. Il fallait agir.

Un Rôdeur tenta de dégager le corps du conducteur abattu par les tourelles snipers. C'était bien vu. Le moteur était intact et le véhicule n'attendait que de se joindre à la bataille. Pour récompenser l'astucieuse réflexion de son adversaire, Maira le mit en joue et pressa la détente. La balle le frappa dans les reins et son sang éclaboussa les roues.

Cet infortuné n'était pas le seul à essayer d'organiser tant bien que mal une défense. Il fallait bien reconnaître que les Rôdeurs avaient l'esprit combatif. Peut-être étaient-ils impuissants face à l'ennemi invisible qui les assaillait à coups d'ogives collantes et de tourelles, mais les Convoyeurs, eux, représentaient une menace tangible à leurs yeux. Les gigantesques semi-remorques foncèrent à l'assaut de leurs homologues routiers dans un vacarme de crissements de pneus et de coups de feu. Aucun des deux camps ne freina, fondant l'un sur l'autre à toute allure vers une catastrophe.

Maira s'efforça de les ralentir en crevant leurs pneus, mais ces camions en avaient tout simplement trop. Le tumulte des coups de feu et des explosions lui vrillait les oreilles, et le recul de son arme lui meurtrissait l'épaule ; les cartouches de la carabine avaient brûlé sa joue à force d'être éjectées. De frustration, elle se rabattit sur les artilleurs, exposés sur les toits et à l'intérieur des véhicules. Cela ferait probablement peu de différence, mais chaque tireur abattu rééquilibrait la situation en leur faveur.

Les mitrailleuses faisaient pleuvoir des rafales mortelles sur les deux camps. Les balles ne firent pas de quartier. Rôdeurs et Convoyeurs périrent en masse et sans distinction au moment où les deux convois entrèrent en collision. Les agents de la Division avaient réduit le nombre d'assaillants, mais la bataille était loin d'être gagnée. Un canon Rôdeur fit mouche, son obus frappant de plein fouet la cabine d'un véhicule Convoyeur, qui s'effondra sous l'impact en faisant gicler du feu par les fenêtres. Ses occupants furent tués sur le coup.

Hors de contrôle, le camion dévia de sa trajectoire. Il déporta sur le côté et le véhicule bascula de tout son poids. Les individus qui se tenaient sur la remorque furent projetés au sol, vers une fin extrêmement douloureuse. L'engin dérapa sur la route en projetant une pluie d'étincelles et de débris. Des camions de chaque camp se déportèrent afin d'éviter le carambolage.

Au cours de la ruée qui s'ensuivit, deux semi-remorques se retrouvèrent l'un en face de l'autre. Aucun des chauffeurs n'était disposé à céder devant son ennemi juré. Lancés à vive allure, les véhicules colossaux se heurtèrent de plein fouet, broyés dans un concert de tôle froissée. Des fragments brisés furent pulvérisés sur leurs camarades. Aucun blindage ne pouvait résister à un choc pareil. Maira grimaça d'horreur en songeant à la violence avec laquelle les conducteurs avaient été écrasés.

Une nouvelle rafale détourna l'attention de la jeune femme de l'affrontement principal. L'écorce de l'arbre derrière lequel elle se dissimulait vola en éclats sous l'impact des balles. Les plus petites branches furent arrachées, libérant dans leur chute des feuilles aux couleurs bigarrées. Elle sentit un tir frôler sa manche et s'accroupit pour se mettre à couvert, en hurlant de terreur.

L'assaut était implacable. Maira fut clouée sur place, immobilisée tel un papillon dans la collection d'un entomologiste. Seul l'abri des arbres l'empêchait d'être réduite en bouillie par un tireur acharné. Impossible pour elle de ne serait-ce que jeter un œil pour voir qui essayait de la tuer. Elle n'avait d'autre choix que de rester recroquevillée dans l'espoir que son agresseur se décourage.

Le déluge mortel prit fin avec un grincement sonore et une brève explosion. Maira fut saisie par le col et remise sur pieds. Avec un cri de terreur qui se mua en hurlement hargneux, elle frappa rageusement son agresseur dans l'abdomen. Son poing irradia de douleur en rencontrant du kevlar. Leo poussa un grognement.

— … suis pas ton ennemi ! vociféra-t-il.

Abasourdie, elle secoua la tête et sa main meurtrie. Les paroles de son camarade étaient comme étouffées. La jeune femme était sonnée et le vacarme l'avait rendue à moitié sourde.

— Désolée ! s'excusa-t-elle en jetant des regards étourdis aux alentours. Que s'est-il passé ?

Elle crut l'entendre discerner les mots « on ne sait pas », mais aussi « piraté ». Leo désigna un point éloigné.

Maira regarda dans la direction indiquée et découvrit les restes calcinés d'une de leurs tourelles. La jeune femme fronça les sourcils ; l'ennemi serait donc parvenu à la repérer au milieu de tout ce foutoir ? Elle jeta un œil aux autres tourelles. Elles tiraient encore sans discontinuer, illuminées par l'éclair des détonations et noyées dans des nuages de fumée de plus en plus épais. Elle reporta son attention sur la bataille. L'affrontement se poursuivait de plus belle. De gigantesques camions se tournaient autour en effectuant de grandes boucles, s'entre-déchirant à coups de mitrailleuses.

C'est alors qu'elle comprit. Les tourelles se trompaient d'objectif. Elles ne visaient pas les bonnes cibles ! Les trois mitrailleuses restantes, ainsi que les fusils snipers, faisaient à présent feu sur les Convoyeurs. Leur technologie s'était retournée contre eux. Leurs alliés devaient penser que…

Maira tourna vers Leo un regard chargé d'horreur.

— Quelqu'un a détourné nos tourelles ! s'exclama-t-elle.

Il lui dédia une mine exaspérée, mais confirma tout de même d'un hochement de tête. Jusqu'ici, l'agent était parvenu d'une façon ou d'une autre à ne subir aucune blessure au cours de la bataille et il était prêt à se battre. Il pointa à nouveau l'index sur la tourelle détruite.

— Celle-là s'en est prise à toi ! cria-t-il.

— Il faut les désarmer !

Leo acquiesça et désigna l'épaule de sa camarade.

— Tu es touchée !

Maira baissa les yeux sur son épaule. Un orifice bien net transperçait le devant de sa chemise. Le tissu autour de la blessure était imprégné de sang. Elle porta la main derrière son dos pour palper la blessure. La balle était ressortie de l'autre côté, bien plus salement. Elle émit un sifflement de douleur en rencontrant la chair à vif.

La souffrance la submergea, comme si elle avait attendu ce signal pour se manifester. Elle perça le voile de brouillard qui lui embrumait l'esprit. Maira avait mal partout, mais cette plaie la consumait tout particulièrement. Impossible de bouger le bras sans que tous ses nerfs la rappellent à l'ordre.

— Ouch, parvint-elle à dire.

Leo sortit une trousse de secours d'une des poches de sa veste. Il s'adressait à elle, mais Maira ne saisit pas ses paroles. Probablement quelque chose comme « ne bouge pas ». Il découpa la manche des deux côtés de la blessure et appliqua de la gaze sur les plaies sanguinolentes. Puis, avec des gestes forgés par l'habitude, l'agent fit un bandage serré et le noua. Maira fixa l'horizon et fit comme si rien de tout cela n'était réel.

Une seconde tourelle explosa dans le lointain. Elle dévisagea Leo d'un air interrogateur.

— Brenda, dit-il simplement.

Maira acquiesça. La cheffe de cellule ne resterait pas sans rien faire pendant que leur matériel piraté semait le chaos autour d'eux. Il était grand temps de lui prêter main-forte. Leo tapota le bras valide de Maira, lui indiquant qu'elle était bonne pour le service. La jeune femme pointa le doigt vers la tourelle la plus proche, armée d'un fusil sniper. Leo hocha la tête et ils coururent vers la cible.

La tourelle pivota vers eux avec une précision mécanique. Elle les avait sûrement sentis approcher. Maira s'abrita juste à temps derrière un arbre. L'arme tira et la balle vint frapper l'autre côté du tronc, faisant voler son écorce en éclats. La tourelle prenait désormais les agents pour cibles, mais sa précision restait la même : elle s'attaquait à eux avec toute l'indifférence d'un automate.

Leo s'était également mis à couvert. Armé de son pistolet-mitrailleur, il se risqua hors de son abri et ouvrit le feu sur la machine qui orienta aussitôt son arme vers lui. Maira en profita pour se rapprocher. Elle se rua derrière l'abri le plus proche et fit feu à son tour. Son épaule blessée l'obligeait à garder son arme au niveau de la hanche ; la balle ricocha sur le blindage, projetant des étincelles. Comme de bien entendu, la tourelle fit alors de la jeune femme sa cible prioritaire.

Leo et elle bondirent d'abri en abri vers la machine, détournant son attention jusqu'à se trouver à environ quinze mètres. Maira fit feu, puis d'une roulade s'abrita à plat ventre derrière une petite butte. La douleur lancinante de son épaule lui fit serrer les dents. La tourelle riposta. La balle heurta la terre, lui envoyant un nuage de poussière en plein visage. Elle s'essuya les yeux en crachant de la boue.

Leo quitta son abri, une grenade à la main. Il la lança sans attendre et elle décrivit un arc de cercle parfait jusqu'à la tourelle. La détonation fut plus discrète que ce à quoi Maira s'attendait. Il y eut un bref éclair et la tourelle fut enfin hors service. De maigres volutes de fumée s'élevèrent en plusieurs endroits et l'air se chargea d'une désagréable odeur de caoutchouc brûlé.

— C'est exactement ce que je comptais faire, signala Maira. Mais tu sais, avec mon bras dans cet état…

Leo lui adressa un regard blasé.

La jeune femme reporta son attention sur les autres tourelles. Deux d'entre elles avaient été réduites à l'état de vestiges fumants. Brenda n'avait pas chômé. Il en restait deux, qui avaient été désactivées.

— Quelqu'un a appuyé sur un bouton d'arrêt d'urgence ? s'étonna Maira.

— Plus de munitions, précisa Leo.

Elle poussa un soupir de soulagement. C'était logique. Au moins avaient-ils pu limiter les dégâts sans pour autant détruire tout leur matériel. Frappée de curiosité, la jeune femme fit quelques pas en direction de la machine inerte. Pourquoi s'étaient-elles retournées contre eux ? Il paraissait hautement improbable qu'on puisse pirater aussi facilement la technologie de la Division.

Leo lança un regard par-dessus l'épaule de la jeune femme. Celle-ci se retourna et vit Brenda approcher au milieu des arbres. Le canon de son arme était encore fumant. La cheffe de cellule était indemne, mais clairement soucieuse. Elle leur dit quelque chose d'une voix forte. Maira était trop loin pour saisir ses paroles.

Elle entrevit alors quelque chose derrière Brenda. Elle inclina la tête pour mieux voir. Ce n'était qu'un point éloigné, mais il grossissait à vue d'œil, se rapprochant à toute vitesse. Sa façon de se déplacer, tout en douceur, lui était familière. Maira avait déjà vu cette chose, encore tout récemment, mais elle ne parvenait pas à se rappeler où…

Un drone, comprit-elle enfin. C'était un drone de la Division, comme celui que Brenda avait déployé autour de chez Johnny et Andrea.

— Cachez-vous ! hurla-t-elle aux autres. À couvert !

L'engin fondit en piqué. Maira plongea aussitôt sur le côté, prête à tout pour trouver un abri. Brenda se retourna, perdant une précieuse seconde. L'arme volante ouvrit le feu en filant au-dessus de leurs têtes, faisant pleuvoir une averse de balles. Les tirs soulevèrent des mottes de terre et des feuilles furent arrachées aux branches des arbres. Le monde se perdit momentanément dans un tourbillon aux nuances de rouge, de jaune et d'orange.

Maira se mit à quatre pattes. Inconsciemment, elle reporta son poids sur son épaule blessée et dut réprimer un cri de douleur. Elle se remit maladroitement debout et s'empara de sa carabine. Le drone allait effectuer un second passage.

Aux abois, elle scruta le ciel à sa recherche. Où était-il passé ?

Trouvé !

Elle brandit son arme. Impossible de réussir son coup sans un bon angle de tir. La crosse de la carabine s'enfonça dans sa blessure et Maira serra les dents. Peu importait la douleur. Le drone se rapprochait dangereusement. Son pouls cognait dans ses tympans, plus fort encore que toutes les détonations qu'elle avait entendues dans sa vie. L'arme montée sur l'engin s'orienta dans leur direction. Elle inspira, expira lentement… Puis elle pressa la détente.

Le drone fut pulvérisé. Il dégringola en tourbillonnant et se fracassa dans la forêt à bonne distance. Maira observa attentivement les alentours pour s'assurer qu'il n'y avait pas d'autres machines dans les environs. Le ciel bleu était dégagé, à l'exception de fines traînées nuageuses. La jeune femme prit une profonde inspiration et partit retrouver ses camarades.

Brenda était à terre. Elle était étendue au milieu des feuilles, les mains crispées autour de sa cuisse. Un sang cramoisi s'insinuait entre ses doigts. À nouveau armé de sa trousse de soins, Leo s'agenouilla à ses côtés. Maira se précipita vers eux, torturée par sa propre blessure. Sa plaie était chaude et moite. Elle s'était sûrement remise à saigner.

— Joli coup, la félicita Brenda, les dents serrées.

Maira comprit ses paroles et fut soulagée. Son ouïe était en train de revenir. Un peu, en tout cas. Elle leva la main et se tritura prudemment le conduit auditif. La jeune femme ne serait pas surprise que les événements du jour aient fait subir à son audition des dommages irréversibles.

Elle balaya cette pensée de son esprit et focalisa son attention sur Brenda.

— Comment ça va ? demanda-t-elle.

— Pas terrible. Mais est-ce que je survivrais ? Il y a de fortes chances.

— Elle survivra, lâcha Leo d'un ton laconique.

— Tiens ? Il est médium celui-là, maintenant ? Ça nous aurait été franchement utile de le savoir avant, marmonna Brenda.

— Ce drone, c'était l'un des nôtres ? questionna Maira. Ils peuvent aussi les pirater ?

Brenda secoua la tête.

— Je n'ai libéré aucun drone. À moins que ce soit l'un d'entre vous ?

Leo et Maira nièrent de concert. Les lèvres de leur cheffe se pressèrent, formant une moue sinistre. Son regard s'assombrit.

— Je veux le voir, déclara-t-elle.

— Et la bataille ? interrogea Maira.

— Nous sommes à bout, répondit Brenda. Les Convoyeurs devront se débrouiller seuls à partir de maintenant et je refuse que celui qui a envoyé ce drone ait le temps de couvrir ses traces. Pouvez-vous me rapporter sa carcasse, Maira ?

— Bien sûr !

En réalité, la jeune femme aurait voulu refuser. Elle était fourbue et sa blessure lui faisait un mal de chien. Tout ce qu'elle désirait, c'était s'allonger sur ce qui ressemblerait le plus possible à un lit et dormir pendant une semaine. Néanmoins, elle aussi s'interrogeait au sujet du drone. Elle fila entre les arbres et partit à sa recherche.

Maira le trouva à moins de cent mètres de distance. La machine reposait au milieu des feuilles, cabossée et fumante. L'un des rotors tentait encore de tourner en vrombissant lourdement, comme un frelon privé d'une de ses ailes. La mitrailleuse s'était fracassée dans la chute, mais Maira entendait encore le grondement du gyroscope. Même réduit à l'état d'épave, l'appareil essayait d'orienter son arme sur elle.

Elle fusilla le drone du regard et lui flanqua un coup de pied. Il bascula avec un fracas métallique. La jeune femme tenta de le soulever avec son bras valide, mais elle était à bout de force. Frustrée et percluse de douleur, elle décida de le tirer derrière elle, laissant une traînée de feuilles et de terre dans son sillage.

À son retour, Brenda était installée contre un arbre, dans une position à peu près confortable. Leo se tenait à l'écart ; il assistait à la fin de la bataille. Maira s'arrêta pour observer la scène. Les derniers Rôdeurs tentaient de battre en retraite par le tunnel, mais les Convoyeurs les encerclèrent et les cueillirent les uns après les autres. Malgré cette ingérence de dernière minute, l'intervention des agents de la Division avait permis de renverser la vapeur en faveur de leurs alliés.

Maira lâcha la carcasse du robot devant Brenda. La cheffe de cellule se pencha en avant et l'examina. Ses sourcils de plus en plus froncés trahirent les conclusions qu'elle en tira.

— C'est bien la technologie de la Division, comprit Maira.

Brenda acquiesça tristement.

— En effet. Ou bien une réplique à tel point parfaite que cela ne fait aucune différence.

Soudain, une voix s'éleva du drone endommagé.

— Ah, tu as survécu ! Je n'arrive pas à savoir si je dois être déçue ou soulagée.

Le trio se figea sur place. Sidérée, Maira fixa le drone. C'était la voix d'une femme. Elle avait cet accent typique de Washington que la jeune femme connaissait bien. La voix en elle-même lui était inconnue. En revanche, l'expression horrifiée de Brenda indiquait qu'elle connaissait sa propriétaire.

— C'est impossible, murmura-t-elle en chancelant.

— Il me semble que c'est un peu tard pour jouer les innocentes, Brenda. Tu n'es pas d'accord ?

Un dispositif prit vie sur le drone. Maira commença à lever son arme, mais Brenda lui fit signe de retenir son geste. L'appareil projeta une image floue qui prit les contours d'une forme humaine. Le drone était équipé d'un projecteur holographique, comme les montres des deux agents.

Le drone ayant subi des dommages significatifs, l'image était loin d'être nette. La mise au point se brouillait constamment, donnant à la silhouette l'aspect d'une étrange mosaïque composée de résolutions d'images différentes. Cependant, on devinait nettement le galbe d'une femme, habillée d'un gilet de combat, d'un jean et d'un cache-poussière. Elle leur apparaissait en orange vif, sans aucune autre nuance de couleur. Maira vit que ses cheveux étaient coiffés en tresse au sommet de son crâne.

— Rowan, lâcha Leo.

Le ton lapidaire de sa voix donnait à ce prénom l'intonation d'une insulte. La jeune femme ne l'avait jamais entendu manifester autant de mépris en seulement deux syllabes, même en mentionnant des groupuscules aussi vils que les True Sons ou les Parias.

— Leo, répondit la dénommée Rowan. Toujours vivant aussi à ce que je vois. Sacrée réunion ! Où est Eric ?

Maira fronça les sourcils. À l'évidence, il y avait entre eux un passif dont elle ignorait tout. Il émanait de ses partenaires une tension qu'elle n'avait jamais ressentie chez eux. On aurait dit qu'ils étaient confrontés à un serpent à sonnette en colère. Devant la question de Rowan, la mâchoire de Brenda se crispa. Comme les agents ne répondaient pas, leur interlocutrice poursuivit.

— Alors il est mort ? C'est tragique. Laissez-moi deviner. Il a quitté héroïquement ce monde en se sacrifiant ?

— Je t'interdis de parler de lui, sale traîtresse, gronda Leo.

Rowan croisa les bras. Ce simple mouvement fit brièvement pétiller les contours de sa silhouette.

— Oh je vois, c'est moi la traîtresse maintenant ? C'est comme ça que tu justifies cette chasse aux sorcières ?

— Espèce de…

— Ça suffit, intervint calmement Brenda, coupant la parole à Leo avant de se tourner vers l'hologramme. Donc c'est toi qui aidais les Rôdeurs ?

— Ta perspicacité m'impressionnera toujours, répliqua Rowan d'un ton pince-sans-rire. Oui, je leur ai fourni des informations. Un effort de ma part pour leur prouver à quel point je peux m'avérer utile.

— Et tu as retourné notre propre technologie contre nous.

— Ça t'a plu ? lança-t-elle en feignant l'insouciance. Un petit tour que j'ai piqué à un de nos amis communs, Theo.

— Qui à cette heure ne doit pas être bien impressionné étant donné que vous n'êtes arrivés à rien, intervint Maira, d'une voix chargée de sarcasme.

Rowan se tourna et posa pour la première fois les yeux sur elle. La jeune femme sentit toute sa morgue la déserter. Pendant une fraction de seconde, les yeux de la traîtresse apparurent très nettement et elle comprit à quel point cette femme était dangereuse. Ce regard de braise. C'était celui d'une fanatique. Quelles que furent les croyances de Rowan et ses projets, elle ferait tout pour les mener à bien.

— Qu'avons-nous là ? demanda cette dernière d'une voix douce. Je ne te connais pas, toi. Tu fais partie des Convoyeurs ? Un agent de liaison, peut-être ? Tiens ta langue, l'arriviste. Les adultes ont à parler.

— Des clous, oui ! Je suis un agent de la Division !

— Maira, intervint Brenda.

La jeune femme se figea. Aurait-elle dû garder cette information secrète ?

À cette révélation, quelque chose changea dans l'expression de Rowan.

— Oh, je vois. Comme c'est curieux. (Elle se tourna vers Brenda.) Tu m'as remplacée ?

— Tu as déserté, objecta la cheffe de cellule.

— Non. J'ai été réassignée.

— Par qui ?

Rowan se fendit soudainement d'un sourire carnassier.

— Par moi. Qui me contredirait ? Souviens-toi : les agents de la Division peuvent agir à leur guise.

— Nous suivons les ordres de Brenda, argua Maira. C'est elle qui commande cette Cellule.

Rowan se mit à rire. Une sonorité aussi charmante que déplacée ; personne d'aussi menaçant ne devrait avoir de rire si enjôleur.

— C'est ce qu'elle t'a dit ? Quel cliché ! Brenda, tu as de nouveau recours à cette bonne vieille hiérarchie ? Craindrais-tu qu'elle pense par elle-même ?

— Tu es en colère après moi, je le comprends. Mais Maira n'a rien à y voir. Ne l'implique pas dans ta vendetta.

— En colère ? répéta Rowan qui semblait n'avoir retenu que ces mots-là. En colère ? Non, Brenda. Je ne suis pas en colère. Je te trouve simplement pitoyable. Dis-moi une chose : tu as perdu à un tirage au sort pour qu'on t'ait envoyée me traquer ? Ou bien tu t'es portée volontaire ?

Brenda fronça les sourcils.

— Te traquer ?

— Je t'interdis ! s'écria son ancienne équipière d'un ton mordant, avant de marquer une pause et de se ressaisir. Ne me prends pas pour une idiote. Tu t'es jouée de moi, autrefois. Ça n'arrivera plus. Je vois clair dans ton jeu maintenant. Tu as été envoyée pour me tuer, je le sais. Comment expliquerais-tu ta présence ici autrement ?

Brenda ouvrit de grands yeux étonnés. Puis son expression se radoucit tandis qu'elle répondit.

— Nous ne sommes pas là pour ça, Rowan.

— Vraiment ? Je t'en prie, amuse-moi. Dis-moi donc ce qui peut bien te pousser à franchir une distance de plus d'un millier de kilomètres pile dans mon sillage. D'autant que tu t'es montrée très opiniâtre. J'ai fait de mon mieux pour te décourager. Je ne voulais pas te tuer. Pas au début. Le gaz ne t'a pas suffi. J'y avais apporté quelques modifications malgré les… réticences de mes alliés. Avoir foutu le feu à cette charmante petite ferme ne t'a pas découragée non plus.

Maira fut stupéfiée. Voilà donc celle qui depuis le début était leur mystérieux adversaire. Celle qui avait assassiné Johnny et Andrea. Une rage bouillante la consuma.

— Je ne peux pas te révéler notre mission, expliqua Brenda. Tu sais comment ça marche.

— Oh oui, je le sais, confirma Rowan d'une voix pleine de raillerie. Je ne le sais que trop bien. Toi et tes secrets !

— Je suis consciente que tu n'en croiras rien, mais je ne suis pas ton ennemie. Il n'a jamais été dans mon intention de te faire du mal. Et c'est toujours le cas.

— Pour quelqu'un qui n'avait pas l'intention de me faire du mal, tu as pourtant excellé sur ce point, rétorqua froidement l'ex-agente.

Maira intervint.

— Écoutez, je ne sais pas quel passif il y a entre vous, mais vous avez tué des gens sans aucune raison. Personne ne vous traque. Je n'avais même jamais entendu votre nom jusqu'à aujourd'hui.

— Tu n'as jamais entendu parler de Rowan O'Shea ? Flûte ! Et moi qui m'attendais à ce que je sois devenue un exemple. Tu es vraiment douée pour cacher tes secrets, Brenda.

Rowan O'Shea. ROWSHEA. Maira marqua une pause. C'était le nom inscrit sur le terminal dans le Maryland. Celui qui avait chamboulé Brenda.

Maira comprit trop tardivement que Rowan la dévisageait avec un rictus.

— D'ailleurs, tu les caches infiniment mieux que tes subalternes, souligna Rowan. Il va falloir lui apprendre à dissimuler ses émotions à celle-là.

La jeune femme sentit ses poils se hérisser.

— Les choses n'ont pas à se passer ainsi, coupa Brenda. Tu veux que je m'excuse ? Eh bien je suis désolée. Je comprends les raisons de ta colère. Tu peux encore sortir de l'ombre.

Rowan rit à nouveau.

— Sortir de l'ombre ? Permets-moi de te faire une meilleure proposition, ma chère Brenda : fuis. Hâte-toi de rentrer à Washington, et peut-être oublierais-je ton rôle dans toute cette affaire.

— Fuir ? répéta Maira d'un ton cassant. Vous êtes bien sûre de vous pour quelqu'un dont les alliés viennent de se ramasser une peignée.

Rowan se tourna et la regarda droit dans les yeux. La haine ardente qui marquait son visage se mua instantanément en une expression glaciale.

— Oh, ça ? Aucune importance. Au contraire, je vous dois même des remerciements à tous les trois. Celui qui n'est pas prêt à sacrifier un pion pour prendre la reine est un joueur médiocre. Vous avez accompli en une journée ce que j'ai échoué à faire en plusieurs mois : convaincre les Rôdeurs que la Division est leur seul véritable ennemi.

— Pourquoi, Rowan ? demanda Brenda.

Sous cet angle, seule Maira pouvait voir l'expression de leur interlocutrice. La jeune femme remarqua un bref changement chez elle. Une lueur de frustration mêlée de regrets apparut sur son visage, disparaissant aussi vite qu'elle était venue. Mais c'était bien là. Rowan comprit qu'elle en avait déjà trop dit.

— Tu le sauras bien assez tôt. Vous le saurez tous.

L'hologramme s'estompa en crépitant.

Avec un pas en avant, Leo arracha le dispositif holographique et le piétina à deux reprises. Puis il balança les restes au milieu des arbres.

— Qu'est-ce que c'était que ça ? Qui est-elle ? s'enquit Maira.

— Des ennuis, répondit calmement Brenda. La situation vient de se compliquer drastiquement.

CHAPITRE 16

— Je veux des réponses, exigea Maira.

— Là, tout de suite ? questionna Brenda.

Le vent frais qui soufflait entre les arbres fit grelotter Maira. La poussée d'adrénaline qui l'avait portée au cours de l'affrontement s'estompait. Elle était couverte de terre, de sueur et de sang. Avec en outre la sensation d'avoir été écorchée vive. Tout ce qu'elle désirait, c'était une douche, un bon repas et dormir pendant une semaine. Pas forcément dans cet ordre.

Malgré la fraîcheur, la cheffe de cellule transpirait, exerçant à deux mains une pression constante sur sa cuisse blessée. Leo la regarda avec une expression sinistre.

— J'envoie un signal de détresse, lâcha-t-il. Raconte-lui.

— Lui raconter quoi ? demanda Brenda avec lassitude.

— Tout. (Il la fixa un moment, puis se détourna.) Elle mérite au moins ça.

La cheffe acquiesça.

— Très bien. Vous l'avez entendu, Maira ? Une fois le signal lancé, le temps nous sera compté. Nos alliés vont venir. Qui sait combien de temps nous allons nous les coltiner.

— Et alors ?

Leo n'attendit pas plus longtemps. Il tira une fusée de détresse qui fila droit vers le ciel en sifflant avant d'éclater dans une gerbe de rouge éclatant.

— Et alors, ce n'est pas une conversation que nous pourrons avoir en leur présence, argua Brenda. Bon, posez-moi vos questions.

— Les Convoyeurs ne méritent-ils pas d'être au courant pour Rowan ? C'est à cause d'elle s'ils perdent la guerre. Et si on s'en tient à ce qu'ils nous ont dit, c'est même elle qui l'a déclenchée. Ils ne se doutent de rien.

— Nous avons besoin d'eux. C'était un test aujourd'hui. Avec de la chance, cette victoire les convaincra de nous prêter main-forte pour venir en aide à la côte est. Que croyez-vous qu'il se passera quand nous leur dirons qu'un agent de la Division est la cause de tous leurs problèmes ?

— Nous allons bâtir notre relation avec ces gens sur un mensonge ? maugréa Maira.

— Pas un mensonge. Une simple omission.

— C'est ce que les menteurs se disent pour se donner bonne conscience, répliqua sèchement la jeune femme. Qu'adviendra-t-il lorsqu'ils découvriront la vérité, ce qui finira fatalement par arriver, et qu'ils se rendront compte que nous nous sommes joués d'eux ?

Sa manière de formuler les choses semblait avoir touché un point sensible chez son aînée. Brenda prit une profonde inspiration et la regarda droit dans les yeux.

— D'accord, dites-leur. Je ne vous en empêcherai pas. Mais n'oubliez pas ce qui est en jeu : des millions de vies.

Maira hésita. Les habitants d'Athéna s'imposèrent à son esprit. Andrew, James, Jonah… même Kelly, qui la détestait, ne méritait pas de mourir de faim. Et les enfants encore moins.

— Très bien, chuchota-t-elle. Gardons ça pour nous.

Brenda hocha la tête.

— Super. Vos questions, maintenant.

Maira passa la main dans ses cheveux sales, l'esprit en ébullition.

— Je sais déjà que Rowan fait partie de la Division.

— Oui, confirma sa cheffe. C'est une renégate. Sa montre a viré au rouge et elle volé plusieurs de nos ressources.

— C'est une traîtresse, déclara Leo.

— Pour quelle raison s'est-elle rebellée ?

— C'est une longue histoire. (Brenda leva la main afin d'empêcher Maira de protester.) En fin de compte, elle est allée trop loin. Elle a pris un échantillon du Poison Vert et en a fait une arme. Cela a attiré l'attention d'Aaron Keener et ses joyeux félons – des agents renégats. Après quoi, Rowan s'est servi de cet échantillon sur un campement des True Sons.

— Dieu du ciel. Comment ?

— En le libérant dans leurs réserves d'eau potable. Le virus a fait le reste.

Il fallait une certaine intelligence pour mettre sur pied un tel projet et aussi une impitoyable cruauté pour le mener à bien. Rien qu'à s'imaginer ces deux caractéristiques combinées en une seule personne… Maira croisa les bras sur sa poitrine pour se protéger d'un frisson. Elle eut l'impression que la température avait encore baissé.

— Pourquoi avoir fait ça ?

— On l'a poussée à croire que les True Sons étaient responsables de la mort de sa famille.

Il était facile de se laisser convaincre d'une chose pareille. Les True Sons étaient des ordures. Ils tuaient quiconque s'opposaient à eux et réduisaient les autres en esclavage. Leur groupe avait été fondé par d'anciens membres de la Join Task Force, qui avait décidé d'adopter des mesures plus drastiques afin de juguler le chaos que le Poison Vert avait provoqué. Les habitants de Washington avaient perdu tout espoir en voyant que ceux qui étaient supposés les protéger s'étaient changés en fascistes génocidaires. Maira et la communauté d'Athéna y compris.

Cependant, il y avait une nuance immanquable dans la façon dont Brenda avait formulé sa réponse.

— On l'a poussée à croire, vous dites ? Qu'est-ce que cela signifie ?

— Cela signifie qu'en dépit de tous leurs crimes, les True Sons n'étaient pas coupables. Rowan s'est laissée convaincre par un mensonge.

— Un mensonge de qui ? insista Maira en plissant les yeux.

Brenda soupira. Elle parut soudainement plus vieille de plusieurs décennies, comme si les ravages du temps l'avait rattrapée en un clin d'œil.

— De moi.

La jeune femme s'en était doutée. Aucune autre réponse n'aurait pu justifier l'échange auquel elle venait d'assister. Quand bien même, la vérité fut difficile à encaisser. Probablement car elle était épuisée, probablement à cause du trou dans son épaule, ou peut-être parce qu'elle peinait à croire que sa cheffe puisse être capable d'une telle chose.

Avec des gestes las, la jeune femme s'assit par terre, juste en face de Brenda.

— Mais pourquoi ?

— Faites un effort, je crois que vous pourrez facilement le deviner.

— Nous n'avons pas le temps pour ces petits jeux. C'est l'occasion ou jamais pour moi de tout savoir, vous l'avez dit vous-même. Alors répondez.

Brenda bougea sa jambe blessée en grimaçant de douleur.

— Fort bien. La vérité, c'est que j'ai paniqué. J'ai su avant elle ce qui était arrivé à sa famille et j'ai eu peur de perdre un agent de grande valeur. Alors je lui ai caché la vérité.

— Que lui avez-vous raconté ?

— Qu'on était venu chercher les membres de sa famille après son activation parce qu'ils avaient été en présence d'une personne contaminée. Ils furent ensuite envoyés au camp de quarantaine sur Roosevelt Island. Quand les membres de la JTF ont instauré des mesures de plus en plus cruelles sur place, ils ont été tués.

— Et la vérité ?

— La première partie est authentique. La plupart des mensonges crédibles contiennent une part de vérité. Ils ont bien été envoyés en quarantaine. Toutefois, ce n'est ni la JTF ni les True Sons qui les ont tués. Après que les Parias ont envahi et pris le contrôle du camp, la Division a ordonné des représailles. Sa famille a été prise entre deux feux.

Brenda avait récité cette histoire d'une voix blanche, mais son regard chargé d'émotion contredisait son impassibilité.

— La Division a tué toute sa famille et vous le lui avez caché ? répéta Maira en la dévisageant.

— Oui. Sur le moment, cela m'a semblé nécessaire.

— Et armée de ce mensonge, elle est partie pour prendre sa revanche.

— Oui. Elle voyait cela comme un juste retour des choses. Elle pensait que sa famille était morte pour avoir été exposée au virus. Elle y a donc exposé ses assassins en retour, expliqua Brenda.

— Et ça a marché ?

— Oh, les True Sons sont bien morts ce jour-là, aucun doute là-dessus. Coup de chance, ils n'étaient pas immunisés. Malheureusement, un virus n'a rien d'une arme de précision. Avant de mourir, certains d'entre eux ont répandu la maladie au cœur de trois communautés de civils. Des centaines de gens en sont morts.

— Des innocents, précisa Leo avec une colère froide. Comme sa famille. La mienne, ou la tienne.

— Que s'est-il passé ensuite ? Comment a-t-elle découvert la vérité ? relança Maira, interloquée.

— Ses actes ont attiré l'attention des Parias, répondit Brenda. Ils appuyaient ses initiatives. Certains parmi eux connaissaient sa famille et, quand ils ont découvert qui elle était, ils n'ont eu qu'à additionner deux et deux. Ils l'ont contactée pour tout lui révéler.

— Et elle s'est rebellée, conclut Maira.

— C'est là qu'elle a décidé d'aller jusqu'au bout, acquiesça la cheffe de cellule. Quand le virus s'est répandu parmi les civils, et après estimation des pertes, deux agents de la Division ont été envoyés la chercher pour interrogatoire. Rowan connaissait déjà la vérité. Elle les a tués et a pris la fuite.

Brenda marqua une pause et Maira se tut. Cela faisait beaucoup de choses à digérer. Ce genre d'histoire ne suscitait certes pas la confiance en la sacro-sainte Division et ses méthodes.

— Vous savez, elle n'a pas pu dire adieu comme il se doit à sa famille, reprit Brenda en secouant la tête. Quand on fait partie de la Division, tout doit rester confidentiel. Elle les a quittés sans pouvoir leur donner d'explications. Elle était rongée par ça et puis… c'est arrivé.

— Beaucoup d'entre nous n'ont pas eu l'occasion de faire leurs adieux à leurs proches, protesta Leo. Ça craint. Mais ce n'est pas une excuse. Ça fait partie des risques quand on s'engage.

— Elle croit qu'on vous a envoyés après elle, rappela Maira.

— Apparemment. Mais c'est faux, objecta Brenda. Jusqu'à maintenant, j'ignorais ce qu'elle était devenue.

— Puis-je seulement vous croire ? Ou bien vous me dites ça parce que vous savez que jamais je n'accepterais de me joindre à une bande de meurtriers ?

Brenda poussa un soupir.

— Celle-là, je l'ai méritée. Je ne vous mens pas, Maira. Que vous me croyez ou non, le choix vous revient. J'aimerais avoir des preuves à vous donner.

— Les Convoyeurs arrivent, prévint Leo.

La cheffe de cellule soupira avec lassitude en regardant vers Maira.

— Dernier appel.

— Je ne peux pas cautionner ce que vous avez fait, Brenda. Mais peu importe votre inimitié avec Rowan, elle se trompe. La seule chose qui importe, c'est de sauver le nord-est. Nous devons accomplir notre mission.

Brenda hocha la tête. Du coin de l'œil, Maira vit les Convoyeurs surgir de la lisière des arbres. Ils transportaient une civière et du matériel médical. Leo devait leur avoir communiqué ce dont ils avaient besoin par radio.

— Même si vous m'accordiez l'absolution, je ne pourrais pas la recevoir, ajouta Brenda. Ce n'est pas à vous que j'ai fait du tort. Mais si vous devez croire une chose venant de moi, croyez ceci : Rowan O'Shea est vraiment dangereuse. Si elle veut toujours se venger, et il semble que cela soit le cas, alors elle ne reculera devant rien.

Leur trio était à présent cerné par des étrangers. La conversation devait s'arrêter là. Maira tourna son attention vers leurs sauveurs. L'un d'entre eux désigna son épaule et demanda :

— Vous êtes blessée ?

— Quelques points de suture ne me feraient sûrement pas de mal.

— Venez, nous avons un médecin au camp.

Les autres embarquèrent Brenda sur le brancard, sous l'œil attentif de Leo. Une fois installée, ils descendirent à flanc de montagne pour rejoindre le convoi victorieux.

CHAPITRE 17

— Ça s'est mieux passé que je pensais, lança Miguel.

Maira et les autres avaient été soignés dès leur retour au camp fortifié. Cependant, ils furent aussitôt convoqués dans le bâtiment principal pour un débriefing. Pas de repos pour les braves. Les transporteurs ne perdaient pas de temps. Cumberland Gap était maintenant à nouveau entre leurs mains et devait le rester. Comme à son habitude, le délégué syndical passait ses cartes en revue, à la fois satisfait et prudent devant l'évolution de la situation. Ses lieutenants – ceux qui avaient survécu – étaient également présents. Ryan, alias Dixie Dog, s'était joint à eux. Malgré quelques bandages ici et là, le camionneur semblait en bien meilleure forme.

— Quelles pertes avez-vous essuyées ? s'enquit Maira.

— Quatre de nos moteurs sont irrémédiablement fichus, répondit Miguel. Il n'en reste que de la ferraille. Trois autres vont partir en réparation. Le reste du convoi sera en état de rouler d'ici la fin de la journée, paré à sécuriser la zone.

— On leur a botté le train, intervint Louis.

— C'était cool de les voir enfin se carapater, ajouta un autre lieutenant dont Maira ne se rappelait pas le nom.

— Vous attendez-vous à une contre-attaque de leur part ? demanda Brenda.

Elle était voûtée sur l'une des chaises, sa jambe blessée étendue sur une autre. Leo se tenait à proximité, adossé contre un mur. Maira avait d'elle-même pris place parmi eux. Son épaule la lançait constamment, mais elle s'efforçait de ne pas y songer.

— Pas avant un certain temps, affirma Miguel. C'est comme vous l'avez prédit. Nous les avons provoqués de telle sorte à ce qu'ils concentrent toutes leurs forces pour nous arrêter. Il leur faudra des semaines pour reconsolider les rangs. C'est l'occasion pour nous de reprendre contact avec nos camarades de l'autre côté du tunnel et d'unir nos forces. Lorsqu'ils reviendront, nous serons prêts à les recevoir.

— Ravie d'avoir été utile, se réjouit Brenda.

— Et nous n'oublierons pas votre contribution, acquiesça le leader des Convoyeurs. Maintenant que nous sommes au courant de la crise qui couve sur la côte est, nous ferons le maximum pour vous aider. J'ai déjà pris des dispositions. Le premier chargement de vivres partira la semaine prochaine. Et comme vous l'avez sans doute remarqué, nous savons nous battre. Rien n'empêchera ce convoi d'arriver jusqu'à ceux qui en ont besoin.

La cheffe de cellule lui dédia un sourire épuisé. Derrière elle, Leo relaxa un tantinet ses épaules. Quant à Maira, elle tentait de mettre de l'ordre dans ses émotions. Elle avait un peu l'impression de rêver. C'était tout ? Pas de grands discours de félicitations ? Les Convoyeurs allaient bien les remercier d'une quelconque façon. Un feu d'artifice peut-être ? Ou un défilé sous une pluie de cotillons ? Un « beau boulot » serait un minimum. Même si Brenda ne l'avait pas officiellement embrigadée, elle se sentait tout de même concernée par les affaires de la Division. Or à leurs yeux, Maira n'était jamais qu'une civile qui travaillait sous leurs ordres.

— Nous vous en sommes très reconnaissants, déclara la cheffe. Vous allez sauver de nombreuses vies.

Miguel les observa attentivement.

— Vous êtes bien amochés. J'avais bon espoir que vous puissiez rester à l'écart du gros de la bataille.

— Nous l'étions, assura Maira.

C'était la vérité. Leur conflit intime sur la montagne n'était en rien comparable avec la férocité du combat qui avait eu lieu sur la route. Malgré cela, quelque chose dans le regard du délégué suggérait qu'il n'était pas convaincu.

— Votre armement de pointe était impressionnant, reprit-il. Il ne fait selon moi aucun doute que cela a aidé à inverser la vapeur.

— Notre département recherche et développement sera ravi d'apprendre que vous avez apprécié leur travail, souligna Brenda non sans humour noir. Ces têtes d'ampoule n'aiment rien de plus que tester leur matériel sur le terrain.

Miguel acquiesça.

— Des rapports ont fait état de dysfonctionnements vers la fin de l'affrontement.

Ah, ce n'était pas passé inaperçu, songea Maira. Ç'aurait été trop beau. Difficile de ne pas remarquer quand l'artillerie alliée se retournait contre son propre camp, même dans un tel chaos. Miguel avait présenté les choses avec beaucoup de diplomatie. Sur le coup, les Convoyeurs s'étaient certainement sentis trahis. Leur chef avait comme qui dirait corrigé le tir.

— C'est du matériel d'avant-garde, tenta Brenda.

— Expérimental, ajouta Leo.

— Exactement. Il arrive qu'il s'emballe, malheureusement.

— Nous avons un ennemi, déclara Maira.

Elle avait parlé sans réfléchir. Sur le moment, cela lui avait paru nécessaire. Les deux agents la dévisagèrent, mais la jeune femme leva effrontément le menton. Elle avait encore à l'esprit ce qui était arrivé à Rowan. Toute cette histoire avait commencé à cause d'un mensonge et d'une dissimulation. Laisser les choses s'envenimer et donner vie à d'autres tromperies ne ferait que forcer le karma à intervenir. Il fallait que cela cesse.

— Oh ? fit Miguel en arquant un sourcil. Par *nous,* vous voulez dire la Division ou le convoi ?

— Les deux, répondit la jeune femme. Il s'agit d'une personne qui a travaillé pour la Division. Elle s'est rebellée et a tué plusieurs de nos agents dans la foulée. Puis elle est arrivée jusqu'ici et il semble que ce soit elle qui ait fourni aux Rôdeurs les renseignements nécessaires pour prendre l'avantage sur vous.

Miguel s'accorda un instant pour encaisser l'information.

— Ça explique beaucoup de choses. Elle a en plus réussi à retourner votre technologie contre vous ?

— Oui, admit Brenda, retombant ainsi facilement sur ses pieds. Nous ignorons encore comment elle s'y est pris.

— J'ai ma petite idée là-dessus, intervint Maira.

Tout le monde la regarda avec étonnement.

— Eh bien quoi ? La cybersécurité est ma spécialité, vous vous rappelez ? Je n'ai pas été très sollicitée depuis un an, mais je pense me souvenir comment fonctionne un clavier d'ordinateur, ajouta-t-elle avec malice.

— Comment, alors ? questionna Leo.

Maira prit une profonde inspiration et tenta d'exprimer à haute voix l'ensemble de sa théorie.

— Ces dispositifs autorisent qu'on en prenne le contrôle à la volée. Rowan doit avoir un moyen d'accéder aux fréquences de commandement en cassant les codes d'accès. N'ayant pas eu l'occasion d'examiner cette technologie, je vais difficilement pouvoir être plus spécifique.

Brenda parut intriguée.

— Et les tourelles qui sont tombées à court de munitions ? Si nous vous donnions l'occasion d'en étudier une, vous pensez pouvoir en apprendre davantage ?

— Peut-être. Je peux essayer.

— C'est très intéressant tout ça, mais ce qui m'inquiète, c'est ce qu'elle va faire maintenant, intervint Miguel. Doit-on s'attendre à ce que votre technologie se retourne encore contre nous à l'avenir ?

— Ce n'est pas à écarter, reconnut Brenda avec gêne. Elle…

— Non, la coupa Leo.

Un éclair d'agacement traversa le visage de la cheffe de cellule. Ses deux subalternes semblaient n'en faire qu'à leur tête dans cette conversation. Mais elle se garda de protester.

— Que veux-tu dire, Leo ?

L'agent paraissait nerveux. Probablement parce qu'il allait devoir employer plus que quelques mots pour justifier son intervention, supposait Maira.

— Les Convoyeurs ne l'intéressent pas, expliqua-t-il, finalement. Les Rôdeurs non plus, selon moi. D'après ce qu'elle a dit, c'est après la Division qu'elle en a. Et en nous impliquant dans ce combat, nous avons convaincu ses alliés qu'il va falloir nous descendre.

— Elle va venir s'en prendre à nous, conclut Maira.

Leo secoua la tête.

— Pas nous en particulier. Mais à la Division tout entière.

— Comment ? s'exclama Brenda. On ne peut pas s'attaquer à la Division, l'organisation est décentralisée. C'est justement tout le principe. Nos Cellules opèrent de façon indépendante. Il n'y a aucun commandement à tuer.

— Vous devez bien avoir une forme d'infrastructure, non ? souleva Maira.

— Je ne comprends pas, vous n'êtes pas avec eux ? l'interrogea Miguel.

— Seulement à l'essai.

Ces mots prirent encore plus de sens que précédemment. Maira ignorait si la Division avait fini de l'évaluer. À ce stade, elle-même n'avait pas fini d'évaluer la Division. À dire vrai, elle n'était pas certaine d'en avoir encore quelque chose à faire. Ce monde était horrible, plus que ce qu'elle s'était imaginé. La jeune femme avait accompli l'objectif qu'elle s'était fixé : sauver Athéna. Elle poursuivit malgré tout.

— Toutes les organisations ont une forme d'infrastructure. Vos gadgets et vos infos proviennent bien de quelque part. Vous avez sûrement une base de données informatique, une grappe de serveurs. Où ?

— Nous ne pouvons pas révéler ce genre d'infos publi… commença Brenda.

— Vous n'en avez pas marre de tout ça ? Qui protégez-vous à la fin ? Personne dans cette pièce n'est votre ennemi. Par contre, votre véritable ennemie, Rowan O'Shea, est déjà en quête de sang. Qu'est-ce qui vous importe le plus : vos secrets ou l'empêcher de nuire ?

Médusée, Brenda cligna des paupières.

— Je…

— Maira a raison, intervint Leo. Nous les appelons les Noyaux. Ils assurent le fonctionnement du réseau de la SHD. (Il lança un coup d'œil vers sa cheffe.) Rowan compte en détruire un.

— C'est impossible, objecta immédiatement Brenda. Les Noyaux sont lourdement protégés.

— Et combien de ces défenses sont automatisées ? demanda Maira.

Un silence généralisé s'installa dans la pièce. Brenda était visiblement en train de réfléchir à la question. Les Convoyeurs paraissaient aussi inquiets que perdus. En vérité, avec toutes ces nouvelles informations, Maira avait elle-même du mal à suivre le fil de la conversation. Comme le silence ne se dissipait pas, elle insista.

— Qu'est-ce qu'un Noyau exactement ? Est-ce qu'en détruire un seul provoquerait la chute de la Division tout entière ?

— Non, répondit Brenda. C'est justement pour cette raison qu'il en existe trois. Chacun fonctionne de manière indépendante et fournit des renseignements aux unités sur le terrain. En détruire un seul entraînerait sûrement une coupure généralisée sur la région. Mais coupez-en suffisamment, et tout le réseau pourrait lâcher.

— En perdre un seul serait quand même un coup dur et ça créerait un précédent, ajouta Leo. Il suffit d'en détruire un pour que tout le monde sache que c'est chose possible.

— Faire saigner la Division et laisser tous les requins de l'océan se charger du reste, conclut Maira d'une voix calme. Et s'ils ne viennent pas, Rowan pourrait toujours s'en charger elle-même. Je l'ai vu dans son regard. Elle ne s'arrêtera que lorsqu'elle aura fait payer la Division.

Brenda libéra un souffle chevrotant et prit la parole.

— Très bien. Admettons que c'est son projet. Sur quel Noyau porterait son attaque ?

— Où se trouvent-ils ? questionna Miguel.

Brenda cligna des paupières. On aurait dit que la fatigue lui avait fait oublier la présence d'étrangers autour d'eux. Cependant, il était trop tard pour faire marche arrière.

— Texas, Kansas et Dakota du Sud, récita-t-elle à contrecœur.

— Bien. (Miguel tourna sa carte pour la disposer face aux agents.) Le Texas est hors de portée des Rôdeurs, même après leurs récentes avancées.

— Elle a besoin de leur aide, c'est évident, souligna Maira. Le Noyau qu'elle vise ne peut donc être qu'au Kansas ou dans le Dakota du Sud. Cet état est en plein cœur de leur territoire, non ?

— Pas nécessairement. Certes, ils contrôlent une majeure partie des routes en direction du nord, mais de nombreuses rumeurs parlent de camionneurs canadiens qui leur résistent. Il y a forcément des endroits où ils sont moins vigilants, que ce soit au nord ou au sud de la frontière.

— Et puis ils veulent être riches et puissants, ajouta la seule femme parmi les lieutenants. Or, il n'y a rien dans le Dakota du Sud. Ni raffineries de pétrole, ni grandes zones urbaines.

— Mais beaucoup de bétail et de terres agricoles, précisa Longboat Louis.

— Sauf que ce ne sont pas eux qui cherchent à empêcher la famine, c'est nous, rappela Miguel.

— Ça ne colle pas non plus, déclara calmement Brenda. Si Leo a vu juste, son but est avant tout de faire passer un message. De montrer au monde que la Division peut être vaincue. Pour ça, il lui faut des témoins. (Elle se leva péniblement, s'avança en boitant jusqu'à la table et baissa les yeux sur les cartes.) Le Kansas. Elle va s'en prendre au Noyau du Kansas.

— Il faut l'arrêter, conclut Leo.

Brenda semblait épuisée.

— Je pensais que nous pourrions profiter de notre lutte contre la famine pour nous reposer un peu.

— Rowan est peut-être déjà en chemin, souleva Maira, qui avait saisi le raisonnement de Leo. Elle a lâché un drone aujourd'hui, elle était donc forcément dans le secteur. Si elle a pris la direction du Kansas dans la foulée, en combien de temps atteindra-t-elle le Noyau ?

Le regard de la cheffe se perdit dans le vague, comme pour observer quelque chose visible d'elle seule.

— Grosso modo quatorze heures, estima-t-elle. En conduisant sans s'arrêter, elle pourrait y être dès demain.

— Dans ce cas, nous n'avons pas le choix, déduisit Maira. Nous devons nous lancer à sa poursuite dès maintenant, ou il sera trop tard.

— Nous ?

— Elle a tué Johnny et Andrea. Nous l'arrêterons.

— Nous ne pouvons pas y aller à pied, signala Leo.

— Non, admit Brenda. Nous en aurions pour deux semaines. Il nous faut un coup de main.

Les membres du trio se tournèrent vers Miguel.

— Si votre convoi nous accompagnait… commença Brenda.

Le délégué syndical secoua la tête avant même qu'elle ait terminé sa phrase.

— Je suis navré, vraiment. J'entends bien que c'est une situation de crise pour vous, mais j'ai perdu la moitié des mes camions aujourd'hui et nous sommes débordés ici. Je dois encore sécuriser la région et je doute que vous souhaitiez que nous annulions la livraison des marchandises.

Les épaules de Brenda retombèrent mollement.

— Non, évidemment. La vie de millions de personnes prévaut sur le reste.

— Mais il faut faire quelque chose, insista Maira.

— Je les emmènerai, déclara Dixie, attirant sur lui tous les regards. Ils m'ont sauvé la vie. La victoire d'aujourd'hui mise à part, je leur en dois une.

— Tu n'as plus de camion, fit remarquer Longboat Louis.

— C'est vrai. Mais nous avons remporté un prix de consolation ce matin, et en plutôt bon état, il me semble.

— Certes, concéda pensivement Miguel. Mais comme je le disais, nous avons beaucoup de choses à faire…

— Je n'ai pas dit d'envoyer tout le convoi, tempéra Dixie. Juste le camion qu'on a fauché, un conducteur et ces trois-là.

— Cela vous suffirait, Brenda ?

— Amplement.

Miguel hocha la tête. Puis il fit courir son index sur la carte depuis Cumberland Gap jusqu'au Kansas.

— Voilà le problème : l'itinéraire le plus direct vous mènera droit sur un territoire hostile. Vous pourriez essayer de rouler en restant au sud, mais cela rallongera votre trajet.

— Rowan a déjà une longueur d'avance, rappela Maira.

Brenda acquiesça.

— Nous ne pouvons pas nous permettre de la laisser nous distancer, ou nous arriverons trop tard pour l'empêcher d'agir.

— Le fait que le camion soit volé pourrait être utile, observa Dixie. Je vois mal les Rôdeurs tenir des registres concernant leurs engins. Ce n'est pas notre cas non plus. Ils croiront que nous sommes des leurs.

— C'est une bonne chose, reconnut Miguel. Là où ça se corse, c'est si vous devez vous arrêter pour faire le plein.

— C'est un problème ? interrogea Brenda.

— Cela se pourrait. La plupart des *gasolineras* sont comme cet endroit. Des camps fortifiés. Le carburant est un élément vital pour les deux camps. Un camion sans essence ne va nulle part.

— Trouve-t-on encore de l'essence, d'ailleurs ? lança Maira. Les réserves doivent s'être gâtées depuis le temps.

— Le diesel dure jusqu'à un an. Mais il est vrai que nous avons dû trouver de nouvelles sources d'approvisionnement. Certains clans maintiennent des raffineries de pétrole en état de marche. Nous faisons du troc avec eux. Je suppose que les Rôdeurs ont dû conclure des arrangements similaires.

— Donc si nous nous arrêtons quelque part, nous tomberons sur des ennemis, conclut Brenda.

— *Sí.* Plus ils vous verront de près, plus ils auront de questions à vous poser.

— Et si on se fringuait comme des Rôdeurs ? proposa Dixie. On pourrait se faire passer pour eux. Ça se tente.

Louis lui décocha un sourire moqueur.

— Tu crois que le cuir va te mettre à ton avantage, mecton ?

— Tu rigoles ? Je suis toujours à mon avantage. Le cuir, ce sera juste la cerise sur le gâteau.

— Je crois que nous pouvons trouver de quoi vous déguiser, annonça Miguel. Ça peut aider et ça ne fait pas de mal. Nous vous confierons aussi quelques gallons d'essence supplémentaires. Avec un peu de chance, vous n'aurez pas à vous arrêter en chemin.

— Nous perdons du temps, intervint Brenda. À chaque minute, Rowan gagne du terrain. (Elle se tourna vers Maira.) Vous devriez aller jeter un œil aux tourelles pendant que nous organisons tout ça. Il nous serait utile de comprendre comment elle détourne notre technologie avant de recroiser sa route.

Maira acquiesça.

— Quelqu'un peut me déposer à l'entrée du tunnel ?

— Je m'en charge, répondit la seule camionneuse du groupe.

— Super, nous avons un plan, lança Brenda. Maintenant, il nous faut un camion, des fringues et des informations. On s'y met.

La camionneuse se faisait appeler Stone Cold[1]. Elle le confia à Maira pendant qu'elle la ramenait sur le champ de bataille. Au moins, la jeune femme fut cette fois autorisée à monter sur le siège passager plutôt que d'être trimballée dans la remorque.

— Et vous vous êtes baptisée vous-même ou c'est un surnom que quelqu'un d'autre vous a donné ? l'interrogea-t-elle, se rappelant la réticence de Dixie à confier l'origine de son pseudonyme.

— Eh bien, un peu des deux, répondit-elle en ricanant. Ce n'est pas le premier surnom qu'on me donne mais, voyez-vous, je n'étais pas très fan du précédent.

— C'était si terrible ?

— Suceuse de chèvre, soupira-t-elle. Je m'occupais des axes transfrontaliers entres les États-Unis et le Mexique à l'époque. Pour la blague, on a dit que j'étais une de ces petites créatures du folklore local. Vous savez ? Celles qui boivent le sang des chèvres.

— Un chupacabra[2] ?

Maira eut du mal à s'empêcher de rire en songeant à cette fable. Par chance, la femme semblait avoir le sens de l'humour.

— Voilà. Bref, j'ai retrouvé le type qui m'avait collé ce surnom et je lui ai mis une bonne raclée. J'ai fait savoir que je réserverais le même sort à quiconque continuerait de m'appeler comme ça.

1. Nom de scène du catcheur de la WWE Steve Austin, célèbre pour boire cul sec des canettes de bière juste avant de monter sur le ring.
2. Créature du folklore d'Amérique latine réputée pour sucer le sang des animaux de ferme, en particulier des chèvres.

— Comment l'ont-ils pris ?

— Ils ont trouvé ça super marrant. Naturellement, ils ont surtout retenu que j'avais descendu une bière cul sec avant de le frapper. (Stone Cold fit un geste indiquant que la suite coulait de source.) C'est resté, et j'ai laissé pisser. Je n'aime toujours pas ce surnom, mais c'est toujours mieux que d'être une suceuse de chèvres.

— On prend les victoires qu'on peut, hein ?

— Exactement. Bref, nous revoilà au tunnel. Je vous attends ici.

Maira la remercia d'un hochement de tête et bondit hors du camion. Elle tangua légèrement en touchant le sol. Son état de fatigue avait atteint des sommets. Il y avait des limites à ce qu'une personne pouvait endurer en l'espace d'une journée. La jeune femme espérait qu'elle aurait bientôt l'occasion de se reposer.

C'était le début de soirée. Le ciel était grisâtre à l'exception d'une lumière chaude qui pâlissait au loin vers l'ouest. Les grillons avaient entonné leur chant. De nouvelles épaves s'étaient ajoutées aux autres sur le champ de bataille. Certaines carcasses brûlaient encore. Maira slaloma prudemment au milieu des voitures jusqu'à la zone forestière.

Elle grimpa en haut de la crête, où l'une des tourelles encore intactes avait été installée. Elle portait une veste pour se protéger de la fraîcheur grandissante du soir, mais elle lui fut bien vite inutile. La marche jusqu'au sommet avait suffi à la réchauffer. Elle ne ralentit pas la cadence pour autant. Elle eut une drôle d'impression en revenant là où tant de gens avaient péri. Maira n'était pas superstitieuse, mais s'il y avait bien un endroit sur cette terre où l'on pourrait trouver des fantômes, c'était bien ici.

La tourelle siégeait au milieu des arbres, inanimée. Les deux engins ayant survécu à l'affrontement avaient besoin d'être rechargés. Toutefois, il était inenvisageable de les emporter sans avoir repris le contrôle de leur armement. Ils ne pouvaient pas risquer que quelqu'un les trouve et mette la main sur cette technologie. En premier lieu, Maira devait en tirer autant d'informations que possible.

Les Convoyeurs lui avaient fourni une tablette tactile complètement chargée. Elle eut une drôle de sensation en pressant la touche d'allumage et en voyant l'écran prendre vie. Brenda lui avait indiqué comment accéder au système de commandes des machines. Suivant ses instructions, elle ouvrit la façade et connecta le câble de la tablette à la partie centrale informatisée de la tourelle.

L'étape suivante requérait un certain doigté. Il ne fallait pas que le code employé par Rowan pour détourner les machines vienne infecter la tablette. Maira prit soin de télécharger tout ce qu'elle pouvait sur une clé externe. Elle pourrait examiner ces données plus tard, dans un environnement plus sûr. La jeune femme était comme une épidémiologiste plaçant l'échantillon d'un virus en isolement.

Le téléchargement achevé, Maira déconnecta le câble de la tablette. Leo lui avait fourni le nécessaire pour l'étape suivante : des charges thermiques. Elle en déposa une au-dessus de la tourelle et s'éloigna avant de l'allumer. L'agent lui avait donné une instruction très claire. « Cache-toi les yeux. » La raison en devint bien vite évidente. La charge se consuma avec une lumière si éblouissante qu'elle en ferait pâlir de honte un chalumeau.

Maira réitéra le même procédé sur la seconde tourelle. Elle contenait probablement les mêmes données, mais cela ne coûtait rien de se montrer consciencieuse. Elle installa une nouvelle charge thermique, puis elle s'éloigna tandis qu'elle faisait fondre la superstructure de la machine. En contrebas, un coup de klaxon tonitruant la fit s'activer et elle rejoignit le camion à petites foulées.

Stone Cold, penchée à la fenêtre, lui fit signe avec sa casquette.

— Vos amis m'ont contactée par radio, lança-t-elle à son approche. Votre carrosse est prêt. Ils n'attendent plus que vous !

Maira prit une profonde inspiration et jeta un dernier regard aux alentours. Encore une lutte acharnée et elle survivait un jour de plus. À présent, un nouveau combat l'attendait et la chance pouvait à nouveau tourner. Elle secoua la tête et grimpa à bord du camion qu'il la ramena chez les Convoyeurs.

CHAPITRE 18

Le trio et Dixie grimpèrent à bord du camion subtilisé aux Rôdeurs. La cabine empestait l'essence et le tabac froid. En l'absence de canonniers et du copilote, il y avait amplement la place pour eux quatre. La cabine était équipée de couchettes et, en plus des bidons d'essence, les Convoyeurs avaient eu la bonté de leur installer un lit de camp supplémentaire. Leo assura le premier tour de garde sur le siège passager pendant que ses deux camarades se reposaient de leurs récentes blessures à l'arrière.

Brenda interrogea Maira.

— Vous préférez être au-dessus ou en-dessous ?

— C'est une question piège ? répliqua-t-elle avec ironie.

La cheffe de cellule rigola. Son état de fatigue ne faisait aucun doute, mais c'était tout de même agréable de la voir d'aussi bonne humeur.

— Certainement pas. Pas de fraternisation dans les rangs sous ma garde, agent Kanhai.

— Vous me rassurez. Dans ce cas, je prends celle du dessous.

— Effectivement, vous m'avez l'air d'être du genre à aimer être en-dessous.

— Facile, celle-là, sourit Maira.

La jeune femme ôta son attirail avec un immense soulagement. Malgré ses précautions, défaire les sangles autour de son épaule blessée réveilla la douleur et elle poussa un juron. Dommage qu'une douche ne soit pas prévue au programme. Toutefois, la cabine était étonnement confortable. Il y avait même un lavabo. Maira s'en approcha et s'accorda quelques minutes afin de nettoyer le gros de la crasse accumulée au cours de la journée. Le vrombissement du camion fit onduler la surface de l'eau.

— Oh, merci mon Dieu ! s'exclama Dixie derrière le volant.

— Tu as un commentaire à faire ?

— On peut dire que vous sentez le bouc vous trois. Je suggère que vous preniez tous exemple sur Maira et fassiez bon usage de ce lavabo.

— Pas de refus ! s'exclama Leo.

Maira se tourna vers Brenda, mais cette dernière était étendue sur sa couchette. Elle s'était endormie en moins de deux secondes. Une petite flaque de salive se formait déjà au coin de ses lèvres. La jeune femme tamponna délicatement sa bouche avec un mouchoir en papier. Autant éviter un dégât des eaux.

Elle se glissa ensuite sur sa couchette. Il y avait quelque chose d'inouï à être allongée là-dessus. Ce lit était même bien plus moelleux que ceux du baraquement des Convoyeurs. C'était sans nul doute l'endroit le plus confortable qu'elle avait connu depuis son départ d'Athéna. Autrement dit depuis… Maira se rendit compte qu'elle l'ignorait complètement. Elle avait fini par perdre le compte des jours. Cela ne pouvait pas être il y a si longtemps que ça. Quelques semaines, tout au plus.

Comment son existence pouvait-elle avoir basculé en si peu de temps ? *Ainsi va la vie*, se dit-elle. Elle avait rarement pu anticiper les grands bouleversements et n'avait jamais disposé d'assez de temps pour s'y préparer. Ils avaient tendance à lui tomber dessus à bras raccourcis. Quand le destin vous tendait une embuscade, c'était terminé avant même qu'on s'en aperçoive.

Elle se sentait au bout du rouleau, mais semblait malheureusement avoir franchi la frontière du simple épuisement. Son corps avait tellement pris l'habitude de réagir aux situations de crise qu'il lui était à présent impossible de se détendre. Pour tuer le temps, elle sortit sa tablette numérique et commença à casser le code du programme de piratage employé par Rowan.

Elle avait à sa disposition un certain nombre de logiciels d'analyse. Depuis la pandémie, elle les gardait en permanence sur une clé USB, témoignage d'une vie qu'elle croyait irrémédiablement révolue. Le programme était aussi basique que sophistiqué. Qui que fut son concepteur – le fameux Theo que Rowan avait mentionné ? –, il avait fait en sorte qu'il soit très accessible. Pas besoin d'être un hacker pour l'utiliser. Il suffisait d'activer un diffuseur et le programme prenait la suite. Si le but était d'en faire une arme pour le compte de quelqu'un d'autre, c'était une démarche ingénieuse.

En contrepartie, cette simplicité d'utilisation le rendait facile à pirater pour une professionnelle. Les tirs visaient automatiquement leurs cibles, sans aucune possibilité de réglages. Maira se frotta pensivement la mâchoire.

Dans l'absolu, était-il seulement possible de retourner le programme contre lui-même ?

Une pensée lui vint à l'esprit, sans aucun rapport avec son problème présent.

— Dixie ? Pourquoi les « Convoyeurs » ? lança-t-elle.

Le camionneur tourna la tête par-dessus son épaule.

— Comment ça ?

— Pourquoi ce surnom en particulier ? Vous êtes le convoi I-10. Pourquoi ne pas vous être appelés la Bande des Dix, par exemple ?

— Oh, ricana-t-il. Eh bien, on appelle aussi les routiers des convoyeurs. Ça vient de là, mais en fait, c'est surtout parti d'une blague nulle.

— Une blague nulle ? répéta Leo en faisant peser toute sa désapprobation.

— C'est cool, les blagues nulles ! Vus nos blases, je crois que vous aurez remarqué qu'on ne peut pas être un bon camionneur sans être un adepte des jeux de mots pourris.

— D'accord, fit Maira d'une voix endormie. Mais je ne saisis pas. Quel jeu de mot ?

— Eh bien, tu connais le berceau de la civilisation, pas vrai ? Au Moyen-Orient ?

— J'en ai entendu parler, confirma-t-elle, un sourire aux lèvres.

— La région était alimentée par deux fleuves : le Tigre et l'Euphrate. Les rivières de la vie, qui ont vu naître la première civilisation. En ce temps-là, ces cours d'eau étaient essentiels à la survie des premiers hommes. L'eau était convoyée dans les rues depuis un confluent. Un con… fluent… répéta-t-il en détachant les deux syllabes, laissant la phrase en suspens pour que Maira puisse deviner la suite.

— Des cons-voyeurs ? tenta-t-elle avec hésitation.

— Bingo ! Tu l'as trouvé du premier coup !

— Mouais, fit Leo.

Maira ne put s'empêcher d'éclater de rire.

— Pas mal. Pas mal du tout.

Si la conversation se poursuivit, Maira n'en sut rien. Car le sommeil tant attendu la submergea enfin.

Il n'y avait pas trente-six façons de le dire : ils étaient pris au piège. Accroupie derrière une voiture, Maira gardait son fusil Remington 700 serré contre sa poitrine. Les balles rebondissaient avec fracas tout autour d'elle, sur la carrosserie et sur l'asphalte, en un tir de barrage incessant. Ceux qui tenaient le bâtiment étaient des professionnels, suffisamment aguerris pour les arroser d'un feu nourri. Pas une seule fois elle n'avait eu l'occasion de répliquer.

Les membres de son groupe s'étaient éparpillés et mis à couvert – derrière une voiture ou le premier semblant d'abri qu'ils avaient pu trouver. Ou plutôt, ce qu'il restait de son groupe. Un tiers d'entre eux étaient déjà morts, fauchés en un clin d'œil dès les premiers tirs de leurs assaillants. Ceux qui restaient avaient tous le visage marqué par la même expression. Une expression de pure terreur, de panique hébétée.

C'était déjà dur pour elle de voir cette expression sur le visage de ses amis, des gens qu'elle connaissait depuis seulement quelques mois. Mais sur celui de son frère ? C'était encore plus éprouvant. D'une façon ou d'une autre, Kazi était parvenu à la distancer. Incapable de sortir la tête de son abri, Maira le distinguait à peine. Son cadet se tenait recroquevillé derrière une barrière en béton. Il sanglotait, les bras fermement serrés autour de ses jambes.

Maira l'appela de toutes ses forces.

— Kazi !

Elle recommença, mais il n'eut aucune réaction. Maira ne pouvait pas lui en vouloir. Elle aussi aurait voulu se cloîtrer dans les tréfonds de son esprit, mais il fallait qu'ils se préparent à battre en retraite. Coincés de la sorte, il suffisait à l'ennemi de les prendre en tenaille et ils seraient bientôt tous morts. Maira appela son frère une troisième fois et Kazi sortit enfin de sa torpeur, levant brusquement la tête vers sa grande sœur. À en juger par l'expression de son visage, il n'avait aucune idée d'où elle se trouvait.

— Tiens-toi prêt à courir, Kazi ! cria-t-elle. Surtout attends mon signal !

Maira ne sut jamais ce qu'il avait entendu. *Courir ?* À moins qu'il n'ait rien entendu du tout. Peut-être avait-il simplement vu sa sœur en train de l'appeler et avait voulu retrouver un semblant de sécurité. Peu importait. En définitive, le résultat avait été le même.

Son frère n'avait pas attendu son signal. Il s'était levé et avait couru droit vers elle. Il n'avait pas fait trois mètres qu'une balle l'avait frappé dans le dos, le transperçant de part en part. Ses yeux s'étaient écarquillés. Ses jambes étaient déjà en train de se dérober quand une demi-douzaine d'autres balles avaient suivi la première. Toute vie avait quitté ses grands yeux avant même qu'il ne touche le sol.

Maira hurla.

— Kazi !

— Maira ! l'interpella aussitôt une voix lointaine.

CHAPITRE 19

Maira s'éveilla. Leo se tenait au-dessus d'elle, l'observant avec inquiétude tout en la secouant par l'épaule. Il faisait nuit noire. À l'extérieur, seul un resplendissant croissant de lune rompait l'obscurité du ciel. Dixie était toujours au volant du camion, dont la cabine vrombissait sans discontinuer sous les vibrations du moteur.

— Qu'est-ce qui se passe ? bafouilla-t-elle, le regard dans le vague.

— Tu faisais une crise de panique, répondit Leo.

— Désolée. C'était un cauchemar.

— Ne t'excuse pas. On en fait tous ces jours-ci.

Maira se passa la main sur le visage en se redressant.

— Tu as pu te reposer ?

— Oui, le siège s'incline, répondit l'agent avec un geste vers l'avant du véhicule.

— Ça aide, sourit-elle.

— De toute façon, il faut qu'on se réveille pour parler de notre plan.

Leo entreprit ensuite de tirer Brenda du sommeil. La cheffe de cellule s'éveilla en sursaut, s'empara de son arme en jetant des regards paniqués autour d'elle.

— Tout doux, fit Leo. Nous ne sommes pas attaqués.

Brenda inspira profondément et reposa son pistolet.

— Qu'est-ce qu'il y a ?

— Nous approchons de Saint-Louis, répondit l'agent en désignant le pare-brise.

Maira se leva et s'appuya sur le dossier de Dixie pour regarder dehors. Elle imaginait qu'autrefois, on aurait pu voir les lumières de la ville sur toute la ligne d'horizon. Maintenant, seule régnait l'obscurité. Mis à part quelques reflets, on peinait à distinguer quoi que ce soit contre le ciel nocturne. Maira crut toutefois reconnaître la Gateway Arch, le monument le plus emblématique de la ville.

Brenda descendit de sa couchette, heurta lourdement le plancher, et vint se tenir à ses côtés. La jeune femme songea que c'était probablement uniquement grâce au cocktail de combat que sa jambe n'avait pas encore lâché.

— Allons-nous entrer dans la ville ? s'enquit-elle.

— Oui, en plein cœur, toujours sur la même route, répondit Dixie.

— Je n'aime pas ça, déclara Brenda. Les zones urbaines sont des terrains d'embuscade idéaux. Si Rowan sait que nous la suivons, ou qu'elle le suspecte, elle pourrait nous avoir concocté une désagréable surprise.

— Ce serait bien son genre, concéda Maira. Surtout après les deux attaques qu'elle nous a réservées précédemment.

— Dixie, peut-on contourner la ville ? questionna Brenda.

— Contourner Saint-Louis ? Vous voulez dire, passer complètement à côté ? (Il siffla.) Pas simple. Le Mississippi passe en plein milieu de la ville. Il va bien falloir qu'on traverse quelque part. Les ponts les plus proches sont à

Louisiane, au nord, et à Chester, au sud. Il y en avait un à Alton, mais il est parti en fumée.

Maira fut frappée de stupéfaction.

— Minute. La Louisiane est au nord d'ici ?

— La ville de Louisiane, pas l'état. Quoi qu'il en soit, vous pouvez compter deux heures de trajet supplémentaires.

— Merde, grommela Brenda. C'est encore pire. Si ces ponts sont des goulots d'étranglement, elle nous y aura forcément tendu des pièges. (Elle consulta ses acolytes.) Votre avis ?

Maira fut la première à répondre.

— Que nous y allions ou pas, c'est foutu. Si nous la laissons nous dissuader de la suivre, elle gagnera la partie, quoi qu'il en soit.

— Pas le choix, appuya Leo. Faut qu'on se grouille.

— Très bien. (Brenda posa la main sur l'épaule de Dixie.) Conduis-nous en centre-ville. Aussi vite que possible, mais en restant prudent. Les autres, allez vous préparer. Je veux que nous soyons tous prêts en cas de besoin.

Maira acquiesça et consulta sa montre. Son tic-tac était régulier, toujours aussi fiable. Ils n'avaient quitté le camp des Convoyeurs que depuis sept heures. Pas étonnant qu'elle se sente encore épuisée. Au moins, dormir l'avait un peu détendue. Pourvu que ses réflexes soient suffisamment aiguisés si les choses tournaient mal.

Elle commença à s'équiper et prit le temps d'examiner son masque à gaz afin de s'assurer qu'il était en bon état. Le souvenir de la vague verdâtre qui l'avait presque asphyxiée était encore vivace dans son esprit. Elle n'était pas pressée de réitérer l'expérience.

— Hé, Dixie, tu as un masque à gaz ? lui lança-t-elle.

Le camionneur se tourna vers elle, une grimace sur le visage.

— Ouais, Miguel m'en a dégoté un. Tes collègues m'ont fait un topo avant qu'on parte. Mais j'aimerais qu'on arrête de me poser cette question. Vous me foutez la trouille.

— Désolée, mieux vaut prévenir que guérir ! Crois-moi, j'en sais quelque chose.

Une fois entièrement équipée, Maira s'installa sur le siège passager. Les deux autres, ayant beaucoup plus de matériel à enfiler, n'étaient pas encore prêts. Elle observa la silhouette des immeubles se dessiner sur l'horizon, de plus en plus grands à mesure qu'ils approchaient. Elle scruta attentivement les fenêtres, en quête du moindre signe de vie. Elle aperçut occasionnellement des lueurs, mais il pouvait aussi s'agir des reflets de la lune sur les vitres. C'était difficile à deviner.

— On dirait qu'il n'y a plus de courant, remarqua la jeune femme.

Brenda s'avança derrière elle en ajustant son gilet pare-balles.

— D'après les renseignements de la Division, la plupart des réseaux électriques ont récemment lâchés à travers tout le pays, expliqua-t-elle. Il peut y avoir de nombreuses raisons à cela, mais c'est un souci auquel nous serons confrontés tôt ou tard.

— Nous avons fourni du fioul aux gens pour qu'ils puissent au moins tenir l'hiver, déclara Dixie. La situation sera déjà difficile pour les régions où il fait chaud. Dieu sait comment ceux qui habitent au nord vont s'en sortir.

La peur de l'hiver a poussé beaucoup de monde à céder aux exigences des Rôdeurs.

— Chaque chose en son temps, soupira Brenda. En premier lieu, voyons si nous pouvons empêcher la côte est de mourir de faim et Rowan de détruire les Noyaux. Je verrai ensuite s'il est possible de gérer d'autres crises.

— Ça roule.

— Je me demande comment ça se passe dans le reste du monde, se demanda Maira. Aux dernières nouvelles, le Poison Vert avait atteint les autres continents et s'y répandait. Comment survivent-ils en Sibérie, sans un être vivant à des kilomètres à la ronde ?

— En faisant de leur mieux, répondit calmement Brenda. Une fois que nous aurons remis de l'ordre chez nous, nous pourrons peut-être essayer d'aider d'autres pays.

Ils franchirent l'entrée de la ville. Cernée par ces sombres gratte-ciel, Maira éprouva un sentiment étrange. Elle aurait été incapable de le décrire sans employer des termes farfelus.

— C'est comme être dans l'ombre de géants morts, murmura-t-elle.

Les autres la dévisagèrent. Elle ne s'était pas rendu compte qu'elle avait pensé à haute voix. Elle balbutia, le visage renfrogné de honte.

— Je… euh… c'était…

— Pas faux, déclara Brenda.

— C'est même plutôt une belle image, ajouta Dixie.

— Humm, fit Leo.

Ils approchèrent du pont qui franchissait le Mississippi, gigantesque, à poutres, avec neuf voies de circulation et long de plusieurs centaines de mètres. Le fleuve s'écoulait rapidement en-dessous, obscur et profond. À l'autre bout, la grande arche se profilait. Maira constata qu'elle avait les mains moites. Elle frotta ses paumes contre son pantalon.

— Et s'ils avaient miné le pont ? souleva-t-elle.

— J'y ai pensé, répondit Brenda en inspirant à fond. Or nous n'avons pas trente-six solutions pour le savoir. Si nous roulons dessus et que Rowan l'a piégé, alors nous ne serons plus là pour nous en soucier. Puis nous avons les tenues des Rôdeurs. S'ils doivent déclencher les bombes manuellement, ils hésiteront peut-être suffisamment longtemps pour nous permettre de traverser.

— Vous trouvez ça rassurant ?

— Un peu, conclut-elle après une brève réflexion.

Le camion s'engagea sur le pont avec un léger cahot. Maira s'appuya contre la portière pour observer le fleuve en contrebas. La lune se reflétait à la surface de l'eau. Une vision magnifique sur laquelle la jeune femme s'efforça de rester concentrée. Mieux valait avoir cette image en tête que celle de leur camion en flammes en train de dégringoler dans les eaux noires.

— C'est la première fois que je vois le Mississippi, murmura-t-elle. Je l'ai survolé une fois, mais je ne l'avais encore jamais vu depuis la terre ferme.

— Rappelez-moi de vous citer plus tard. Ç'est le genre d'accroche qui donne envie de s'engager. « Rejoignez la Division et découvrez toutes les merveilles de notre beau pays. »

— Des flingues, des voyages…, ajouta la jeune femme, consciente de n'avoir toujours pas officiellement intégré la Division. On pourrait aller au Grand Canyon la prochaine fois ?

— Je verrai ce que je peux faire.

Le camion arriva de l'autre côté du pont, débouchant dans le Missouri. Maira entendit Dixie vider lentement les poumons.

— Finalement, peut-être qu'on ne risque pas grand…

Une explosion interrompit subitement le camionneur, soufflant les étages inférieurs d'un immeuble tout proche. Pendant un bref instant, la nuit fut aussi claire que le jour. Des débris furent projetés sur la route. Dixie dévia de sa trajectoire afin d'éviter les énormes morceaux de béton qui pleuvaient sur le sol. Ce déplacement de poids brutal arracha un grognement inquiétant au véhicule. Il y eut une nouvelle détonation et un autre immeuble commença à s'effondrer.

Leo et Brenda chancelèrent. La cheffe de cellule se rattrapa contre la paroi tandis que son collègue basculait en arrière vers les couchettes, se cognant la tête au passage. Maira ne pouvait rien faire pour les aider. Elle ballottait d'avant en arrière, comprimée par sa ceinture de sécurité, la seule et unique chose à laquelle elle devait de ne pas avoir été projetée comme les autres.

Il y eut au total une demi-douzaine d'explosions qui firent s'effondrer autant d'immeubles. Chacune des déflagrations illumina les ténèbres de la nuit d'un éclair éblouissant. Rowan devait avoir un artificier dans son équipe, songea Maira. Elle trouva étrange de faire une déduction aussi sereinement alors que tout son être hurlait de panique. Un déluge de nouveaux débris leur tomba dessus. D'immenses nuages de poussière suivirent, obscurcissant toute visibilité.

Dans l'agitation, Maira regarda Dixie. Un rictus terrifié dévorait son visage et il suait comme un bœuf, mais il tenait fermement le volant. Comme si ses mains continuaient d'agir sans tenir compte de l'épouvantable spectacle qui se déroulait sous ses yeux. Ils devaient leur survie à son sang-froid. Sans quoi, ils auraient déjà effectué une dizaine de tonneaux.

Juste devant eux, le toit d'un immeuble s'écroula entièrement dans un fracas rugissant, provoquant un impact si hallucinant que le véhicule fut soulevé de terre. Les pneus hurlèrent en retombant. Le semi-remorque se mit en portefeuille et Dixie s'efforça d'en garder le contrôle. Les freins se lamentèrent au moment où il enfonça la pédale. Peine perdue. Une fois lancé, un poids lourd constituait une force difficile à stopper. Ils heurtèrent les décombres de l'immeuble dans un vacarme retentissant.

Maira reprit conscience avec un hoquet frémissant. Étourdie, elle ne comprit qu'au bout d'un instant qu'elle avait perdu connaissance. Elle était couverte de débris de verre – le choc avait fracassé le pare-brise. Elle les repoussa à l'aide de sa manche et tendit le cou à fond dans l'espoir de trouver les autres. Elle n'en eut pas l'occasion. Quelque chose percuta la cabine.

C'était un bruit fort, assourdissant, comme une pluie de grêlons. La jeune femme regarda autour d'elle, hébétée. Son esprit était complètement embrouillé. Une chose était certaine, elle allait avoir une migraine carabinée. Les restes d'une fenêtre éclatèrent. Quoi encore ? La météo s'était-elle aussi retournée contre eux ?

— Ils nous tirent dessus ! hurla Dixie.

Voilà qui est plus logique, conclut-elle. Une balle transperça la portière et le siège passager en frôlant sa jambe. Elle observa l'impact avec un mélange de fascination et de perplexité.

— Bordel de Dieu, Maira, remue-toi ! s'écria le camionneur.

Elle le dévisagea et son cerveau reprit subitement vie.

— Oh, merde !

La jeune femme défit sa ceinture de sécurité et se dégagea maladroitement de son siège. Constatant avec soulagement que Brenda était indemne, elle s'accroupit près de Leo. Ce dernier était inconscient et il saignait du front. La cheffe de cellule se mit à fouiller dans son sac avec acharnement.

— Est-ce qu'il va bien ? s'enquit Maira.

— Je m'occupe de lui ! Vous, installez-vous derrière la mitrailleuse, ordonna Brenda en levant l'index vers le toit.

Bien sûr. Ils s'étaient passés d'équipage pour ce voyage, mais il restait tout de même une mitrailleuse sur le toit de la remorque, juste assez pour ne pas éveiller les soupçons des Rôdeurs qu'ils auraient pu croiser en chemin. Si Maira parvenait à rejoindre le toit, elle pourrait se débarrasser des assaillants qui voulaient leur peau.

Soudain, elle vit apparaître des mots devant ses yeux, en lettres flamboyantes. ISAC projetait un message d'alerte sur ses lentilles de contact. « ATTENTION : RADIATIONS DÉTECTÉES. »

— Seigneur !

— C'est pas vrai ! lâcha Brenda, qui devait avoir vu le même message. Ces tarés ont utilisé des bombes radioactives. Les masques ! Mettez tous vos masques ! (Elle leva les yeux sur Maira en contractant la mâchoire.) Montez vous mettre derrière cette foutue mitrailleuse !

Encore légèrement déconnectée, celle-ci hocha la tête.

— J'y vais.

Le choc se dissipa et toute l'horreur de la situation lui apparut. Des bombes radiologiques. Elle s'efforça de rester concentrée sur la tâche qui lui incombait.

La vitre côté passager avait été pulvérisée. Le camion fit une embardée. Dixie effectua une marche arrière, s'efforçant de sortir de cette zone sinistrée. Maira regagna son siège en titubant et enfila son masque, le posant contre son visage avant de le sangler. Puis elle sortit par la fenêtre brisée et grimpa sur le camion.

Ce ne fut pas une promenade de santé. Une balle ricocha à quelques centimètres de sa main et elle laissa s'échapper un glapissement terrifié, tout en rampant sur le toit en direction de la remorque. Il y avait un écart entre les deux. L'intervalle ne devait pas faire plus d'un mètre, mais sur un camion roulant en marche arrière au milieu d'immeubles effondrés et sous une pluie de balles ? C'était l'équivalent d'un fossé.

— Non. Non, non, non !

Maira se mit debout tant bien que mal et s'accorda quelques secondes pour trouver le bon équilibre. En vain. Elle craignait à tout moment qu'une balle ne l'atteigne dans l'obscurité et de tomber du véhicule. Il n'y avait qu'une façon d'y arriver. Elle s'élança droit devant et bondit par-dessus le trou avant d'atterrir sur la remorque. Elle se reçut maladroitement et dérapa sur ses genoux. Se relevant en un clin d'œil, elle franchit la distance qui la séparait de la mitrailleuse et s'installa derrière.

Elle n'avait pas l'habitude de ce type d'armes et n'avait pas appris leur maniement durant ses classes. Par chance, leur fonctionnement n'était pas sorcier, ce qui faisait d'ailleurs tout leur charme. Après quelques secondes d'examen minutieux, l'engin fut chargé et prêt à l'usage.

Maira fit pivoter la mitrailleuse sur son trépied et chercha ses cibles. Le paysage autour d'elle n'était que décombres, volutes de fumée et silhouettes d'immeubles indistinctes. Une balle percuta l'un des sacs de sables entourant la mitrailleuse. Une autre frôla son visage, filant en sifflant dans l'air nocturne. La jeune femme finit par s'habituer à l'obscurité. Même dans la pagaille oppressante provoquée par les multiples explosions, elle parvint à repérer leurs assaillants, trahis ici et là par un reflet sur le canon de leurs armes révélant leur position.

Elle activa la mitrailleuse et se défoula. Celle-ci était alimentée par des bandes de cartouches, capable de tirer une dizaine de balles à la seconde. Il ne suffisait pas de presser la détente, elle le savait. Le canon risquait de fondre. Aussi, elle n'exerça qu'une légère pression sur la gâchette. La mitrailleuse rugit alors tel un dieu en colère. D'ordinaire, ce genre d'engin faisait beaucoup de bruit, mais là ? C'était le cran au-dessus. Maira allait devenir sourde comme un pot en vieillissant.

Elle visa un reflet ennemi. D'une nouvelle pression sur la détente, une autre salve de balles fila en hurlant dans sa direction. Elle réalisa que la panique lui coupait le souffle. Son masque se couvrait de buée et elle avait beaucoup de mal à viser. Peu importait. L'heure n'était pas au tir de précision.

Le camion fit une embardée et la jeune femme bascula sur le côté. Tandis qu'ils tournèrent dans une rue adjacente, le véhicule prit de la vitesse. Dixie devait avoir trouvé un autre itinéraire. Maira se réinstalla derrière son arme et fit à nouveau parler la poudre. Une ombre tomba par la fenêtre sur laquelle elle venait de tirer. Un homme ? Difficile à dire. Elle passa au suivant.

Comme le camion accélérait, ils s'éloignèrent vite de l'embuscade. Le boucan des tirs s'estompa peu à peu. Les bombes n'avaient explosé qu'une poignée d'immeubles, mais la poussière était retombée absolument partout. Assise derrière la mitrailleuse, elle tremblait. Elle porta la main à son masque, pressée de le retirer. Mais le souvenir de l'alerte aux radiations l'en dissuada. Avoir été à proximité des bombes au moment où elles avaient explosé était suffisamment inquiétant comme ça, inutile de respirer des vapeurs radioactives !

Ils fonçaient à toute allure dans la ville enténébrée. La jeune femme tressaillait devant chaque immeuble qu'ils croisaient, s'attendant à le voir exploser et à devoir se lancer dans un nouvel éclat de violence. La nuit était venteuse, elle avait froid. Au moment de quitter le centre de Saint-Louis, elle frissonnait sans pouvoir s'arrêter. Quelques minutes après avoir franchi les limites de la ville, le camion ralentit et s'arrêta. Ils avaient bien mis une heure à se sortir de là.

Brenda sauta hors de la cabine.

— Maira ! héla-t-elle. Vous n'avez rien ?

Celle-ci fit l'inventaire de ses blessures. Elle avait mal, mais c'était une douleur sourde, peu étonnante au vu de l'accident qu'ils avaient subi. Elle n'avait apparemment pas été touchée, mais elle était couverte d'une fine pellicule de sable. Cette vision lui donna envie de hurler. Elle commença à s'épousseter frénétiquement, soulevant des nuages de poussière. Brenda cria à nouveau.

— Maira !

— J'en ai partout sur moi ! s'exclama-t-elle, sa voix étouffée derrière le masque. J'en ai partout, putain !

— Descendez de là !

Maira se hissa sur ses pieds. Elle repéra l'échelle et la descendit malhabilement, les mains engourdies. Lorsqu'elle arriva à terre, Leo et Dixie étaient sortis dans la fraîcheur nocturne et se dépouillaient de leurs vêtements. En l'absence de pare-brise, eux aussi avaient été recouverts de poussière, mais elle était la pire du lot.

— Déshabillez-vous, ordonna Brenda.

La jeune femme acquiesça et s'exécuta. Son équipement se retrouva rapidement entassé sur le côté, suivi de ses vêtements. Peu de temps après, les membres de leur groupe, Brenda incluse, étaient tous nus comme des vers. Maira était trop terrifiée pour se sentir gênée.

La cheffe sortit des bidons d'eau du camion.

— Nous devons nous nettoyer, déclara-t-elle. Rincez-vous autant que possible.

Maira n'eut pas besoin de se le faire dire deux fois. Elle entreprit de se laver, frottant frénétiquement la poussière et la saleté qui recouvraient son corps. Une fois le gros de la crasse retiré, formant une flaque boueuse à ses pieds, elle s'autorisa à retirer son masque. La fraîcheur vivifiante de l'air sur sa peau lui fit l'effet d'un verre d'eau en plein sur la figure. La jeune femme fut parcourue d'un frisson incontrôlable.

En plus de l'eau, Brenda avait également rapporté une paire de rasoirs électriques. Ils devaient appartenir aux anciens propriétaires du camion, songea Maira. Ou bien quelqu'un parmi eux s'était montré particulièrement prévoyant. Sans attendre le consentement de ses camarades, Brenda commença à leur raser la tête. Maira observa ses boucles noires tomber par terre. Sans regrets. Par mesure de sûreté, elle s'empara à nouveau d'un bidon d'eau et entreprit de rincer son crâne désormais chauve. Elle aurait tué pour un simple morceau de savon. Rien de tel pour la débarrasser de cette poudre radioactive.

Brenda consulta sa montre. Ce qu'elle vit fit tiquer la commissure de ses lèvres. Puis elle s'adressa à eux.

— Laissez tout ce qui n'est pas nécessaire. Nettoyez les armes, les masques et tout ce que transporterez. Oubliez les fringues, il nous reste les tenues des Rôdeurs. Nous les porterons à partir de maintenant.

Maira approuva et se tourna vers son équipement. Ce matériel la rebutait à présent. La Navy connaissait mieux les dangers du nucléaire que les autres factions de l'armée. Pendant ses classes, elle avait vu de nombreuses photographies des ravages causés par les radiations. Ces images hantaient son esprit. La chair à vif, la peau en pleine desquamation, les ulcères… Pourrir lentement, vivant dans d'abominables souffrances jusqu'à en mourir.

Pourtant, elle devait conserver une partie de cet équipement, elle le savait. Avec des gestes saccadés, elle s'empara de son fusil, puis de son Beretta. Elle ne pourrait pas non plus se passer du masque à gaz. Ce serait sans aucun doute à cet accessoire qu'elle devrait sa survie en fin de compte. Elle nettoya chacun d'entre eux aussi minutieusement que possible avec l'eau qu'il restait dans son bidon. Ils n'auraient plus rien à boire pour la suite du voyage. Cette pensée lui arracha un rire bref et nerveux.

Brenda nettoya au mieux l'intérieur de la cabine à l'aide d'une serviette qu'elle balança avec leurs habits dès qu'elle eut fini. Une pile de nouveaux vêtements les attendait : un tee-shirt orné d'une tête de mort, un blouson, un pantalon et des chaussures en cuir. En d'autres circonstances, Maira aurait trouvé cela hilarant. Pressée de se réchauffer, elle s'habilla en toute hâte.

Tandis qu'elle rejoignait le camion, Brenda l'intercepta. Elle la prit par les épaules et la regarda droit dans les yeux.

— Vous allez vous en sortir.

— Je sais, répondit-elle en évitant son regard, de peur d'y déceler un mensonge.

— Maira, écoutez-moi. Vous allez vous en sortir. Nous avons tous été touchés. Ce n'est pas une bonne chose, mais je doute que cela nous soit fatal. Les Parias ont dû trouver de l'uranium, probablement dans la vieille barre de contrôle d'une centrale nucléaire. Nous allons bien, Maira. C'est compris ?

Les yeux de la jeune femme s'humidifièrent, sans qu'elle en comprenne la raison. Elle cligna des paupières. Puis elle se risqua à regarder Brenda, impassible. Ses mains ne tremblaient même pas. Maira devait lui faire confiance. Elle voulait lui faire confiance. Mais le pouvait-elle ?

— Il faut qu'on bouge, lança Leo par la portière ouverte.

— D'accord. (La cheffe lâcha les épaules de Maira.) Vous allez vous en sortir.

Maira hocha la tête, grimpa à bord du camion et prit place sur la couchette du bas. Elle baissa la tête sur ses mains, croisées sur ses genoux. Sa peau était toute ridée et irritée à cause de l'eau et du froid. Elle prit la couverture pour s'en envelopper.

— Je vais m'en sortir, se répéta-t-elle.

Dixie tenta de démarrer et le camion toussota grassement. Le véhicule devait avoir subi de sérieux dommages dans l'accident. Mais Maira s'en fichait. Le moteur prit enfin vie et ils reprirent la route. Il fallait espérer que l'engin tiendrait le coup jusqu'à destination.

Maira baissa à nouveau les yeux sur ses mains rouges et à vif.

— Je vais m'en sortir, se redit-elle.

CHAPITRE 20

— On a un problème, déclara Dixie.

Le quatuor avait repris son périple mais en l'absence de pare-brise, le camionneur était constamment assujetti à tous les vents. Vêtu du blouson des Rôdeurs, il s'était emmitouflé dans une couverture, faute de mieux.

— Un problème ? C'est nouveau ça, ironisa Maira.

La migraine tant redoutée par la jeune femme s'était depuis longtemps invitée sous son crâne. Quelque chose ricochait continuellement dans sa tête. Elle n'en pouvait tellement plus qu'elle priait pour qu'il sorte et la laisse en paix. Son estomac ne se portait pas mieux. Elle avait le cœur au bord des lèvres chaque fois que le véhicule tressautait.

— Quel genre de problème ? interrogea Brenda.

— On perd de l'essence. Sûrement à cause de l'accident. Je ne sais pas si le réservoir s'est pris un coup, si une conduite a pété ou quoi, mais ce qui est sûr, c'est que la jauge de diesel dégringole.

Brenda se laissa glisser au bas de sa couchette et se positionna derrière le camionneur pour observer le cadran.

— Elle dégringole comment ? s'enquit-elle. La vitesse « ça va être tendu » ou « on n'y arrivera jamais » ?

— L'option numéro 2, rétorqua sinistrement Dixie. À ce train-là, on va tomber en rade une heure avant d'arriver au Noyau, et appuyer sur le champignon n'y changera rien.

— Dans ce cas, nous n'avons pas le choix. Il faut s'arrêter pour faire le plein. C'est jouable ?

— Je pense que oui, répondit le chauffeur avec hésitation. Mais estimer à quelle vitesse se vide un réservoir juste en lorgnant la jauge, c'est pas ce que j'appellerais une science exacte.

— L'intuition, c'est toujours mieux que rien.

— Il faut qu'on s'arrête, lança Maira d'une voix chargée de désespoir.

— Oui, on sait.

— Non sans rire, arrête-toi tout de suite ! éructa-t-elle.

D'un seul regard, Dixie parut comprendre de quoi il retournait. Elle était sur le point de vomir. Le camion s'arrêta brusquement. La jeune femme dépassa brusquement Leo et sortit par la portière côté passager. Elle tomba à genoux dans l'herbe au bord de la route et rendit le contenu de son estomac. Une ration à moitié digérée éclaboussa le sol. Un frisson la parcourut et elle se laissa retomber sur les fesses, de peur de partir tête la première dans son propre vomi.

Elle entendit un bruit de bottes juste à côté d'elle. Brenda, devina-t-elle. La cheffe de cellule lui tendit un mouchoir qu'elle accepta gracieusement.

— Ça va aller ? s'inquiéta-t-elle.

Maira s'épongea le visage.

— Oui, ça va.

Étrangement, le fait d'avoir vomi avait apaisé son mal de tête. Elle souffrait encore, mais la douleur était à présent bien plus supportable.

— Allez, debout.

Brenda l'aida à se relever et à grimper à bord du camion. Dixie la regarda avec une expression chargée d'angoisse. Leo restait imperturbable, comme à son habitude. Il tendit la main, manifestement pour lui donner une tape amicale sur l'épaule, puis se ravisa ; sa camarade portait encore les stigmates de la bataille du tunnel. Maira s'effondra sur sa couchette et se couvrit le visage avec le bras, protégeant ainsi ses yeux de la lumière.

— Venez par ici, ordonna Brenda.

À contrecœur, Maira se redressa. Brenda s'accroupit devant elle. Armée d'une lampe de poche, elle examina ses pupilles l'une après l'autre. La clarté la fit tressaillir. Elle se demandait si c'était dû au cocktail de combat qu'on lui avait injecté. Sa cheffe avait mentionné des effets secondaires.

— La dilatation de vos pupilles est normale. Aucune contusion. Une fois la mission terminée, je vous préconise beaucoup de repos, déclara fermement Brenda. Peu importe la prochaine, quelqu'un d'autre s'en chargera.

Inutile de signaler qu'une contusion était la dernière chose dont les deux femmes devaient se préoccuper. C'était le cadet de leurs soucis. Contrairement aux radiations auxquelles ils avaient tous été exposés. Voilà qui était un sérieux problème. La question étant : quelle dose avaient-ils encaissée et quelles en seraient les séquelles ? La maladie ? La mort ?

Dixie démarra et ils furent bientôt à nouveau sur la route. Maira ne put s'empêcher de se demander si elle verrait l'issue de toute cette histoire. Jusqu'ici, ils s'étaient toujours sortis du pétrin *in extremis.* Le temps qui lui était imparti semblait toucher à sa fin. Elle était comme attachée sous le balancier d'un engin de torture médiéval et ne pouvait que regarder la lame descendre un peu plus sur elle à chaque oscillation.

— C'est toujours la merde pour l'essence, leur rappela le chauffeur. J'ai profité de la pause pour jeter un œil au réservoir. La fuite est difficile à trouver.

— Je sais, je n'ai pas oublié, releva Brenda. Sait-on où se trouve la station-service la plus proche ?

— Je crois bien. Il y avait des cartes routières dans ce camion quand on l'a trouvé. Quelqu'un a entouré toutes les stations au feutre.

— Dans ce cas, nous nous arrêterons à la prochaine pour faire le plein.

— On peut essayer, acquiesça Dixie. J'espère seulement qu'on ne se fera pas griller. Quoi qu'on fasse, j'ai l'impression que l'état de notre moteur va soulever quelques interrogations.

Brenda se hissa sur sa couchette et poussa un soupir.

— On est amochés, je l'admets. J'imagine que nous sommes loin des avant-postes ?

— Du Kansas, tu veux dire ? Ouais. Il y a des ateliers de réparation plus proches des combats. Je ne vois pas ce qui pourrait justifier qu'on vienne aussi loin au nord pour faire retaper un camion bousillé.

— D'accord. Je tâcherai de trouver un bon alibi avant d'arriver. Combien de temps avons-nous ?

— Environ vingt minutes avant la prochaine station. On pourrait pousser plus loin, mais je ne le recommande pas.

— Compris.

Le trajet jusqu'à la station-service se fit ensuite dans le silence. Maira s'efforça de prendre du repos. Les effets réparateurs du sommeil précédant leur arrivée à Saint-Louis s'étaient depuis longtemps estompés. Quand ils auraient sauvé le monde, elle trouverait un trou profond pour s'y terrer. Et elle doutait franchement vouloir en sortir un jour.

— On arrive à la station, annonça Dixie. Comment vous voulez la jouer ?

Brenda se gratta pensivement le menton.

— Les masques, répondit-elle. Enfilez-les.

— Quoi ? se récria le Convoyeur avec une mine dubitative. Pour quoi faire ? Tu es au courant que les masques à gaz ne sont pas inclus dans la panoplie du parfait petit Rôdeur ?

— Je sais. Faites-moi confiance.

— Comme tu le sens, abandonna le camionneur.

Maira se redressa et prit son masque, le tenant mollement entre ses mains. Difficile d'ignorer leur tremblement. La simple idée d'enfiler à nouveau ce machin lui redonnait la nausée. Elle ravala son écœurement. Certes, ce masque lui avait sans doute sauver la vie, mais ce n'était pas une association d'idées très agréable.

Tant pis. Elle fit ce qu'elle avait à faire et l'enfila. De nouveau gagnée par une sensation de claustrophobie, la jeune femme s'efforça de garder le contrôle de sa respiration. Quelles que soient les raisons de Brenda, Maira espérait que cela n'allait pas se solder par une nouvelle attaque surprise. Elle doutait d'avoir les nerfs assez solides pour l'endurer.

Ils arrivèrent devant la station. Derrière son masque, elle contempla les lieux à travers la vitre fracassée. Miguel n'avait pas menti. Cet endroit avait tout d'un camp fortifié. Pas aussi lourdement équipé que la base des Convoyeurs ceci dit. Bien que la station soit éloignée des combats, l'ennemi y avait tout de même érigé des barrières en béton et assigné des sentinelles armées.

— Amène-nous directement jusqu'à la pompe, Dixie, ordonna Brenda. Fais tout de suite le plein, sans hésiter. Si quelqu'un approche, je lui parlerai.

— J'espère que tu sais ce que tu fais.

Brenda rigola.

— Et moi donc !

— Quels sont les ordres ? demanda Leo.

— Gardez vos armes à portée de main, décréta-t-elle en regardant les deux agents. Je ne tiens pas à ce que ça finisse en fusillade, mais si on en arrive là, je refuse qu'ils nous prennent au dépourvu. Si les choses tournent mal, notre objectif est de dégager d'ici. Nous ne sommes pas là pour détruire cet endroit.

Leo acquiesça et Maira tira son Beretta de son étui. Dans un espace aussi confiné, sa Winchester de 1886 ne lui serait d'aucune utilité. De plus, si l'ennemi jetait un œil à l'intérieur, la carabine attiserait bien trop leur curiosité. Personne ne s'étonnerait de la présence d'un simple pistolet, mais ils estimeraient sans doute suspect de la voir équipée d'une arme pareille.

Ils avancèrent jusqu'à la pompe. Maira était consciente qu'ils ne passaient pas inaperçus. Sur leur passage, certains Rôdeurs désignaient leur camion tout cabossé. Du coin de l'œil, elle enregistra les véhicules ennemis en présence – deux semi-remorques garés à l'écart.

— C'est parti, lança nerveusement Dixie.

Il sauta au sol pour aller faire le plein et Brenda se glissa à sa place derrière le volant. Elle portait aussi son arme de poing, mais gardait les mains bien en évidence. Maira était authentiquement impressionnée. La cheffe de cellule parvenait sans mal à avoir l'air de quelqu'un vacant simplement à ses occupations.

C'est alors qu'un trio de Rôdeurs s'avança vers eux. La jeune femme fut la première à les voir. Le meneur avait une panse impressionnante, ainsi qu'une barbe poivre et sel qui ne l'était pas moins, tombant jusqu'au niveau de sa ceinture. Les deux types qui l'accompagnaient étaient des gros bras classiques.

— On dirait un gang de criminels, commenta-t-elle.

— C'en est un, déclara Leo.

Maira marqua une pause. Il avait raison. C'était même incontestable. Le pays n'avait peut-être plus de dirigeants, mais si des agents gouvernementaux avaient vu cet endroit, ils auraient tout de suite conclu que les Rôdeurs se livraient à des activités pas très nettes.

— À mon tour, déclara Brenda. Souhaitez-moi bonne chance.

— Bonne chance, lâcha simplement Leo.

— Vous allez assurer, patronne.

Brenda ricana en quittant le siège du conducteur. Elle toucha le sol et partit à la rencontre des Rôdeurs. Maira prit sa place derrière le volant. Elle gardait son Beretta à la main, caché derrière le siège.

Une fois à hauteur de Brenda, les trois Rôdeurs se déployèrent autour d'elle. Maira la vit lever la main avec l'étoffe d'un chef. Ils étaient un peu trop éloignés pour que la jeune femme puisse discerner ce qui se disait. Elle adressa un regard oblique à Leo.

— J'en capte la majeure partie, confirma-t-il, répondant à l'interrogation silencieuse de sa camarade.

— Que se passe-t-il ?

Son ouïe était en berne pour l'instant. Cela allait-il s'arranger ? Une nouvelle vague de nausée s'empara de la jeune femme, lui faisant aussitôt oublier la futilité de cette inquiétude.

— Brenda leur dit de ne pas faire un pas de plus, pour leur propre bien, rapporta Leo. Ils veulent savoir ce qui est arrivé à notre camion.

Maira plissa le front. « Pour leur propre bien ? » D'instinct, elle devina la manière dont Brenda comptait gérer la situation.

— Oh, c'est gonflé de sa part.

Leo inclina la tête et tendit l'oreille.

— Elle explique que nous avons subi une attaque radioactive et que nous devons emmener le camion au nord afin qu'il soit décontaminé avant de pouvoir reprendre du service. Ce qui explique que nous n'avons pas d'équipe avec nous.

— Et aussi que nous sommes dans un état déplorable, ajouta Maira.

— Aussi.

Maira se pencha par la fenêtre et héla leur conducteur.

— Dixie ? Tu seras prêt dans combien de temps ?

— Trois minutes, je dirais.

— Bon sang. Je croyais que c'était plus rapide de faire le plein d'un camion.

— C'est le cas. Mais on a quand même une capacité de 950 litres et, avec la fuite, il va falloir qu'on soit à fond.

— Compris.

Maira se réinstalla sur le siège et vérifia où en était Brenda. Les Rôdeurs s'étaient un peu éloignés d'elle. La cheffe de cellule se tenait avec assurance devant eux, mains posées sur les hanches.

— Comment s'en sort-elle ? s'enquit Maira

— Bien, assura Leo. Ils ne sont pas convaincus, mais suffisamment inquiets pour rester prudents. Personne ne tient à se faire irradier.

— Tu m'étonnes !

Sa nausée s'était calmée. *Aucun rapport avec les radiations*, se rassura-elle. Brenda avait conclu en l'examinant qu'elle n'avait aucun traumatisme. C'était simplement dû au stress.

— Oh, fit Leo. Ils… euh…

L'un des malfrats partit en courant vers le bâtiment central de la station-service.

— Quoi ? trembla Maira.

— Ils ont un compteur Geiger. Va comprendre pourquoi. Le barbu a envoyé ce type le chercher. À l'évidence, ils ne sont pas dupes.

— À leur crédit, même dans le monde d'aujourd'hui, c'est plutôt inédit comme situation. En temps normal, la plupart des gens ne sont pas assez dingues pour toucher au nucléaire.

— C'est ce que je me disais. Mais il y a les Parias…

— Tu penses que ce sont eux qui nous ont tendu l'embuscade à Saint-Louis ? Ça se tiendrait, remarque. Après tout, Rowan les a rencontrés après la mort de sa famille, et ils lui ont révélé la vérité. Ils pourraient avoir tissé des liens de loyauté. Et comme leurs chefs sont morts, elle leur permet de perpétuer leur quête de revanche malsaine.

— Une mission suicide, renchérit Leo. Ce serait bien leur genre. Surtout que leur attaque chimique a échoué.

Exact, pensa Maira. L'attaque au chlore gazeux n'avait pas réussi à la tuer, alors qu'elle n'avait même pas encore son masque à l'époque. À présent que tout leur trio en était équipé, ce type d'assaut serait encore moins efficace. S'il s'agissait bien des mêmes Parias, il n'était guère surprenant que Rowan leur ait conseillé d'adopter une autre tactique.

L'homme de main était de retour avec le compteur. Il s'approcha du camion en le brandissant devant lui. Maira plissa les yeux derrière son masque.

— J'ignore s'il faut le laisser faire ou pas, souleva-t-elle.

— L'un comme l'autre, ça craint pour nous.

— Se faire tuer ou continuer à mariner. Tu parles d'un choix !

Le Rôdeur baissa soudainement l'appareil. Puis il s'éloigna rapidement du véhicule à reculons. Il était facile de comprendre ce qu'il en avait déduit. Maira frissonna. Voilà qui n'allait vraiment pas arranger sa santé mentale.

Toutefois, dans le cas présent, cela arrangeait grandement leurs affaires. Les Rôdeurs firent évacuer la zone en quatrième vitesse. Désormais, plus personne ne voudrait s'approcher d'eux. Brenda tourna les talons et grimpa à bord du camion. Une fois assise dans la cabine, elle s'autorisa à libérer un souffle chevrotant.

— Je l'admets, je n'ai pas vu venir le coup du compteur Geiger.

— C'est grave ? demanda Maira.

Elle ne tenait pas particulièrement à connaître la réponse à cette question et regretta aussitôt de l'avoir posée.

— Ça peut aller, répondit aussitôt Brenda. Terminons cette mission. Et le plus tôt sera le mieux. Aucun d'entre vous ne comptait avoir d'enfants ?

Leo et Maira se regardèrent. Le premier secoua doucement la tête, la jeune femme poussa un soupir et déclara :

— Veuillez noter que je hais cordialement ce boulot.

— C'est enregistré.

— Alors ils ne vont pas nous tuer ? lança Dixie en remontant à bord du camion. J'ai loupé quelque chose ?

— Rien d'important, répliqua Brenda. Fichons le camp d'ici.

Ils s'éloignèrent de la station et reprirent la route en direction du Noyau.

CHAPITRE 21

Au bout d'un moment, Brenda prit la parole.

— Nous devrions parler de ce que nous nous attendons à trouver une fois sur place.

— D'accord, dit Maira. Personnellement, je ne m'attends à rien. Vous connaissez tous les deux Rowan mieux que moi.

— Autrefois, oui. Mais il serait dangereux de croire que c'est encore le cas. De l'eau a coulé sous les ponts et Rowan a vécu beaucoup de choses depuis l'époque où nous étions amis.

— C'est ce qu'elle était pour vous ? Une amie ?

Brenda hésita et baissa la tête.

— Oui, admit-elle. C'est pour cette raison que c'est aussi difficile. C'est une chose que de mentir à sa subalterne. C'en est une tout autre de comprendre qu'on a menti à son amie sur la façon dont sa famille est morte.

— De quoi vous parlez ? s'exclama Dixie, les yeux écarquillés.

— C'est une longue histoire, s'agaça Leo. Concentre-toi sur ta conduite.

— Ouais, bien sûr, fit le camionneur en retournant diligemment son attention sur la route.

— Quelle était son domaine d'expertise ? poursuivit Maira.

— L'épidémiologie. Vous imaginez combien elle nous était utile au plus fort de la pandémie. C'est en partie pour ça que j'ai eu peur de la perdre. Ça explique aussi le fait qu'elle ait été capable de transformer le virus en arme.

— Vous pensez qu'elle recommencera ? Qu'elle essaiera d'anéantir la Division par une attaque biologique ?

— Peut-être, mais j'estime que c'est peu probable. Si j'arrive un tant soit peu à la comprendre, elle se voit comme l'héroïne de l'histoire. Je pense sincèrement qu'elle ne voulait pas que des civils soient contaminés quand elle a anéanti le camp des True Sons.

— Elle ne veut donc pas que ça se reproduise, déduisit Maira. Elle ne refera pas la même erreur deux fois.

— C'est à espérer, intervint Leo.

Brenda hocha la tête.

— Nous garderons nos masques pendant l'intervention, reprit-elle. Juste au cas où. Ce serait trop bête de la vaincre et de mourir une semaine plus tard d'un virus qu'elle aura libéré dans l'air.

Maira jeta un regard de dégoût à son propre masque.

— Je commence à détester ce machin.

— Ça se comprend. Quoi qu'il en soit, Rowan a des alliés à présent. Elle s'est manifestement associée à un groupe de Parias, peut-être les mêmes qui lui ont révélé la vérité sur sa famille.

— Et maintenant, les Rôdeurs aussi sont dans son camp, acquiesça Maira. Elle semblait persuadée qu'ils allaient l'aider dans son assaut.

— C'est notre faute, reconnut Brenda en affichant une expression de lassitude. Si nos actions ont mené à la destruction du Noyau.

— Nous ne pourrons faire que de notre mieux, coupa Leo. Au moins, deux Noyaux seront toujours intacts.

— Tu as raison. Il reste un dernier détail : comme nous le savons, elle est capable de pirater la technologie de la SHD.

— Non seulement elle sera en mesure de contourner les défenses qui lui barreront le chemin, mais elle pourra en plus les retourner contre nous, établit Maira.

— Ces défenses sont extraordinaires. Les Noyaux sont situés dans des bunkers, installés dans les meilleurs emplacements qu'on puisse imaginer. Ils ont été conçus pour survivre à des catastrophes de grande ampleur.

— Par chance, il se peut que j'aie une surprise pour elle sur ce point.

— Oh ? fit Brenda en arquant les sourcils de curiosité. Ce serait une sacrée bonne nouvelle. Je vous en prie, éclairez-nous.

— Je préfère ne pas trop en dire, hésita Maira. On ne sait jamais comment les choses peuvent tourner…

— Nous comprenons. Aucun plan n'est fiable s'il tombe entre les mains de l'adversaire. C'est le principe de la guerre. Bon sang, c'est même là-dessus que repose la vie. Pensez-vous tout de même pouvoir l'empêcher de pirater notre technologie ?

— Je le crois, oui. Je doute de pouvoir en reprendre le contrôle, mais je peux neutraliser ses accès. Toutes les défenses automatisées seront tout bonnement inactives.

— Je ne vais pas faire la fine bouche. Ce sera toujours mieux que d'être flingués par nos propres armes. (Brenda lui dédia un sourire.) C'est du bon boulot.

— Encore faut-il que ça marche.

— Croisons les doigts dans ce cas !

— Et ses capacités au combat ? Où se situe-t-elle sur l'échelle de la badassitude ?

Brenda donna un coup de menton vers Leo avant de répondre.

— Un peu plus douée que lui et bien meilleure que vous et moi. Si ça doit virer au pugilat armé ou au combat de boxe, ne la sous-estimez surtout pas. Elle est redoutable dans les deux disciplines. Elle était chez les Bérets verts avant d'entamer ses études.

— Si je n'avais pas l'avantage du poids et de la taille, elle récurerait le sol avec ma tronche, déclara Leo sur le ton la conversation.

— Génial ! (Maira se massa l'arête du nez avec lassitude.) Il fallait que l'agent qui vous trahisse soit forcément un supersoldat.

— Comme je vous le disais, je ne voulais pas la perdre, rappela Brenda, un sourire aux lèvres. Il y a de bonnes raisons à cela. Néanmoins, ce n'est pas une super-héroïne. C'est un être humain. Si vous la coupez, elle saignera. Nous avons nos chances de l'abattre.

— Je l'espère. Parce que je pense que nous n'aurons pas le choix.

— Bon, ça a l'air bien flippant toute cette histoire, intervint Dixie. Pour ma part, je resterai dans le camion.

— Tu ferais mieux de t'en éloigner, suggéra Brenda.

Le chauffeur fit la grimace.

— La vache, il me semblait bien t'avoir entendue parler de ça tout à l'heure. J'ai obéi à ma bonne nature en vous proposant de vous conduire, et voilà que mon ADN va finir en omelette.

— Aucune bonne action ne reste impunie.

— On dirait bien. Il va falloir vous préparer maintenant, parce qu'on arrive bientôt. Et ça va clairement être la merde, conclut-il en tendant l'index devant lui.

Les trois agents s'avancèrent pour voir par eux-mêmes. Le matin était maintenant là et un soleil étincelant illuminait le bleu du ciel. L'épaisse colonne de fumée noire qui s'élevait à l'horizon n'en était que plus visible.

— Ça y est, constata Brenda. Elle a lancé son attaque. Nous avions vu juste.

Maira s'exprima avec nostalgie.

— Je suppose qu'on ne peut pas remonter le temps pour pouvoir se tromper ?

— Malheureusement non. Très bien. Agents ? Un dernier pour la route. Équipez-vous et préparez-vous au déploiement. Finissons-en.

CHAPITRE 22

Au cœur des prairies monotones et sans fin du Kansas se tenait une construction en béton. Pas plus grande qu'un cabanon, vue de l'extérieur. On ne trouvait pas la moindre empreinte de pas à plus de cent mètres à la ronde. Une porte blindée constituait le seul élément notable de l'édifice. L'unique moyen de rejoindre cette entrée était un chemin de terre. La bourgade la plus proche comptait une population de cent trente-deux âmes.

Il n'y avait rien ici susceptible d'intéresser qui que ce soit. Aucun élément digne d'intérêt. Si à un autre moment de son existence Maira Kanhai était passée par là, sa principale préoccupation aurait été de trouver un moyen de rejoindre la grand-route. Pourtant, cet endroit en apparence insignifiant était désormais l'emplacement d'une bataille rangée dont l'issue déciderait du sort de millions de personnes.

Lorsque le trio d'agents de la Division débarqua dans son semi-remorque tout cabossé, l'affrontement faisait rage. Les prés étaient en proie aux flammes en une centaine d'endroits. Des portions entières de terrain s'étaient affaissées, révélant des systèmes de défenses automatisés. Les brillants esprits du département recherches et développement de la SHD avaient un véritable don créatif pour la destruction. Lance-flammes, mitrailleuses, lance-roquettes et autres babioles avaient été déployés autour du Noyau afin d'assurer sa protection.

Les ennemis de la Division étaient venus en masse. Une demi-douzaine de camions équipés d'arsenal militaire occupait la zone. La technologie piratée par Rowan devait avoir mis du temps à faire son office. Cinq véhicules n'étaient plus que des carcasses évidées, crachant des volutes de fumée qui s'élevaient droit vers le ciel dégagé. Le sixième camion était stationné, faisant office de fort. Chaque véhicule était flanqué d'une piétaille désordonnée, des individus vêtus de haillons, teintés par endroits d'une couleur de soufre.

Maira s'appuya sur le dossier de Dixie et se pencha en avant. Elle contempla le spectacle à mesure que le camion remontait bruyamment la route de campagne menant jusqu'au bunker.

— La bataille est presque terminée, commenta-t-elle.

— Rowan est sans doute à l'intérieur, mais elle n'a encore rien fait, tempéra Brenda en consultant l'écran de sa montre. Les trois Noyaux émettent toujours.

— À terre ! s'écrira subitement Leo.

Des balles frappèrent le blindage frontal du camion. Des éclats de lumière clignotaient au milieu des Parias et les tirs redoublaient à mesure qu'ils prenaient conscience du véhicule en approche. Leurs balles rebondirent avec un tintement métallique avant d'aller se perdre dans les hautes herbes. D'autres tirs, plus chanceux, traversèrent le blindage et ébranlèrent la cabine. À l'intérieur, les quatre occupants se recroquevillèrent par instinct de survie.

— J'ai l'impression qu'ils ne sont pas très contents de nous voir, signala Dixie en serrant les dents.

— C'était à prévoir, répliqua Brenda.

— Si nous nous arrêtons, ils vont nous submerger, prévint Maira.

Brenda opina du chef.

— Il va falloir miser sur le mouvement. C'est l'heure d'un bon vieux roulé-boulé. Dixie ? Approche-nous en arc de cercle. Que le camion nous serve de barrage contre les tireurs.

Leo poussa un soupir et fouilla dans sa veste d'où il tira deux grenades, une incendiaire et une à fragmentation. Il les présenta à Maira.

— Tu es sûr de toi ? demanda-t-elle. La Division ne m'a pas remis mon diplôme de lancer d'explosifs

L'agent lui dédia un regard blasé.

— D'accord, abandonna la jeune femme en acceptant les grenades, les glissant dans l'une de ses poches.

— Brenda ? Je fais quoi une fois que vous êtes sortis ? s'inquiéta Dixie.

— Tu te tires de là. Éloigne-toi suffisamment pour te mettre à l'abri. Nous te ferons signe s'il faut venir nous récupérer.

— Pigé.

Maira posa lourdement la main sur l'épaule du camionneur.

— Merci Dixie.

— Bonne chance, agents, ajouta le camionneur en esquissant un sourire par-dessus son épaule.

Il braqua le volant vers la droite et le camion quitta la route, s'élançant à toute vitesse à travers les champs environnants.

D'abord mouvementé, le trajet devint complètement chaotique.

À l'aide d'un violent coup de pied, Leo ouvrit la portière côté passager. En quittant la route, Dixie avait été contraint de ralentir. De longues tiges de graminées fouettaient le véhicule sur son passage. *Je vais me rompre le cou, c'est clair*, songea Maira. Des balles pétaradèrent contre la portière côté conducteur. Leo n'hésita guère plus d'une seconde. Il plongea dans les champs et disparut dans les hautes herbes.

Ce fut au tour de Brenda. La cheffe de cellule bondit et s'évapora elle aussi. Dans le véhicule ballotté en tous sens, Maira avança gauchement vers la portière et s'agrippa au cadre. Son corps ne lui obéit plus. Se jeter ainsi d'un camion en marche lui paraissait purement suicidaire.

Cependant, elle prit une profonde inspiration et fit le grand saut. La terreur prolongea l'instant. La jeune femme ramena ses jambes contre son torse. Le soleil étincelait dans le ciel. L'horizon s'étendait de toutes parts et à l'infini.

L'instant s'estompa. Le sol se rua à sa rencontre et elle le heurta avec un bruit sourd, effectuant le meilleur roulé-boulé dont elle était capable. La jeune femme eut tout de même la sensation de foncer droit dans un mur. Elle dérapa de manière incontrôlable et le monde se mit à tournoyer. Elle vit le ciel, puis la terre, le ciel, la terre… Lorsqu'elle s'arrêta enfin, elle était à bout de souffle, ses poumons vidés de tout oxygène. Si elle n'avait pas reçu une nouvelle dose du cocktail de combat, elle serait sans aucun doute tombée dans les pommes.

Maira se mit à quatre pattes, prise d'une quinte de toux. Le revers de ses mains était en sang, à vif. Une chance qu'elle portât tout ce cuir. Autrement, elle se serait encore écorchée davantage. Les tirs continuaient de filer à toute vitesse au milieu de la végétation. C'était sans doute uniquement aux hautes herbes que la jeune femme devait de ne pas avoir été repérée.

Quelqu'un se précipita vers elle à travers les champs. Maira releva la tête et aperçut brièvement un éclair jaune avancer dans sa direction. Elle tendit la main vers sa carabine, mais elle n'était plus là. Elle l'avait perdue dans sa chute. Elle porta alors la main vers sa hanche. Par chance, son Beretta était encore dans son étui.

Maira tira son arme et se dressa sur ses genoux. Elle entrevit à nouveau son adversaire et pressa la détente. Il y eut un cri et quelqu'un s'effondra dans les hautes herbes. Maira ignora sa victime et remonta en courant le chemin que Dixie avait laissé dans son sillage.

La jeune femme retrouva sa carabine cinq mètres plus loin, projetée sur le côté. Elle la ramassa d'une seule main sans même s'arrêter, rengainant son Beretta de l'autre. Un Paria armé d'une machette déboula sur le chemin dégagé par le camion. Sans marquer la moindre hésitation, Maira ouvrit le feu à hauteur de hanche. La balle faucha l'agresseur en plein dans le ventre et il se recroquevilla sur lui-même. Elle l'acheva rapidement d'une balle dans la tête et reprit son chemin.

La route s'ouvrait devant elle, mais Maira s'arrêta brutalement ; elle allait débarquer au beau milieu de la ligne de mire ennemie et serait tuée à coup sûr. Aussi, elle fit demi-tour et fonça vers le bunker, le long d'un chemin parallèle. Des coups de feu fusaient de partout. Il était difficile d'en établir la source avec exactitude. Elle espérait qu'il s'agissait de ses camarades.

Des cris en provenance de la route la poussèrent à s'arrêter. Elle se jeta au sol pour tendre l'oreille. Le bruit de son souffle était assourdissant et elle retint sa respiration. Plusieurs Parias remontaient dans sa direction. La jeune femme tira la grenade explosive de sa poche et la projeta en direction des voix. Puis elle s'éloigna en gardant la tête baissée.

La grenade explosa derrière elle, soulevant un nuage de terre et de fumée que Maira vit s'élever au-dessus des hautes herbes. Il y eut un cri de lamentation, qu'elle ignora. Elle s'autoriserait à avoir pitié de l'ennemi quand il ne serait plus synonyme de piège mortel.

Une ombre indistincte surgit alors et la heurta dans le flanc. Maira décolla du sol et s'effondra sur le dos. La violence de l'impact fit danser des étoiles devant ses yeux et elle suffoqua à nouveau. Elle devina une silhouette élancée, torse nu et portant d'épaisses lunettes. Son agresseur la dominait, armé d'un couteau dont la lame captait les reflets du soleil par intermittence.

Le Paria abaissa son arme. Maira dégagea sa tête sur le côté et la lame pénétra le sol argileux. Elle envoya son coude vers le haut pour frapper son adversaire en plein visage. Il y eut un craquement net et le Paria bascula en arrière. Elle en profita pour ramasser sa carabine et lui assena un coup de crosse dans la cage thoracique.

L'ennemi recula en haletant. De nouveau libre, Maira bondit sur ses pieds. Rien à voir avec le mouvement gracieux d'une héroïne de film d'action, mais cela n'avait aucune importance. L'important était de se tenir debout devant celui qui voulait sa mort. Avec des gestes maladroits, le Paria commença à se relever. Elle ne lui en laissa pas l'occasion. Elle balança à nouveau sa carabine et, cette fois, la crosse frappa son adversaire sur la tempe. Il s'écroula comme un vieux sac de patates.

Pour s'assurer qu'il reste à terre, Maira lui piétina le crâne. Du sang gicla sur l'herbe. La jeune femme tressaillit et repartit aussitôt, préférant ne pas assister au résultat de son œuvre. Cette vie demandait parfois qu'on se salisse les mains, mais elle n'avait pas à y prendre plaisir.

Elle s'était apparemment offert un bref répit. Autour d'elle, le vacarme de la fusillade faisait rage, mais pour l'heure, Maira était dans une bulle de tranquillité. Elle mit genou à terre et sortit sa tablette numérique. L'écran s'était fissuré pendant sa chute. Son cœur se coinça dans sa gorge. Morte d'inquiétude, elle pressa le bouton d'allumage.

L'écran clignota, puis la tablette s'illumina. Elle poussa un soupir de soulagement et entreprit en toute hâte de lancer les contre-mesures de piratage. Aucune des tourelles de défense ne repoussaient les envahisseurs. Si les agents de la Division sortaient au grand jour et qu'elles s'activaient, ils ne feraient pas long feu et la mission de sauvetage s'achèverait dans un bain de sang. Soit les tourelles étaient à court de munitions, soit l'ennemi en avait d'ores et déjà pris le contrôle. De toute manière, deux précautions valaient mieux qu'une.

Maira tourna vivement la tête vers la droite en entendant un cri. La voix lui était familière. Elle rempocha sa tablette en toute hâte et se rua au pas de course dans la direction. Elle tomba sur un groupe d'individus en train de se battre. Un coup de feu résonna et l'un d'entre eux tomba. Elle se précipita dans la mêlée. Deux Parias s'en prenaient à Brenda pendant qu'un troisième gisait sur le côté, mort. L'un ceinturait Brenda par derrière pour l'immobiliser ; l'autre lui assena un violent coup de batte de base-ball dans le ventre. Brenda poussa un grognement de douleur.

Lorsque Maira surgit, ils se tournèrent tous les trois vers elle. La jeune femme brandit sa carabine et tira dans le visage du type à la batte. Elle pivota l'arme vers le second Paria qui s'abrita aussitôt derrière Brenda, se servant d'elle comme d'un bouclier humain. Les dents serrées par la colère, la cheffe de cellule balança la tête en arrière. Le nez du Paria se brisa avec un bruit sec et se mit à saigner abondamment. Il relâcha Brenda en poussant un cri étouffé.

Libérée, la cheffe plongea au sol. Maira tira à deux reprises dans la poitrine de son agresseur, qui tomba à genoux et s'effondra face contre terre, trépassant dans un gargouillement guttural. Courbée sur elle-même, Brenda gardait son bras replié contre son ventre. Maira se rua vers elle.

— Ça va aller ?

— La cuirasse a encaissé le plus gros, acquiesça-t-elle en grimaçant de douleur. J'ai juste besoin de reprendre mon souffle. Ces trois salopards me sont tombés dessus. J'aurais dû être plus prudente.

— Vous survivrez.

Les lentilles de contact de Maira se synchronisèrent avec la montre de Brenda et elle vit que Leo se trouvait à proximité. Il contournait le bunker et s'approchait de la porte d'entrée.

— Nous devons l'aider, déclara-t-elle.

Brenda hocha la tête et les deux femmes s'activèrent. La clameur de l'affrontement s'était apaisée. Le vrombissement du camion de Dixie s'était évanoui dans le lointain. Maira espérait qu'il avait pu s'enfuir avant que l'ennemi n'ait dégainé l'artillerie lourde. Il restait probablement d'autres Parias à l'affût dans les hautes herbes, mais les tirs aléatoires avaient cessé.

Les deux femmes arrivèrent en vue de la zone dégagée entourant le bunker. Elles s'arrêtèrent à la limite du champ, à l'abri des regards ennemis. Malheureusement, à cette distance, elles ne purent établir clairement la position de leurs adversaires. Rester à couvert avait ses défauts et ses avantages. D'un index sur les lèvres, Brenda intima le silence à Maira, puis elle le pointa sur sa montre. En signe de compréhension, la jeune femme hocha la tête et se pencha pour examiner le cadran.

La montre affichait une vue aérienne. L'image était envoyée en temps réel et se déroulait lentement ; l'un des deux agents devait avoir libéré un drone de reconnaissance juste après leur déploiement. Trois signatures vertes marquaient leurs positions respectives. Derrière eux, plus d'une dizaine de points rouges ratissaient les hautes herbes. Droit devant, une demi-douzaine d'autres montaient la garde devant le seul semi-remorque encore en activité.

Cette place forte donnait à s'inquiéter. Non seulement c'était une véritable forteresse permettant aux Parias de se regrouper pour s'abriter, mais il y avait en outre deux mitrailleuses de calibre 50 postées au sommet de la remorque. Maira fit une grimace de découragement.

— Même en éliminant les deux canonniers, nous essuierons un feu nourri de la part de l'infanterie, chuchota-t-elle.

Et s'ils se servent ne serait-ce que d'une de leurs mitrailleuses, alors…

— J'ai un dernier atout dans ma manche pour rééquilibrer la balance, annonça Brenda.

Elle tapota l'emplacement du semi-remorque sur sa montre et une option apparut. « DÉSIGNER CIBLE LIBELLULE ? OUI / NON ? » Brenda sélectionna « OUI ». La commande clignota et disparut.

— C'est quoi une libellule ? s'étonna Maira.

Brenda afficha un sourire de fierté.

— J'ai rapporté autre chose en plus du drone. Observez.

Elle sortit alors de son sac un objet ressemblant à s'y méprendre à un avion en papier surdimensionné qu'elle projeta droit dans les airs. L'engin se stabilisa en un éclair avec un discret chuintement mécanique. Il accéléra ensuite en rugissant, fendant les airs tout droit jusqu'à l'ennemi. Quand il se déclencha, l'engin s'enflamma avec une luminance éblouissante, telle une fléchette supersonique. Frappés de stupeur, Parias et Rôdeurs fixèrent l'engin durant une seconde, perdant leur seule et unique chance de l'éviter.

La libellule libéra de minuscules charges explosives en passant au-dessus du camion. Les mitrailleuses furent pulvérisées en un clin d'œil. Ce fut ensuite au tour du réservoir à carburant d'exploser, projetant du diesel enflammé dans toutes les directions. Puis la libellule transperça le compartiment moteur, formant un cratère d'où surgit un volcan d'étincelles et de métaux en fusion.

— Maintenant ! aboya Brenda.

Les deux femmes progressèrent au milieu du chaos que la libellule avait semé sur son passage. Un Paria s'était retourné, fixant avec sidération leur camion détruit. Maira lui tira à deux reprises dans le dos. Un autre apparut en titubant derrière la carcasse du véhicule ; il était en train de brûler vif. Une nouvelle salve de coups de feu et il fut à terre.

De l'autre côté, une paire de Parias surgit en contournant le camion. Le premier était l'un de ces gros bras typiques, engoncé dans une armure de fortune renforcée et armé d'une masse. Il marchait vers les agents, vociférant sa bestialité. Mais il y avait pire : le second était armé d'une mitraillette.

Maira partit à reculons tout en faisant feu. Les tirs rebondirent sur l'armure, l'éraflant à peine. Le colosse chargea les deux femmes, comme un taureau furieux, les forçant à se séparer. Il fit sauvagement tournoyer sa masse, qui fendit l'air avec des sifflements redoutables.

À sa grande horreur, il jeta son dévolu sur Maira. Elle n'avait que vaguement conscience de l'autre Paria, qui arrosait Brenda à coups de mitraillette. Les femmes prirent la fuite, acculées par ce duo mortel. Le piétinement résonnant lourdement derrière elle empêchait Maira de s'inquiéter du sort de sa camarade.

La jeune femme jeta un œil en arrière. Le malabar était sur ses talons. Elle pivota et recula pour éviter la massue qui vint heurter le sol avec un bruit sourd. Faisant appel à toutes ses forces, elle frappa le genou de son poursuivant, mais ne fut récompensée que par le bruit étouffé de sa botte sur le métal. Une vive douleur remonta le long de sa jambe.

— Bordel !

La masse s'abattit à nouveau et Maira fit un bond en avant, évitant de justesse que son genou ne soit fracassé. Elle se reçut maladroitement en titubant, puis se projeta sur l'ennemi en agrippant à deux mains le manche de son arme. Si elle pouvait l'empêcher de s'en servir, alors…

Le colosse s'esclaffa, un rire guttural et déconcertant. Il souleva la masse et repoussa dédaigneusement Maira sans le moindre effort. Elle tomba à plat ventre, cracha la poussière qu'elle avait dans la bouche et roula sur le côté, un rictus sur le visage. Elle se releva péniblement, se creusant désespérément les méninges pour se tirer de ce mauvais pas.

— Je te tiens maintenant, lança le Paria d'une voix râpeuse.

Maira n'avait plus qu'une seule option : la grenade incendiaire. Son agresseur allait bientôt achever sa besogne. Elle ne pourrait pas esquiver sa masse éternellement. Cela requérait un sens du timing parfait. Un seul coup de sa part et elle serait morte.

— Eh merde !

Elle sortit la grenade de sa poche, la dégoupilla et la balança en l'air. Puis elle plongea aussi loin que possible pour se recroqueviller en se protégeant la tête avec les bras. Elle ne voyait rien, mais en toute logique, la grenade allait obéir aux lois de la gravité et retomber droit vers le sol. À mi-chemin, elle se déclencha, brillant comme un soleil miniature.

Elle hurla lorsque les flammes lui léchèrent le dos. La douleur annihilant toute sa capacité à réfléchir, elle réagit instinctivement et se roula sur elle-même, se tapant dessus pour étouffer le feu. Ce ne fut qu'une fois la dernière flamme éteinte qu'elle retrouva quelque peu ses esprits. Elle se força à se mettre debout, ignorant la douleur lancinante qu'elle ressentait au moindre de ses mouvements.

Le mastodonte gisait sur le sol en un amas fumant, presque méconnaissable. La jeune femme avait été dangereusement proche de la déflagration, mais son adversaire l'avait encaissée de plein fouet. Des grenades de ce genre généraient des températures avoisinant les 2 000 degrés, une chaleur suffisante pour transpercer un blindage d'acier. Malgré son armure, son assaillant n'avait aucune chance d'y survivre.

La souffrance fit naître chez Maira une autre vague de nausée, mais elle la refoula et se chercha une nouvelle cible. Elle n'en vit aucune. Le type à la mitraillette était étendu dans la terre poussiéreuse ; Brenda l'avait abattu avec son fusil d'assaut. Leo arriva par le côté, le canon de son pistolet-mitrailleur encore fumant. Il avait personnellement éliminé les deux derniers hostiles du groupe, l'un gisait devant le camion, l'autre était écroulé sur le volant.

— Les tourelles ne nous ont pas tués, souligna-t-il.

Maira eut envie de rire. Depuis qu'elle avait sauvé Brenda, les systèmes de défense de la SHD lui étaient complètement sortis de la tête. Pourtant, Leo avait vu juste. Les tourelles n'avaient même pas réagi à leur approche. Elles étaient figées, au point mort, bloquées entre la transmission de piratage de Rowan et le contre-programme que Maira avait lancé. Cette dernière souffla discrètement son soulagement.

— Alors ça a marché.

— Vous nous aviez prévenus que le contraire était possible, mais je me sentirais mieux si vous n'aviez pas l'air aussi étonnée, constata Brenda. Et j'ajouterais que votre dos est dans un état épouvantable.

— Je sais, merci. Je suis en train de morfler.

— C'est bon signe. Cela signifie que vos nerfs n'ont peut-être pas trop dégusté.

— Voilà qui est rassurant.

Derrière eux, des hurlements résonnaient dans les prés. Maira tourna la tête. La libellule avait fonctionné, mais elle n'avait pas fait dans la dentelle. Leo fit volte-face et tira quelques rafales dans les hautes herbes pour décourager tout poursuivant, mais l'ennemi était pugnace.

— Il doit en rester environ une dizaine, remarqua Maira.

— Assez pour nous submerger, déclara Brenda. Venez, nous devons entrer dans le bunker.

Le trio contourna en courant la carcasse incendiée du camion, seul obstacle entre eux et l'ennemi qui approchait. Le petit édifice bétonné les attendait. L'unique porte d'entrée était incrustée d'un digicode, brillant d'une lueur orangée. Brenda pianota rapidement les chiffres qu'elle devait connaître par cœur. Pour toute réponse, elle n'obtint qu'un signal d'alerte et un clignotement rouge.

— Quoi ? s'exclama-t-elle.

Elle fit une nouvelle tentative. Sans plus de résultat. La cheffe de cellule essaya un autre mot de passe, mais ce fut un nouvel échec. Furieuse, elle secoua la tête.

— Ça devrait marcher ! Maira ? Est-ce à cause du piratage ?

Celle-ci se rua sur le digicode pour l'examiner.

— Impossible. À moins que la Division ait été suffisamment stupide pour autoriser l'accès au verrouillage à distance. Non, c'est autre chose. Cette Rowan est pleine de ressources.

Une balle rebondit sur le béton à proximité.

Avec un grognement, Leo se retourna et tira une salve de tirs.

— Je vais les ralentir, annonça-t-il avant de détaler.

— Maira, vous pouvez nous faire entrer ?

La jeune femme se mordit nerveusement les lèvres.

— Je suis plus software que hardware, pour être franche. (L'expression préoccupée de Brenda lui arracha une grimace.) Je peux essayer. Allez aider Leo en attendant.

Brenda acquiesça et rejoignit rapidement son collègue derrière le camion. La forteresse sur roues leur faisait désormais office de barrage. Leo occupait la partie gauche, sa cheffe, la droite. Maira se détourna de ses camarades à contrecœur. Elle devait leur faire confiance pour retarder l'ennemi pendant qu'elle s'échinerait à trouver un moyen de les faire entrer dans le bunker.

Hélas, elle sut aussitôt qu'elle ne tirerait rien du digicode. C'était un clavier classique à dix touches. Les codes entrés par Brenda étaient composés, eux, de six chiffres. Autrement dit, ses chances de trouver la bonne combinaison étaient proches de l'impossible. Elle étudia les touches et replia ses doigts. Elle n'allait pas taper des chiffres au hasard, ce serait…

Exact. Elle n'allait rien faire de tel. Jamais elle ne pourrait obtenir le code manuellement. En revanche, avec un ordinateur, trouver la bonne combinaison serait un véritable jeu d'enfant.

Maira fut distraite par une soudaine explosion dans son dos. Brenda s'accroupit derrière son abri. De la fumée et de la poussière déferlaient sur le camion ; les Parias avaient sûrement lancé une grenade. Indemne, la cheffe de cellule se releva et reprit le combat pendant que Maira revenait au sujet qui la préoccupait.

Il fallait retirer le boîtier. La jeune femme farfouilla dans ses poches jusqu'à trouver son couteau suisse. Il ne lui était d'aucune utilité au combat, mais dans un monde ravagé par le Poison Vert, il restait un outil très précieux pour la survie. Elle dévissa soigneusement le boîtier du digicode et le désencastra.

Elle s'était presque attendu à ce qu'une bombe lui arrache la tête. Par chance, aucun engin explosif n'était dissimulé derrière le panneau. Évidemment, en temps normal, des tourelles s'activeraient aussitôt devant une aussi audacieuse intrusion. Mais, en temps normal, l'intrus en question ne travaillerait évidemment pas avec la Division, ce qui faisait toute la différence.

Maira déposa le panneau du boîtier et étudia les fils à l'intérieur. Heureusement, la Division disposait de connexions bien à elle. Elle découvrit le même type de port que sur les tourelles. Elle relia sa tablette numérique via un câble et, les doigts tremblants, tenta d'accéder aux fonctionnalités du digicode.

Un grognement attira soudain son attention. Sous un feu nourri, Leo s'était replié derrière le camion. Maira poussa une exclamation en voyant l'état de sa jambe droite. Une balle avait transpercé son tibia. Du sang et des éclats d'os sortaient de la blessure. En dépit de la douleur, le visage de l'agent était un masque de sang-froid et de maîtrise de soi. La jeune femme se releva à moitié pour l'appeler.

— Leo !

— Reste concentrée ! répliqua-t-il sèchement.

— Fait chier, jura Maira.

Elle examina l'écran de sa tablette. Les commandes s'affichèrent et elle s'empressa de lancer le programme pour casser les mots de passe – un autre élément faisant partie de l'ensemble de logiciels qu'elle gardait toujours sur elle. Les tirs soutenus qui résonnaient dans son dos lui paraissaient assourdissants à présent. Des combinaisons de chiffres défilaient. Malheureusement, il existait des millions de possibilités ! Maira s'empara de sa carabine et se retourna, déposant la tablette pour la laisser travailler.

Leo et Brenda continuaient de lutter avec acharnement. Un Paria contourna discrètement le camion pour les prendre à revers pendant que ses amis le couvraient. Maira le mit en joue. Sa cible devait l'avoir vue, car il se figea sur place.

— Trop tard, chuchota-t-elle en pressant la détente.

L'épaule du type explosa dans une gerbe de sang. Il fit tomber son arme en poussant un hurlement si strident que Maira parvint à l'entendre par-dessus le vacarme. Le Paria décampa dans les hautes herbes. Il était toujours en vie, mais Maira le laissa partir. Elle avait d'autres chats à fouetter.

Un signal sonore l'interrompit. Le programme affichait un message d'alerte. La porte s'entrouvrit avec un sifflement. Maira ramassa la tablette et la fourra à l'intérieur de sa veste. Puis elle ouvrit la lourde porte blindée et se tourna pour avertir les autres.

— C'est ouvert !

Ses collègues battirent en retraite sans s'arrêter de tirer. Leo boitait gravement, incapable de faire peser son poids sur sa jambe estropiée. La jeune femme se précipita vers lui et passa son bras autour de ses épaules, l'aidant à rejoindre le bunker. De l'autre côté de la porte blindée, un couloir étroit menait à un escalier s'enfonçant dans les profondeurs de la terre.

Brenda voulut asséner une tape dans le dos de Maira, mais retint son geste au dernier moment. À la place, elle la félicita.

— Excellent boulot !

— Merci. Et merci d'avoir épargné mon dos, ajouta Maira avec un rire chargé de fatigue.

— Pose-moi contre le mur, indiqua Leo.

Maira aida son camarade à s'adosser en haut des escaliers. Il se laissa tomber par terre et examina sa blessure en grimaçant.

— Vous allez devoir continuer sans moi, annonça-t-il.

Difficile d'espérer le contraire. Maintenant qu'elle avait l'occasion d'évaluer les dégâts, Maira constata que la blessure de son tibia était vraiment horrible à voir. Un simple bandage ne l'aiderait pas à se tenir debout. Sa jambe était hors-service pour un bon moment. Le point positif, c'est que la blessure saignait peu et cette légère hémorragie indiquait que l'artère avait été épargnée.

— Tu vas t'en sortir ici tout seul ? lui demanda Brenda.

Leo hocha la tête et esquissa un sourire.

— Je peux assurer vos arrières. Au cas où ils rouvriraient la porte.

— Et vous ? demanda la cheffe en regardant Maira. Votre dos est dans un sale état.

— Je peux marcher et me servir d'une arme, répliqua-t-elle. Vous n'irez pas là-dedans toute seule.

Brenda éclata de rire.

— Dieu merci ! Allons-y.

Maira et Leo se tapèrent dans le poing.

— On revient vite, déclara-t-elle.

— Traînez pas, ajouta son camarade.

Elle redressa les épaules et adressa un hochement de tête à sa supérieure. Les deux femmes vérifièrent l'état de leurs armes et les rechargèrent en marchant vers l'escalier. Puis elles descendirent au cœur du bunker, aussi prêtes qu'elles pouvaient l'être.

CHAPITRE 23

Le bunker n'était qu'un ensemble de béton fonctionnel. Des tuyaux couraient le long des murs et au plafond. Un éclairage d'un bleu froid et fluorescent brillait au-dessus de leur tête. Sur les côtés, des lumières rouges clignotaient à un rythme soutenu. *Probablement reliées à un système de sécurité*, se dit Maira. Il devait s'être déclenché au moment où Rowan s'était introduite dans le bunker.

Malheureusement, il ne semblait avoir été d'aucune aide à ses occupants. Maira ignorait à quoi s'attendre. Qui pouvait être en charge du bon fonctionnement d'un Noyau de la Division ? À en juger par les cadavres jonchant le sol, c'étaient de simples employés de bureau. Ils portaient des pantalons de costume, des chemises, des cravates, des mocassins… tous recouverts de sang. L'air sentait le cuivre et les viscères. C'était une véritable boucherie.

— Elle a tué tout le monde sur son passage.

— Ou c'est un coup des Parias qui travaillent avec elle, répliqua Brenda. Ce qui ne fait aucune différence.

La jeune femme risqua un regard dans l'une des pièces du couloir principal. Il y avait là des postes de travail, comme on en trouvait avant la pandémie dans n'importe quel open space du pays. Les murs étaient tapissés de cartes imprimées et crayonnées, seul indice de la nature du travail qu'on y effectuait. Sur les bureaux reposaient des photos de famille et diverses babioles.

Maira s'accroupit près d'un cadavre – un type maigrichon qui semblait âgé de 20 ans à peine. On lui avait tiré dans le dos tandis qu'il prenait la fuite. Il ne portait pas d'arme, d'aucune sorte. Ses lunettes s'étaient cassées pendant sa chute. La jeune femme les ramassa, puis les laissa retomber.

— Ce n'était que des civils, souffla-t-elle.

— La Division ne compte pas uniquement des agents de terrain.

— N'y avait-il donc personne ici pour assurer leur sécurité ?

— À part les systèmes de défense ? J'en doute. Cependant, tout agent présent dans le secteur aura reçu une alerte quand l'attaque a commencé. Je m'attends à ce qu'ils arrivent en force d'ici quelques heures. Si tant est qu'il en reste. La situation est critique un peu partout.

— Ils arriveront trop tard.

— Eh bien, s'ils viennent, ils pourront limiter les dégâts et faire le ménage. De notre côté, nous devons nous focaliser sur Rowan et l'arrêter.

— Aucune défense à l'intérieur, donc. C'est tout aussi bien comme ça, j'imagine. De toute façon, elle les aurait neutralisées.

— Personne n'était supposé pouvoir pénétrer cet endroit aussi facilement, souleva Brenda.

— Aucun plan n'est fiable s'il se retrouve entre les mains de l'ennemi, répondit Maira en citant sa supérieure. Surtout s'il était autrefois dans votre camp.

Les deux femmes s'enfoncèrent plus profondément dans le complexe. Ce n'était pas une image. Le bunker était composé d'un seul et unique couloir qui descendait en spirale. À mesure de leur progression, on pouvait constater que certains employés avaient opposé de la résistance aux intrus. Parmi les morts, quelques corps arboraient en effet le jaune des Parias. Maira prit soin de leur flanquer un coup de pied au passage. Pas seulement par mesquinerie. Elle avait encore en tête le kamikaze qui avait emporté Eric en se faisant exploser devant les portes d'Athéna.

Il y avait une chose étrange dans cet endroit. En dépit du carnage et de l'austérité générale des lieux, il y régnait une température étonnement agréable. À l'évidence, ce bunker, contrairement au reste du monde, disposait d'une source d'énergie stable et de l'air conditionné qui allait avec. Une source d'énergie à même de maintenir un climat de travail agréable dans un environnement souterrain, en particulier avec la chaleur que devaient dégager les serveurs. Maira avait presque oublié les bienfaits de la climatisation.

— Je me demande comment ils s'approvisionnaient en vivres, lança Maira.

— Je suppose qu'ils disposaient d'assez de réserves pour tenir sur le long terme en cas de besoin, hasarda Brenda.

— Vous supposez seulement ?

— Je ne connais pas tous les détails, admit-elle. La Division tient beaucoup à segmenter l'information. On ne sait que ce qu'on doit savoir.

— Sans blague ? Si vous voulez mon avis, c'est un peu à cause de ça que nous nous retrouvons dans ce foutoir.

— Vous n'avez pas tort. J'aimerais que tout le monde soit au courant de tout, mais ce n'est pas si simple, Maira. Nos ennemis seraient ravis de tirer avantage de toute information qu'ils pourraient obtenir.

— Je sais. Rien n'est jamais tout noir ou tout blanc. Qu'importe à quel point on le souhaiterait.

Comme Brenda ne répondit rien, Maira la regarda. Elle penchait la tête sur le côté, l'oreille aux aguets. La jeune femme marqua une pause et l'imita. Elle n'entendit pas immédiatement ce qui avait attiré l'attention de sa camarade. Des voix résonnaient plus loin dans le couloir. Des rires et des ricanements goguenards.

Brenda lui fit signe d'avancer prudemment. Elles progressèrent ensemble tandis que les voix s'amplifièrent. Elles provenaient d'un des nombreux bureaux. Maira arriva la première. Elle apposa son épaule contre le mur, près de l'encadrement de la porte. Ses brûlures lui arrachèrent une grimace de souffrance, qu'elle s'efforça d'oublier.

C'étaient bien des Parias. Au nombre de trois, tous armés de fusils d'assaut. Mais ils n'étaient pas seuls. Un employé du Noyau était également présent, vivant et ligoté à une chaise. Une femme se moquait de lui pendant que les deux autres, hilares, assistaient à la scène.

— Eh oui mon petit pote, je suis contaminée ! N'en doute pas une seconde. Je suis ce qu'on appelle une porteuse saine, claironna la Paria qui s'était ouvert la main et laissait goutter son sang sur les genoux du prisonnier. Combien de temps, d'après toi, avant que tu chopes cette saleté à ton tour ?

— Pitié, je vous en prie, dites-moi simplement ce que vous voulez ! sanglota l'employé de la Division.

— Ce qu'on veut ?

Les trois Parias s'esclaffèrent et la femme se rapprocha jusqu'à être nez à nez avec le prisonnier. Celui-ci luttait contre ses liens, tentant de prendre le plus de distance possible avec sa tortionnaire.

— On veut te voir pisser le sang par tous les orifices jusqu'à ce que tu crèves, répondit-elle.

Maira tourna la tête vers Brenda. La cheffe de cellule avait tout entendu et arborait une expression sinistre. Maira leva trois doigts, puis deux ; elle les tendit d'abord sur la gauche et agita ensuite son index vers la droite. Elle désigna à nouveau la gauche et se pointa du doigt. Brenda hocha la tête pour lui indiquer qu'elle comprenait la manœuvre et s'aligna derrière sa camarade. Lorsqu'elle fut parée à l'action, elle le signala à Maira d'une tape sur l'épaule.

Celle-ci surgit dans la pièce. Le premier guetteur la vit. Maira lui tira dessus et il s'effondra en arrière, affichant une mine stupéfaite. La jeune femme activa le levier de sa carabine. La cartouche tomba par terre avec un tintement tandis que la Paria, horrifiée, pivotait sur elle-même. Arme à la main, elle se mit à tirer au hasard. Maira sentit quelque chose lui brûler la nuque.

Pas le temps de viser. À la place, elle se projeta en avant et frappa la femme au visage avec la crosse de son arme. Sa tête fut rejetée en arrière et elle perdit conscience avant même de toucher le sol. Cette fois, Maira n'eut aucune pitié. Elle baissa le canon de sa carabine sur la tête de sa cible et pressa la détente. Du sang contaminé gicla partout. Autrefois, cette vision l'aurait ébranlée. Mais elle avait un devoir à accomplir. Tant pis si cela la mettait en danger.

Brenda s'était occupée du troisième Paria avec une efficacité redoutable. Lorsque Maira se détourna du cadavre de la tortionnaire, Brenda était déjà en train de trancher les liens de l'employé à l'aide d'un couteau.

— Oh, Dieu merci, bredouilla-t-il. Vous êtes agents de terrain, n'est-ce-pas ? J'ai bien cru que personne ne viendrait, qu'il était trop tard !

— Du calme, tempéra Maira. Parlez à voix basse.

L'homme acquiesça rapidement. Il tremblait de manière incontrôlable, sous le coup du choc et de l'adrénaline.

— Moi c'est David, se présenta-t-il. Et vous ?

— Je suis Maira et voici Brenda. Ça va aller ?

— Je crois bien. Je l'espère en tout cas, souffla-t-il, la voix épaissie par un sanglot. Elle m'a saigné dessus. Elle disait être contaminée, et elle m'a saigné dessus ! Est-ce que je vais mourir ?

Il n'y avait aucun moyen d'en être sûr. La rumeur disait que certains Parias étaient porteurs de la maladie. Cette femme pouvait parfaitement l'avoir contaminé. Maira croisa brièvement le regard de Brenda. Sa cheffe secoua imperceptiblement la tête.

Maira s'accroupit devant David et esquissa un sourire qu'elle voulait rassurant.

— Vous irez très bien. Vous avez vu d'autres types comme eux ? Où se rendaient-ils ?

David essuya ses larmes.

— Certains parmi nous étaient encore en vie après leur premier assaut. Ils nous ont encerclés. Leur cheffe était une femme, une rouquine. Elle portait une de nos montres au poignet, mais…

Il se tassa sur lui-même.

— Oui, je sais, l'encouragea Maira avec gentillesse. Elle nous pose vraiment problème celle-là. Qu'a-t-elle fait ?

— Elle a laissé ces salauds s'amuser avec nous.

David détourna le regard. Il y avait des cadavres alignés contre le mur. Tous avaient été exécutés façon peloton d'exécution. Chaque victime portait des stigmates de mauvais traitements. L'employé ferma les yeux, tourna à nouveau la tête et reprit.

— Elle a emmené les autres, plus quelques hommes à elle. Ils se rendaient au centre de commandes.

— Elle a emmené du personnel de la Division ? s'étonna Brenda. Vivants ?

— Oui. En tout cas, ils l'étaient la dernière fois que je les ai vus.

— D'accord David. Il faut qu'on la suive. Un de nos amis est là-haut, il surveille l'entrée. Vous pensez pouvoir le rejoindre ? Il ne devrait plus venir aucun Paria à partir de maintenant.

— Je pense que oui, confirma-t-il. Oui, je vais y arriver. Vous devez arrêter cette femme. Il faut sauver les autres, si vous le pouvez.

Maira lui adressa un nouveau sourire.

— Nous ferons de notre mieux. Allez-y.

David se leva et décampa hors de la pièce en jetant un dernier regard aux cadavres de ses tortionnaires. Une fois qu'il fut parti, Maira se tourna vers Brenda.

— Vous avez frôlé de peu la trachéotomie, commenta celle-ci.

— Pardon ?

— Votre cou, précisa Brenda en indiquant le côté gauche de sa nuque.

Maira porta la main à son cou et grimaça en sentant la blessure. La balle l'avait éraflée. Lorsqu'elle retira ses doigts, ils étaient poisseux de sang. Sa cheffe avait raison. À un ou deux centimètres près, elle aurait eu la gorge arrachée. Elle chassa cette pensée de son esprit et se concentra sur la suite des événements.

— Rowan a donc emmené des otages. Pourquoi ?

— Je l'ignore, répondit Brenda avec une inquiétude palpable. Elle est déjà entrée, elle ne peut faire de chantage à personne.

— Sauf à nous. Elle a peut-être anticipé notre venue. Quoi qu'il en soit, le simple fait qu'elle ait ces otages indique qu'elle n'a pas l'esprit tranquille. Elle n'a pas encore gagné.

— Ça ne change strictement rien, déclara Brenda.

Elle se dirigea vers la porte mais Maira la retint d'une main sur l'épaule.

— Vous n'êtes pas sérieuse, Brenda !

— Je n'ai pas dit que cela me réjouissait, répliqua-t-elle sèchement. Mais notre priorité est de protéger le réseau de la SHD. Il faut arrêter Rowan, quoi qu'il en coûte.

— Ces gens sont des nôtres !

— Et c'est justement pour ça qu'il ne peut en être autrement. Ils vous diraient la même chose que moi.

— Ce ne sont pas des agents de terrain. Ni des soldats.

— Aucune importance. Personne ne rejoint la Division s'il n'est pas prêt à tout risquer. (Brenda afficha une mine déterminée.) Que voulez-vous Maira ? Laisser Rowan tout détruire, uniquement pour les sauver ?

Celle-ci secoua la tête avec exaspération. Elle ne pouvait même pas en vouloir à sa cheffe. La situation était calamiteuse.

— Tout ce que je veux, c'est faire de mon mieux pour que ce soit possible.

— Nous essaierons, assura Brenda, son expression légèrement adoucie. Je vous le promets.

— Je m'en contenterai, se résigna la jeune femme. En route !

Le couloir continuait de s'enfoncer en spirale au cœur du bunker. Maira fut surprise par l'étroitesse des lieux. L'endroit devait pouvoir accueillir cent employés maximum. Apparemment, dans le cadre de ses opérations, la Division privilégiait la qualité à la quantité.

Une porte lourdement blindée les attendait au bout du tunnel. Sans doute disposait-elle du même verrouillage qu'à l'entrée, mais comme elle était entrouverte, il n'y avait pas à s'en préoccuper. Des messes basses leur parvinrent depuis l'autre côté, et elles devinèrent la lumière vacillante des ordinateurs.

Comme précédemment, les deux femmes s'avancèrent prudemment de la porte, mais elles se placèrent cette fois-ci de part et d'autre de l'entrée. Maira n'avait qu'un aperçu partiel de l'intérieur de la pièce. Impossible de tout voir sans ouvrir la porte en entier et trahir ainsi leur présence. Par l'interstice, elle constata que le centre de commandes était tel qu'elle se l'était imaginé. Il abritait une myriade de serveurs et de terminaux informatiques, ainsi que de gigantesques écrans courant sur tous les murs. L'endroit ressemblait bien à un centre névralgique de la SHD.

Au milieu des terminaux, elle repéra également les otages. Ils étaient à genoux, les mains derrière la nuque et on leur avait enfilé un sac noir sur la tête, comme s'ils s'apprêtaient à être transférés dans un lieu secret. Deux Parias les surveillaient. L'un d'entre eux était adossé contre un mur. L'autre faisait tranquillement les cent pas en cercle autour d'eux.

Depuis sa position, Brenda croisa le regard de Maira et sa bouche forma une question silencieuse.

— Où est Rowan ?

Maira haussa les épaules et désigna la partie de la pièce qui était invisible à leurs yeux. Brenda acquiesça. Cette dernière indiqua à la jeune femme de couvrir cet angle pendant qu'elle se chargerait des Parias. Maira fut étonnée. Elle pensait que la cheffe aurait voulu mettre fin elle-même à la vendetta de Rowan.

— Vous êtes sûre ? chuchota-t-elle.

Brenda désigna sa carabine et répondit :

— Un seul tir.

Puis elle tapota son fusil d'assaut et lui décocha un clin d'œil.

Maira réprima un accès d'hilarité. C'était un bon argument. Au cours du précédent assaut, la jeune femme avait bien failli perdre la vie en s'en prenant à deux cibles à la fois. Mais si Rowan était seule de l'autre côté de la pièce, elle pouvait l'avoir. Elle fit signe à Brenda qu'elle était prête. Son cœur lui cognait les tympans. C'était le moment de vérité. Il était temps d'en finir.

Brenda prit position et se rua à l'intérieur, ouvrant le feu avant même d'être entrée. Maira lui emboîta le pas. Elle flanqua un grand coup de pied dans la porte et entra en brandissant son arme du côté opposé.

Il n'y avait personne. Pas âme qui vive. Elle regarda vivement aux alentours, perplexe.

— Brenda, elle n'est…

Le coup de feu résonna avec un vacarme du tonnerre. Brenda hurla de douleur. Surprise, Maira se retourna. L'un des otages se leva en rejetant sa capuche en arrière, révélant une chevelure rousse coiffée en une longue tresse. Dans son autre main, la diabolique Rowan tenait un fusil à pompe dont le canon crachait de la fumée. Elle s'en était servi pour tirer une balle derrière le genou de Brenda. La jambe à moitié arrachée, la cheffe de cellule s'effondra à terre, pressant sa blessure à deux mains en gémissant.

Maira brandit sa carabine.

— Holà, holà ! lança Rowan. Baisse ton arme ou je la tue !

La jeune femme se figea. Le canon du fusil à pompe était braqué contre la tête de sa supérieure. Si tout ce qu'on disait de Rowan était vrai, elle exécuterait facilement Brenda avant même que Maira n'ait le temps de réagir.

— Pourquoi ? grommela cette dernière d'une voix rauque.

— Quoi donc ? Cette petite mascarade ? (Rowan sourit.) Pardonne mon sens de la mise en scène, mais j'ai su que vous arriviez et que vous voudriez m'arrêter au plus vite. Ajoutes-y une prise d'otages pour jouer avec votre empathie et nous y voilà. La roue a tourné. Merveilleux, tu ne trouves pas ?

— Je ne parle pas de ça, s'exclama Maira. Pourquoi ne l'avez-vous pas tuée ? Pourquoi nous garder en vie ?

— Oh, ça ! D'accord. C'est effectivement une question beaucoup plus intéressante. Ravie que tu me la poses. Eh bien, j'ai plusieurs raisons. Mais avant de te les confier, pourquoi ne jetterais-tu pas ton arme ?

La mâchoire de Maira se crispa. La situation était déjà désespérée. Resterait-il un espoir si elle était désarmée ?

— Ne faites pas ça, avertit Brenda. Tuez-la !

— Eh bien dites-moi ! Quelqu'un veut mourir en héros, on dirait.

La cheffe de cellule n'adressa même pas un regard à Rowan. Elle fixait intensément Maira. Elle comprimait son genou, son sang suintant entre ses doigts. Son regard était suppliant. Elle l'avait pourtant bien dit. Personne ne rejoignait la Division s'il n'était pas prêt à tout risquer. Stopper Rowan restait leur priorité.

— Je suis désolée, murmura la jeune femme en jetant son arme sur le côté.

Brenda ferma les yeux et le sourire de Rowan s'élargit. Un sourire à la fois psychotique et dérangeant. Ses yeux brillaient de la même fièvre que Maira avait perçue sur l'hologramme du drone.

— Bien joué, Brenda, lança-t-elle. Tu t'es dégoté une candidate avec un vrai sens moral. Grossière erreur de ta part. Comment as-tu pu merder à ce point ?

— Va te faire foutre, cingla la cheffe de cellule.

Rowan fit claquer sa langue et changea d'interlocutrice.

— Maintenant Maira… c'est bien Maira, n'est-ce pas ? Comme tu t'es montrée obéissante, je vais te rendre la pareille en répondant à ta question. Primo : je veux un public. Ça va être tellement satisfaisant pour moi de pulvériser ce Noyau sous les yeux de l'agente Wells ici présente, tu n'imagines pas !

— Vous êtes malade.

— Un mot biaisé dans le monde dans lequel nous vivons, tu ne trouves pas ? (Rowan haussa les épaules.) Quoi qu'il en soit, ce n'est que ma première raison. La seconde te concerne, Maira Kanhai. Excitant, non ? J'espère que tu n'as pas eu l'impression d'être exclue.

— Fascinant, répliqua la jeune femme d'une voix chargée de sarcasme.

— N'est-ce pas ?

Rowan partit d'un rire bon enfant et Maira fut à nouveau frappée d'un sentiment d'étrangeté en entendant une personne aussi dangereuse émettre un son aussi agréable.

— Je crois que ça va te plaire, poursuivit la traîtresse. Tu n'es pas que la raison de tout ça, vois-tu ? Tu en es aussi la clé. J'ai besoin de ton aide, Maira Kanhai.

— Bah, tu peux bien aller te faire mettre, répliqua-t-elle d'un ton flegmatique.

— Allons, allons, écoute au moins ce que j'ai à dire. Ah mais oui, j'oubliais : tu n'as pas le choix !

Maira fit travailler sa mâchoire.

— Qu'est-ce que tu veux ?

— Permets-moi de te préciser le contexte.

À l'aide de son pied, Rowan tira une chaise vers elle et prit place dessus. Toujours fixé sur Brenda, son fusil n'avait pas bougé d'un iota. Les mains de cette femme étaient aussi assurées que celles d'un chirurgien.

— J'ai passé sept mois à fomenter ce plan, reprit-elle. À renforcer mes troupes. À rassembler des informations.

À apprendre comment démanteler la technologie de la SHD.

— Très impressionnant, commenta Maira d'une voix blanche.

— C'est aussi mon avis. Mais quand je suis arrivée ici, c'est moi qui ai été impressionnée. Les défenses tombent. Les occupants meurent. Puis j'accède au système principal… et la suite ? Tu la connais ?

— Le suspense est insoutenable.

— Eh bien, j'imagine que je tue Brenda. Ou bien, je la laisse se vider de son sang, répondit-elle avec un sourire malicieux.

Maira serra les dents et Rowan continua.

— Public difficile, ce soir. Bon, je vais aller droit au but : tes contre-mesures de sécurité m'ont coupé l'herbe sous le pied.

La jeune femme cligna des paupières, médusée. C'était inattendu.

— Quoi ?

— Oui, je sais ! J'ai été aussi surprise que toi. Mais quand j'ai voulu activer les charges électromagnétiques, ça n'a pas marché. Et ça, c'est ta faute.

— Des charges électromagnétiques ?

— Oh, ils ne t'ont donc rien dit à ce propos ? Voilà qui est surprenant. Ils ne te font pas confiance, tu crois ? À moins qu'ils ne fassent confiance à personne ? (La vipère renifla avec dédain.) Les Noyaux contiennent une quantité astronomique d'informations classifiées, vois-tu ? Prototypes d'armement, liaisons satellites, noms et localisations de toutes les cellules et un paquet de petits gadgets. Si tout ce bordel tombe entre de mauvaises mains, le dernier recours consiste à activer des charges électromagnétiques pour tout faire péter.

Maira s'accorda un instant pour digérer l'information et prit la parole.

— Et comme tu es une chic fille, tu as décidé de faire en sorte que ça ne tombe pas entre, disons… tes mains à toi ?

Toute trace d'humour déserta aussitôt le visage de Rowan.

— Comprends une chose et comprends-la bien : je ne veux pas être la nouvelle Division. Je ne cherche pas à prendre le pouvoir. Je fais ce qui est nécessaire.

— Vraiment ? J'ai vu ce que tu as fait en entrant ici. C'était une nécessité selon toi ?

— C'est la guerre, répliqua Rowan. Ils ont choisi le mauvais camp.

— Et les habitants de Saint-Louis ? À cause des bombes que tes hommes ont déclenchées, la ville sera irradiée pendant des années. Il y avait des survivants là-bas, je peux te le garantir. Eux aussi ont choisi le mauvais camp ?

Son interlocutrice garda le silence de longues secondes.

— Je ne voulais pas en arriver là, se défendit-elle. Vous me pourchassiez. Je n'avais pas le choix.

— Au contraire, Rowan. Tu as toujours eu le choix. Tu pourrais t'enfuir dès maintenant. C'est toi qui as toutes les cartes en main.

— Non, coupa-t-elle d'une voix calme. Je pourrais m'enfuir, c'est vrai. Mais ils me traqueraient. Tôt ou tard, ils se lanceront à ma poursuite. Personne ne quitte la Division.

— Personne ne te pourchassait ! Pas jusqu'à ce que tu leur forces la main.

— Conneries ! cracha-t-elle.

L'explosion de colère s'estompa aussi vite qu'elle était venue. Un nouveau sourire naquit sur son visage et elle continua :

— J'ai dû tuer deux d'entre eux rien que pour pouvoir m'en aller. Tu ne les connais pas comme moi, Maira. Tu ne comprends pas.

— Je sais ce qui est arrivé à ta famille. Je sais que Brenda t'a menti.

Un ange passa. Rowan ne put complètement dissimuler son étonnement.

— Elle t'a confié la vérité, alors ?

— Oui. Et ce qu'elle a fait était mal. Je le sais, tu le sais et Brenda aussi. Mais cela ne justifie en rien tes actes. Tu n'arranges pas les choses, tu ne fais que les empirer.

Rowan fixa la jeune femme. Son visage n'exprimait strictement rien. Elle se mordit brièvement la lèvre. Puis ses yeux se chargèrent à nouveau de chaleur.

— Ton cœur est vraiment noble, hein ? J'aurais aimé avoir le temps de t'ouvrir les yeux. Si seulement tu savais, tu choisirais de m'aider.

— Savoir quoi ? Raconte-moi, je t'écoute.

— Nous n'avons pas le temps, et il y a trop à dire. Les zones d'ombres, le sale boulot, le Last Man Battalion et les exécutions de masse… La Division a tellement de sang sur les mains, Maira. Tu crois que je suis la première à en avoir eu assez de cette organisation ? La première « renégate » ? Tu verras. Il sera trop tard, mais tu sauras que j'ai raison.

— Nous avons tout le temps qu'il faut.

Rowan se mit à rire. La jeune femme eut l'impression d'entendre une agréable musique.

— Je ne suis pas stupide. Je sais que les agents de la région ont reçu un signal d'alerte. Le temps m'est compté depuis que j'ai lancé l'assaut. (Ses traits se durcirent.) C'est ma chance. Je dois les faire saigner. Il faut que le monde sache.

Maira l'observa. Rien n'était tout noir ou tout blanc dans ce monde. Il y avait une part de vérité dans les dires de Rowan, et une part de mensonge dans ceux de Brenda. L'une comme l'autre avait provoqué des morts. Elle aussi. *In fine*, un choix devait être fait.

— D'accord, abandonna-t-elle.

Les yeux de Rowan s'écarquillèrent d'étonnement.

— Où est le piège ? grinça-t-elle.

— Il n'y en a pas, assura la jeune femme. Tu m'as pris la main dans le sac, tu te souviens ? Je te propose un marché : laisse-moi partir avec Brenda. Libère les otages. Et je désactiverai les contre-mesures.

Rowan fit une mine désapprobatrice.

— Brenda est à moi.

— Non, objecta Maira d'un ton sans réplique. C'est justement là que repose ton choix. Qu'est-ce qui revêt le plus d'importance à tes yeux, Rowan ? Ta petite revanche ou neutraliser le Noyau ?

L'agent rebelle se pinça nerveusement les lèvres. Puis elle afficha un large sourire.

— Je t'aime bien, Maira. J'ai dans l'idée que nous aurions pu être amies toutes les deux. Or voilà où nous en sommes. Tu es désarmée, la tête de ta supérieure est au bout de mon canon et tu me mets la pression.

La jeune femme ne cilla pas.

— Quel est ton choix ?

Rowan poussa un soupir.

— Qu'il en soit ainsi. Récupère Brenda et à moi le Noyau.

— Marché conclu. (Maira porta lentement la main vers sa veste.) Il faut que je prenne ma tablette numérique pour désactiver le programme.

— Vas-y. Ne t'en fais pas. Je tire vite, mais je ne suis pas une allumée de la gâchette.

Maira glissa la tablette hors de sa poche et lança le logiciel de contre-mesure. Un sourire s'étira au coin de ses lèvres. Il avait fonctionné au-delà de toutes ses espérances. D'une simple pression sur l'écran, elle le désactiva et laissa ses bras retomber le long de son corps.

— C'est fait, déclara-t-elle.

Rowan tourna la tête vers l'écran le plus proche. Son grand sourire était de retour, plus large que jamais, tandis qu'elle regardait des symboles s'éteindre en clignotant.

— Tu es une femme de parole, concéda-t-elle avant de prendre une longue inspiration. Oui. Enfin.

Rowan se leva et s'avança vers l'ordinateur. Elle baissa le canon de son arme.

Un coup de feu retentit.

Un trou bien net creusait à présent le front de la renégate. Son sang avait giclé sur les ordinateurs derrière elle. Lorsqu'elle s'écroula, son sourire triomphal resta figé sur son visage. Son fusil à pompe tomba par terre avec fracas.

Maira se vida les poumons.

Elle tenait son Beretta à la main. De la fumée s'échappait du canon. Elle n'avait eu ni le temps de viser, ni de prendre convenablement sa respiration. Rowan était meilleure tireuse.

Elle n'avait baissé sa garde qu'une fraction de seconde, juste assez pour que Maira puisse dégainer et faire feu.

La jeune femme baissa son arme, la rengaina dans son étui et passa parmi les otages, les libérant l'un après l'autre. Ils se redressèrent en tremblant, hébétés.

Elle aurait aimé se sentir victorieuse. Ou au moins soulagée. Mais elle ne ressentait que de l'épuisement. Son esprit était taraudé par ce que Rowan avait dit : qu'il existait d'autres Agents renégats aussi redoutables qu'elle.

— L'un d'entre vous serait-il médecin ? demanda-t-elle. Mon amie est gravement blessée.

— Moi, répondit une femme en levant la tête, s'arrachant à la contemplation du corps sans vie de la renégate. Mais je doute de pouvoir faire grand-chose ici.

Maira fit volte-face. Brenda avait bougé. Elle s'était traînée jusqu'au cadavre de Rowan, laissant un sillon sanguinolent sur son passage. Assise à ses côtés, elle contempla le visage de son amie déchue. Contre toute attente, la cheffe de cellule passa la main sur ses paupières et lui ferma délicatement les yeux. Elle prononça quelques mots, mais Maira ne put distinguer ses paroles. La jeune femme se rapprocha.

— Je suis désolée, Brenda.

— Ça fait partie du boulot, murmura-t-elle d'une voix rauque.

Elle retira à Rowan son oreillette couverte de sang et la fit tomber par terre. Puis elle leva lentement la tête vers Maira.

— Joli coup.

— Je me suis beaucoup entraînée ces derniers temps.

Brenda ne put réprimer l'ébauche du sourire qui se forma sur ses lèvres.

— Ça se voit. (Elle prit le poignet de Rowan, lui retira sa montre rougeoyante et la porta devant sa bouche.) Autorité : agent Brenda Wells. Accepter nouvel utilisateur : agent Maira Kanhai.

La cheffe de cellule lui balança la montre et Maira la rattrapa au vol. La lueur rouge du dispositif scanna automatiquement sa nouvelle propriétaire et vira à l'orange. Elle baissa les yeux sur sa montre-bracelet. Le vieux mécanisme d'horlogerie tournait encore avec régularité, avec tout ce qu'il symbolisait. Sans une once d'hésitation, Maira s'en débarrassa, la jeta sur le côté et, à la place, attacha l'engin high-tech autour de son poignet.

— Félicitations, déclara Brenda. Bienvenue dans la Division !

L'AUTEUR

Thomas Parrott vit auprès de sa femme et de ses trois chats dans le centre de la Géorgie, aux États-Unis. Il est l'auteur de plusieurs nouvelles et courts romans se déroulant dans l'univers des jeux *Warhammer 40.000.*

Bientôt en librairie !

Le hacker Aiden Pierce est sur la piste sanglante d'une corruption à grande échelle dans ce livre rempli d'action.